KB134376

——그 세계에는 하늘이 없었다.

──그곳은, 모든 여성에게 작용한
개념개찬에 의해
로리 거유와 **리얼 거유**로 넘쳐나는,
꿈으로 가득한 공간이었다······

아아, 픽션에서 이르기를
'악이 번영한 역사는 없었다.'

그러나 유감스럽게도 현실은
'악이야말로 항상 번영하는, 법'이라고!!

소라는 마왕처럼 웃으며 찍찍하고 당당하게
악의 찬미가를 불렀다──

할지어다……!!

♟ 십조맹약

유일신의 자리를 손에 넣은 신 테토가 만든 이 세계의 절대법칙.
지성 있는 【십육종족(익시드)】에게 일체의 전쟁을 금지한 맹약── 이는 곧.

♙ 【제1조】 이 세계의 모든 살상 전쟁 약탈을 금한다.

♙ 【제2조】 다툼은 모두 게임의 승패로 해결한다.

♙ 【제3조】 게임은 상호가 대등하다고 판단한 것을 걸고 치른다.

♙ 【제4조】 '제3조' 에 반하지 않는 한 게임의 내용 및 판돈은 어떤 것이든 좋

♙ 【제5조】 게임 내용은 도전을 받은 쪽에 결정권이 있다.

♙ 【제6조】 '맹약에 맹세코' 치러진 내기는 반드시 준수된다.

♙ 【제7조】 집단 간의 분쟁에서는 전권대리인을 세우기로 한다.

♙ 【제8조】 게임 중의 부정이 발각되면 패배로 간주한다.

♙ 【제9조】 이상을 신의 이름 아래 절대 변하지 않는 규칙으로 삼는다.

♙ 【제10조】 ──모두 사이좋게 플레이하세요.

CONTENTS
10

난 난 라 게 프 임

NO GAME NO LIFE

10

카미야 유우 지음·일러스트 / 김완 옮김

표지 · 본문 일러스트
카미야 유우

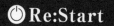 Re:Start

——그것은
텅 빈 인형과 날지 못하는 하얀 새가
손을 잡고 하늘을 올려다본 이야기

어디든 갈 수 있다고 속이며
어디에도 보내주지 않는 하늘에

나는 소라(空) 텅 빈 하늘 너의 하늘
약속할게
내가 너의 하늘이 될게 네가 날 수 있는 하늘을 만들게
네가 날아가고 싶은 어디까지고 내가 데려가 줄게

하얀 새를 동경해 그렇게 말했던 인형이
끝까지 지키지 못했던 약속
세계에서 도망쳐버린 이야기——

루시아 대륙 서부—— 구 에르키아 왕국.

　이마니티가 최후의 국가, 최후의 도시만 남을 때까지 궁지에 몰렸던 것도 이제는 옛말.

　번개 같은 영토탈환으로 시작해 동부연합, 오셴드, 아반트헤임까지.

　3개국 6종족을 통합하는 다종족 연방의 맹주에 올라, 건드려도 꿈쩍도 않는 대국이 되었으나.

　바로 며칠 전.

　이러한 쾌진격을 이끌던 『왕』이—— '돌연히 실종' 됐다는 큰 지진(뉴스)이 터졌다.

　위대한 현왕(賢王), 지도자를 잃은 국가의 말로는…… 역사가 늘 말해 준다.

　국정의 정체, 권력투쟁의 격화. 정세는 혼돈의 극치에 빠지고 나아가서는 내란—— 국가분단.

　그리고 늦든 이르든 '쇠퇴' 하여…… 마침내는 '멸망' 의 길을 걷는다…….

　……다만. 그것은 실종된 왕이 '위대한 현왕' 일 때.

　딱히 '위대하지도 똑똑하지도 않은 왕' 을 잃었을 때는 그렇지도 않아서.

구체적으로는——— 국정을 남에게 맡긴 '외유왕' 이라든가.

자국이냐 타국이냐의 차이는 있을지언정 늘 어딘가에 틀어박히는 '골방지기왕' 이라든가.

심지어는 스스럼 없이 『종의 피스』를 걸고서 상위종족을 상대로 싸움을 걸어 공포정치 반걸음 직전의 정책을 펼치는———

대놓고 말해 '폭군' 이 사라졌을 때는 오히려 이렇게 된다……는 것을, 마찬가지로 역사가들이 말해 주었듯 『에르키아 왕국』———아니,

———『에르키아 공화공국(共和公國)』은 현재.

평온 그 자체였다…….

오히려 예전보다 안정되기까지 했다……!

———일부 예외를 제외하면.

예를 들면————.

"……잘 들어. 당신에게는 '세 가지'——— 선택지가 있어."

그렇다. 예를 들면, 수도에서 까마득한 북서쪽. 어떤 역참 마을의 대로에서.

"내 가슴을 돌려내든지, 『약』을 어디서 샀는지 불든지, 파멸하든지야!! 알겠어?!"

이렇게 눈물을 머금고 노점상에게 공갈을 터뜨리는——— 흑발 빈유를 제외하면.

폭증한 무역 덕에 오가는 상인들에게서는 웃음과 활기가 넘쳐나는 가운데…….

"크라미~? 그 『약』은—— 단순한 '바론 풀즙' 이다~라고 했잖아요오~?"

그런 말로 온화하게 달래는 목소리가, 빈유—— 크라미 첼의 곁에서 들렸다.

엘프 거유—— 필 닐바렌은 부드럽게 말을 이었다.

"바론 풀이란, 그저 잠깐 '공기로 가슴을 부풀리는' 효과밖에 없는 영약초인걸요~?"

"그래서 그놈의 『가짜 가슴으로 사기를 치는 약』을 수사하러 온 거잖아!! 피이가 피해자인 내 마음을 알아?!"

크라미는 격노했다.

이 간악한 폭거를 저지른 범인을 반드시 잡아야 한다고 진심으로 울었다.

크라미는 가슴이 작다. 절벽을 내려다보며, 가슴뽕을 넣고 살아왔다.

그러나 이 가슴에는 큰 가슴을 향한, 누구보다도 절실한 동경이 담겨 있다고 자부했다.

3주 전—— 느닷없이 행방을 감춘 『왕』을 찾아서 산 넘고 물 건너.

필과 동분서주했으나—— 엘프의 마법을 구사해도 목표의 발자취를 잡지 못했던 크라미는, 어젯밤에 들렀던 이 역참 마을에서 그것을 보자마자 빠른 판단을 내려, 지갑을 털었다.

―――『풍유약(豊乳藥)』이라는 레이블이 붙은 병을, 참으로 우악스럽게 붙잡자마자.

새끼손가락을 척 세우고, 한 점의 망설임도 없이, 호쾌하게 들이켰다.

―――…………

노점상에서 알아낸 '판매처'는 금세 발견했다.

대로 모퉁이에서 영업 중인 조그만 가게는―― 정말이지 매우 번창하는 모양이었다.

행렬과 인파 때문에 다가갈 수도 없었던 가게에 걸린 간판에, 크라미는 쓴웃음을 한 차례.

자칭『꿈의 약국』의 옆길로 숨어들며, 그 아이러니함을 마음속으로 곱씹었다.

"홋…… 그래, 그렇겠지. 실제로 그날 밤은―― 그야말로 『꿈』만 같았으니까……."

……딱히 크라미도 진짜라 믿었던 것은 아니었다.

반신반의―― 아니, 9할은 속을 각오를 하고 꿈을 꾸었던 것인데――

"시선을 내려도 배꼽이 보이지 않는…… 정말 꿈같은 절경(한 때)이었지."

정말로 커진 가슴에! 아아, 꿈이 가득 찬 가슴에!

필의 목소리도 건성으로 흘려들으며! 여관으로 달려가 축배를 들며 배도 가득 채우고!!

어~? 여기에 맞는 사이즈의 속옷은~ 어디서 사면 좋을까~♡
하고!

"그런 행복한 고민을── 그래…… '가슴'에 품고 잠든, 멋
진 밤이었지……."

……먼 산을 보는 눈으로, 그렇게 중얼거리며.

크라미는 가게 뒤로 돌아가── 약초밭으로 보이는 정원의
울타리를 망설임 0초 만에 뛰어넘었다.

그리고 『관계자 전용』이라 적힌 문으로 향했을 때 필의 황급
한 제지가 날아들었다.

"크, 크라미? 부, 불법침입은~ 아무리 그래도 좀 그렇다고 생
각하는데요오~……?"

"피이가 이상한 소리를 하네? 관계자용 입구── 그렇다면
나를 위한 입구인걸?"

크라미는 생각했다── 『꿈의 약국』, 센스가 있는 이름이다.

그렇구나. 꿈. 깨어나면 두루두루 모조리 사라져버리는──
그저 꿈이었으니.

이처럼 하룻밤 만에 꿈에서 깨어나 사라져버린 현실에, 크라
미는 하늘로 팔을 뻗으며.

빛이 사라진 눈으로, 굵은 눈을 흘리며── 물었다.

**"깨어나 보니 원래대로 돌아온 허무함이!! 이 절벽의 절망이
왜 관계가 없다는 말이야──?!"**

── 사악한 약을 판 약장수와 선량한 피해자.

선과 악. 이것이 관계자가 아니라면 무엇이리오──!!

그렇게 오열하며 문을 걷어차려는 크라미를, 필이 견디지 못하고 가슴에 끌어안았다.

"크라미, 지, 진정하세요! 사기라고 각오했던 것 아닌가요?!"

"금전적 사기라면 그렇지!! 사기라면── **처음부터 부풀질 말든가──아악!!**"

그렇다── 정신적 사기…… '거유' 에서 '허유(虛乳)' 로.

이루지 못할 꿈을 보여주고, 전대미문의 높이로 번쩍 들었다가 떨어뜨려버린 악은 처단해야 마땅하다──!!

그렇게 외치며 필의 제지를 뿌리친 크라미의 의분에 찬 발차기는.

……느닷없이 등 뒤에서 울려 퍼진 목소리에, 시도조차 못하고 굳어버렸다.

"……허어? 분명히 『약』의 재료로 밭에 여러 가지 종자를 뿌리기는 했사오나……."

돌아본 크라미와 필은 눈을 부릅뜨고,

"'빨래판의 종자' 와 '잡초의 종자' ── 그런 희한한 것이 과연 있었사온지♡"

숨을 쉬듯 독설을 내뱉는, 사상 최대의 '희한한 것' 에 얼굴을 실룩거렸다.

──그것은 광륜을 머리에 얹은, 머리카락이 프리즘색을 띤
천사였다.
악 마

소리도 없이 나타난 '그것'은 그대로 아무렇지 않게 관계자용 문을 열더니,

"마스터～ ♪ 불초 지브릴, 『배달』 다녀왔나이다～ ♪"

"오～ 수고했어—— 어라? 크라미랑 필이잖아? 어섭셔～."

"……어소셈……. 둘이…… 여기서, 뭐…… 해……?"

아아—— 무엇을 감추리오, 문 너머에서 태평한 목소리로 대꾸한 '두 사람'이야말로.

크라미와 필이 3주 내내 찾아다녔던 '실종된 『왕』^{두 사람}'이었다—— 다시 말해.

흑발흑안, 『I ♡ 인류』 티셔츠에 에이프런 차림으로 수상쩍은 그릇을 손에 든 청년 오빠와.

발판에 올라서서 수상쩍은 솥을 휘휘 젓고 있는—— 순백색 머리에 붉은 눈동자를 가진 여동생 소녀.

수상쩍기 그지없는 남매—— 소라와 시로에게. 크라미는 생긋 미소 짓고——

"그건 내가 할 소리야…… 너희야말로 정신을 어디다 팔고 여기서 농땡이나 부리고 앉았는데——?!"

노성.

하지만 국청을 내팽개치고 사라진 도주범들은.

그저 서로를 바라보며 미안하다는 듯, 그저—— 스으윽……

"미안한데…… '정신'은 판 적이 없거든……. '약'이라면 이것저것 파는데, 생각 있어?"

……하고 소라가 내민 종이—— 『풍유약』도 포함된 그 '리스

트'는.

자신에게 처단되어야 할 간악한 폭거의 사도이기도 하다고,
뻔뻔하게 자백한 증거품.

때려주고 싶다는 충동에 사로잡힌 채, 크라미는 종이를 받자
마자 오버스로우로 솥에 처넣어버렸다…….

■ ■ ■

──소라와 시로가 무엇을 하고 있는가. 그렇게 묻는다면.

소라는 이렇게 대답하리라── 까놓고 말해 '심심풀이' 라고
──!

"그야 그렇잖아. 옥좌에서 쫓겨난 왕…… 국내에 있는 것조
차 들키면 위험한 신분인걸."

쏘아 죽일 듯한 크라미와 필의 시선은 개의치 않고.

시로를 무릎에 올린 채 의자에 앉아 상황을 설명하는 소라의
얼굴. 하지만 말과는 달리 비장감 따위는 전혀 없다.

오히려 늠름하게── 숫제 자랑스럽게 웃음을 띤 채, 소라와
시로는 말을 이었다──!

"전권대리자인 임금님은 실종! 무직에 무일푼!! 덤으로 일할
마음 없음!!"

"골방지기…… 백수 게이머…… 그것, 이…… 시로네……!"

"그러나 틀어박힐 골방조차 없으니! 그런 우리가 '무엇을 하
고 있는가' ── 어리석은 질문이지?!"

"······차라리 묻는다면······ '무엇을 할 수 있느냐' ······를, 물어야······지······!"

"새, 새삼 정리해 주고 보니 정말 위험한 신분인걸. 인간으로서 벼랑에 몰린 거 아니야?"

기백에 압도되어 자기도 모르게 꼴깍 침을 삼킨 크라미의 목소리. 그러나 소라와 시로는 비릿한 웃음을 짓는다.

──정말 새삼스럽군······이라고!

원래부터 사회의 밑바닥을 기던 남매── 소라와 시로······.

인간으로서 벼랑은 이미 넘을 대로 넘어 추락하고 있었다!

계곡 밑바닥에서 더 밑으로 구멍을 파고── 어쩌다 떨어진 곳이 이 세계, 디스보드가 아닐까────.

"그래도 뭐, '이 세계에 온 시점'으로── 원점으로 돌아갔을 뿐이잖아?"

"······요컨, 대······ 뉴 게임······ '2주차 플레이' ······!"

"────크."

그렇다. 왕좌를 잃고, 살 곳도, 권력도, 사회적 가치도 잃었다.

그 모든 것을── 그래 봤자 '그뿐'이라 단언하는 두 사람의 얼굴은.

두 사람이 누구인지를 여실히 깨닫게 해 주어, 크라미는 숨을 삼킬 수밖에 없었다.

스마트폰이며 태블릿 PC, 휴대용 게임기── 모든 것을 잃은 두 사람에게 남은 사유물.

이 세계에 떨어졌던 날의 소지품을, 손으로 만지작거리는 두 사람에게.

──고작 그것밖에 없었던 두 사람에게.

그런 물건들을 만지작거리는 단 두 사람의 옷음과 손에, 세계가 농락당했다…….

세계 굴지의 전략가^{스트라티지스트}── 둘이서 하나인, 인류 최강의 게이머 『공백^{공 백}』의.

그 옷음과 손만 있으면── 그 후에 얻은 모든 것을 잃는다고서, 곤란할 일이 있을까?

이처럼, 세계를 가지고 노는 쪽임을 이해하게 만든 두 사람은, 이번에는──

"그래서, 2주차에서 할 일이라면 '메인 퀘스트 이외의 요소'가 아니겠어?──말인즉슨!!"

"…… '생산직 플레이' …… 대장장이, 농업 또는…… '가게 경영', 이건 정석……!"

"너희는 아직 메인 퀘스트도 안 끝냈어!! 본편이나 깨!!"

익시드 제패, 유일신 도전 등등은 모조리 방치한 채.

경제^{세 계}로 놀겠다고 선언하고.

그런 두 사람에게 크라미는 딴죽을 날렸지만, 화려하게 무시당한 채.

대신 대답한 것은 소라와 시로가 경영한다는── 『가게^{약 국}』의 상품.

약의 소재가 늘어선 조합실을 둘러본 엘프의 싸늘한 시선과 목소리였다.

"바론 풀에~ 사랑뿌리, 카마 잎…… 하나같이 이 대륙에는 없는 영약초네요오 ♪"

"────!!"

역시 엘프님이라며 쓴웃음을 짓는 소라와 시로에게 흠칫 눈을 돌리는 크라미.

한눈에 약효부터 군생지까지 간파한 필의 혜안──'소라와 시로의 말 따위 신용할 가치도 없다'고 제대로 깨달은 눈이 말한다. 자칭 무일푼 무숙자가── 어떻게 가게를 시작했냐고.

진의를 캐는 시선을 받고도── 두 사람은 생긋 웃을 뿐.

"아, 소인이 세계 각지로 쉬프트하여 모아다 뒤뜰의 텃밭에서 마법재배한 결과이옵니다만♡"

"어느 입으로 이걸 뉴 게임이래?! 누가 봐도 치트잖아!!"

플뤼겔의 대답에 딴죽을 거는 크라미를 유유히 손으로 가로막으며 소라는 단언했다.

"이상한 생트집은 관두시지? 2주차 플레이에 이어받기 요소는 당연히 있어야 하잖아."

그렇다── 설령 '밸런스 붕괴성능의 공식 치트 사양'이라 하더라도!!

공식이자 사양이라면, 쓰지 않을 이유가 어디 있겠는가?! 그렇다──!!

"이렇게 1주차에는 없었던 이어받기 요소──지브릴의 힘으로!! 무사히 무직 무일푼 무숙자를 졸업하고!! 재료를 팔아 가게 오픈 자금을 마련하고, 이어서 자력으로 상품 개발 판매에 이른 셈이지── You see~?!"

"……지브릴, 칭찬……해 줄게……."

"이처럼 사소한 일로, 아아…… 과분한 영광이옵니다……."

"……그래, '뭘 하고 있는지'는…… 이해했어."

요란하게 떠들어대는 소라와 엄지를 척 내민 시로, 날개를 접고 공손히 무릎을 꿇는 지브릴의 모습에 그렇게 중얼거리며.

"요컨대 평소처럼── '부정'과 '사기' 행각을 저지르고 있었단 말이지?!"

일단 이야기는 들어보자고 잠시 억눌렀던 분노를 터뜨리며 외치는 크라미. 그러나 소라는──

"……미안한데. 부정도 사기도 짚이는 데가 너무 많아서…… 무슨 이야기인지."

"미안한 척하면서 배 째는 재주는 집어치워! 너희의 『풍유약』은── 역대 최악의 假짜 가슴팔이 사기극이었어── 내 꿈을 돌려내!!"

그러나 눈물을 머금고 외치는 크라미에게, 남매는 이번에야말로 어리둥절.

"허어?"

소라는 고개를 갸웃하고 『풍유약』 병을 꺼냈다.

"또 먹으면 되잖아? 매일 계속 먹으면── 축하합니다! 이로

써 너도 왕가슴!"

"그래, 안 먹으면 쪼그라드는 가짜 거유는 될 수 있겠지, 응?! 악덕 장사도 유분수지!"

비통한 외침으로 비난하면서도 병은 병대로 챙겨넣는 크라미를 보며.

"……가짜 거유……? 아~ 그렇구나. 가짜 가슴이니 사기라고…… 그렇게 말하려는 거구나."

겨우 왜 화를 내는지를 이해했는지, 소라는 몇 번 고개를 끄덕이더니── 말했다…….

"그럼 크라미…… '가짜가 아닌 바스트업' 이란 무엇이지?"

무겁게 울려 퍼진 소라의 물음에, 무슨 소리냐는 듯, 크라미는 숨을 멈추었다.

"크라미…… 내 기억을 가진 너라면, 사실은 알고 있을 텐데. 우리의 원래 세계에도…… 그래. 가슴을 키우는── 바스트업 방법은 수없이 있다…… 그러나────?"

그렇다. 『존재 오셀로』를 통해 소라와 기억을 공유했던 크라미는 알고 있다.

그들의 원래 세계에 존재하는 다종다양하면서도 꿈만 같은 온갖 풍유 테크놀로지.
_{가슴 키우기}

그러나. 그런 것들은. 죄다. 어차피 이 『풍유약』과 마찬가지────!!

"바스트업 따위 모두—— 본질은 그저 가슴뽕일 뿐이다!!!"

"——————————아…… 아아!"

——가슴에 지방을 채워넣든 실리콘을 채워넣든.

요컨대 '채워넣는 것' 이다. 그저 가슴뽕이다!

채워넣는 것이 가슴 속이냐 브래지어 안이냐의 차이다!

그렇다면 바스트업이란 모두 사기. 왜냐하면!!

"설령 거유가 되더라도!! 너 자신이 인정한 대로 그것은 가짜 가슴이니까!!"

"싫어—— 그만해!! 듣기 싫어. 이, 인정할 수 없어 그런 건!"

"거유가 되고 싶다—— 그렇게 동경한 시점에서, 너는 거유가 아니라는—— 빈유라는 증거! 그 본질은! 그 인식은!! 뽕을 아무리 채워도 결코 달라지지 않아!!"

"——————싫어…… 싫어어…… 그, 그만—— 그만……해——!"

잔혹한…… 그러나 받아들여야만 하는 사실.

시로도, 필도, 지브릴조차도 눈을 내리깔고 침묵했다.

귀를 막은 채 몸을 떠는 크라미에게, 마음을 독하게 먹고 소라는 가혹한 말이었다.

"네가 빈유라고! 없는 자(슴가)라고! 아무리 노력한들 '진짜(거유)' 는 될 수 없다고—— 그렇기에 진짜보다도 진실에 다가서고자 하는 가짜라고 가슴을 펼 수 없다면——!!"

그렇다…… 자신은 진정한 거유는 될 수 없다고.

혹은 가짜 가슴을 단 채 진짜가 되었노라고.

으스대며 자신을 속이고 과시한다면 그것은——!

"그것은 이미—— 가짜만도 못한 법."

————끽소리도 못하고.

주저앉는 크라미와 함께 드리워진 정적 속에서, 필은.

"크라미……? 자알~ 들어주었으면 해요~…….."

그렇게 부드럽게 크라미를 안으며—— 누구보다도 마법편찬에 뛰어난 종족, 엘프인 필은 말을 이었다.

"가슴을 크게 만드는 마법은…… 분명 있답니다아…… 하지만~."

예를 들면 변성마법이나 위장마법…… 그녀가 열거한 그러한 수단은.

역시 크라미 자신이 인정하고, 소라가 말했듯, 아무리 말해도——.

"그건요오—— 결국은~ 가짜…… 꿈은 어차피 꿈……이랍니다."

"……흐……윽…… 빼애애애애애애애애앵〜〜〜〜〜!!!"

——가짜를 진짜로 만든다…… 마법으로도 불가능한—— 그것은 꿈이라고.

현실의 동의어—— '절망'에 오열하는 크라미의 모습에, 소라와 시로의 눈에도 눈물이 빛났다.

"그래—— 어차피 꿈이지. 깨면 사라지는 꿈—— 그러나."

눈꼬리를 닦으며 다시금, 오만불손하게 의자에 앉은 소라와 시로가 날카로운 눈빛으로 말했다.

"……그렇기에…… 『수요』가 있어……."

"그리고 장사란—— 언제나 수요에 대한 『공급』."

그렇다—— 어느 시대, 어느 세계에서도 항상 공급이 부족한 상품.

그뿐이랴, 빈번히 고갈되기까지 하는 무형상품—— 그것을!

"그럼 팔면 돼—— '꿈'을. 한때의 꿈을 꾸게 해 주는, 그런 『약』을!!"

그렇기에——『꿈의 약국』이라는 간판을 내걸었다고, 소라는 말을 이었다.

"그도 그럴 것이 꿈이란 항상—— 현실에는 존재하지 않기에 꿈이니까아——아아!!"

그렇다. 어차피 꿈—— 단순한 환상, 단순한 허구일 뿐.

그렇다면 라벨에 '용법과 용량을 지켜 올바르게 사용해 주십시오.' 라고!

확실하게 기재까지 한 『약』으로 담아놓은 '꿈'은——.

"아아, 가슴이 큰 크라미라는 거대한 모순도!! 세계평화가 차라리 현실적으로 여겨지는!! 우주의 근본원리에 반하는 황당무계!

덧없어도 유분수지 싶은 인류의 꿈도! 꿈꾸는 것만은 자유!!"

"·····························저기?"

"그렇다면 꿈이 없는 현실에 꿈을 더하는 '스파이스' 는——그래, 특효약은 아니지. 어차피 가짜. 그러나 '오락' 이 되기에는 충분한 그『약(꿈)』은, 고갈될 리 없는 수요—— 그야말로 무한시장(드림오션)인 것이다!!"

"저기, 시로. 내가 소라에게 한 방 날릴 수 있는『약(꿈)』은 안 팔아?! 돈은 부르는 대로 낼 테니까!!"

무릎을 꺾었던 크라미를 일으켜 세운 자신의 말에 소라는 깊이 고개를 끄덕였다.

——그렇다. 꿈 앞에서는 절망조차도 굴복하는 법이라는 바로 그 증거!

그렇다면『사랑의 묘약』이든『풍유약』이든—— 소소한 꿈을 공급해 주리라. 그것만으로도——

"이렇게 경영은 여유작작하게 궤도에 올라—— 가게 앞에 새까만 인파가 모여들게 되었지!!"

"······너무, 올라서······ 대인공포증인 시로네, 는······ 밖에 못 나가는, 클라쓰····· 즉사성 번성."

"그래도 뭐~ 우린 골방지기라 애초에 나갈 마음이 없으니까 말이야?! 도매는 지브릴의 순간배송으로 대응하고! 아주아주 편안하게 지낸다는 말씀! 하~하하하 세상 참 쉽구만!!"

"두 분 마스터의 지혜와 경영수완이라면 당연한 결과이옵니다♡"

깔깔 웃는 남매를 향해 무릎을 꿇는 지브릴에게 눈을 흘긴 크라미와 필은.

마주보고 고개를 끄덕였다.

──어쩐지, 암만 찾아도 나오질 않더라니…… 하고.

그리고 흘겼던 눈을 날카롭게 뜨며, 크라미는 이번에야말로 자신들을 무시하게 내버려두지 않겠다는 양──

"──『경영』 말고 『국영』을 해──!!"

조그만 점포를 뒤흔드는 포효를 막대한 음성으로 쩌렁쩌렁 터뜨렸다. 그리고.

"그런 수완이 있었다면── 애초에 옥좌에서 쫓겨나지 않아도 됐잖아?!"

──소라와 시로가 옥좌에서 쫓겨난 이유── 아니. 물러나 준 경위를.

이마니티 최강의 게이머. 무패의 『왕』──『 공백(공 백)』을 꺾어서.

천권대리자의 자리를 빼앗은, 불가능을 실현한 방법을 들이댔다──.

"너희가 《상공연합회》를!! 가차 없이 꺾어서【맹약】으로 억누르는──'탄압'을 멈추지 않아서, 그놈들이 결탁할 '쿠데타' 의 빌미를 제공한 거잖아—!!"

……그렇다. 요약하자면 단순한 『정변(쿠 데 타)』.

그 말에, 소라와 시로는 그저 쓴웃음을 지었다.

■ ■ ■

──3주 전……『휴업 중』플래카드를 걸었던 에르키아 성에 나란히 나타난 자들.

상공회와 각 길드, 벼락부자 귀족들의 오합지졸── 자칭 《상공연합회》란 자들은.

'파업'을 구실로 삼아, 소라와 시로를 상대로 간단한 게임을 종용했다.

국민의 생활기반을 인질로 잡고. 간단한── 그러나 '승리가 불가능한 필패 게임'을…….

이상. 그것만으로도 최강 게이머는 승부를 포기하고, 옥좌를 내주었다.

──무패의 요령은, 승산이 없는 승부라면 애초에 하질 않는 것이다.

이리하여 너무나도 쉽게 성공한 『쿠데타』에 따라, 에르키아 는 왕정제에서 입헌군주제로.

다시 말해 자본과 제후가 실탄과 파벌로 정치에 개입하는 의회공국으로 바뀌었는데──.

"뭐~ 그래도 언젠가는 일어날 일이었고 말이지? 맘에 두지 마."

"너희는 좀 마음에 둬!! 아니, 내 말은 듣기나 한 거야?!"

그렇게 태평하게 회상을 빠져나가 오늘의 경영── 할 일은 끝났다며.

생활공간인 점포 2층으로 올라가려는 소라를 따라잡은 크라미의 외침은.

"예를 들어."라고 말하며 소라의 양옆에 서서 올라가는──

지브릴과 시로의 목소리에 일축되었다.

"동부연합에는 대륙자원이 필수적이옵니다. 원래는 '바가지 가격'에 판매할 수 있사오나──."

"……다종족 연방, 정책……'적정가격'으로, 팔 수 밖에, 없어……. 시간문제……."

"그런, 건…… 알고 있어……!"

──그렇다…… 소라와 시로의 최종목적인, 유일신 테토에게 도전하기 위한 계획.

모든 종족을 지배하지 않고 통솔하는 『다종족 연방』이라는 구상^{플랜}은, 과연.

아무도 '손해를 보지 않는' 구조라고 하면, 그야 좋게 들린다.

그러나 비싸게 팔 수 있는 자원을 적정가^{싸게}로 팔아야 하는 자에게는──.

콕 집어서 말해 '상인'에게, '판매 이익의 감소'란 명백한 '손해'다.

언젠가 불만을 억누를 수 없게 되리라고, 크라미도 거듭 잘 알고 있었던 바. 하지만──.

2층의 침실에 도착해, 세 개의 침대에 각각 앉은 세 사람에게,

"하지만 그걸 어떻게든 억누르는 게 국영이고 정치잖아!! 왜

부채질을 해?!"

── '탄압'이 아닌 '교섭'을 하라고 지적하는 크라미에게.

소라와 시로, 그리고 지브릴까지 셋은 나란히── 한층 짙은 쓴웃음을 머금었다.

"이봐~ 이봐, 크라미…… 게이머한테 대고 '왜 부채질을 했냐'고 그랬어?"

"……시로네는…… 정치, 전문 아니야……. 부채질할 이유, 뻔하, 잖아……?"

정치는 정치가가 할 일이다. 그렇다, 모 빨강머리 소녀라면 몰라도.

그렇게 대꾸하며 소라와 시로가 사악한 웃음으로 얼굴을 일그러뜨리고 들려준── 게이머의 생각은──.

"언젠가는 일어날 이벤트. 그렇다면──."

"……이벤트 조건을 찍어서…… 미리 보면 돼…… ♪"

────.

크라미와 필은「 ᵅ⁴ 」을 우습게 볼 얼간이가 아니다.

소라와 시로의 말을 들은 두 사람의 얼굴에 떠오른 표정은── '역시나'.

역시나── '일부러 쿠데타를 일으키게 했구나'…….

그것을 확인하고자 소라 일당을 찾던 두 사람이 다음으로 캐내려 했던 것은── '그러면 왜'…….

"크라미. 《상공연합회》가 우리를 쫓아낸 결과, 여기는 어떻게 됐지?"

"…………? 너희가 억제했던 무역이 규제가 완화되면서 급증한 얘기, 말이야?"

의아한 듯, 그러나 빈틈없이 대답하는 크라미에게 소라는 무겁게 고개를 끄덕이고 말을 이었다.

"여기—— 정확하게는 교역로의 중계지점…… 역참 마을. 무역거점에 물류가 집중됐어."

——《상공연합회》의 주요 자본은, 소라와 시로가 조였었던 '무역업'이다.

쿠데타의 목적은 이익. 다시 말해 무역의 완화 및 자유화다.

무슨 일이 일어날지는 명백하다—— 그렇다면 그것을 이용할 뿐.

다시 말해서——!

"'이세계 점포 경영물'의 주인공 놈들은 진짜 지루한 짓을 한다는 생각 안 들어?"

"………………어? 뭐의, 누구?"

"이세계의 지식으로 마요네즈니 된장이니 만들어다 맛으로 승부? 헹!! 이놈이고 저놈이고 야망이 좀스러워! 손도 느려터졌어! 심지어 장사를 '품질에서 이기면 팔린다'고 생각하다니, 큰 착각이지. 시야도 좁아!!"

"에엥? 저기, 잠깐만 무슨 얘기야?! 착각?!"

갑작스러운 화제전환과 열변에 압도당한 크라미를 내버려둔 채 소라는 비웃음을 지었다.

수요에 대응할 수 있는 뛰어난 공급^{상품}을 판다. 오케이, 당연하다. 지극히 타당하다.

——그렇기에!

소라는 조소를 띠며 단언했다.

"아무리 뛰어난 상품도 손님이 없으면 가치가 없어!!"

그렇다…… 근본적으로 반대인 것이다. 공급이 아닌 수요가 전부인 것이다!

——무인도에 보석을 늘어놓고 누구에게 팔 생각이지——?!

——사막이라면 '물' 이 보석보다도 비싸게 팔리겠지——!!

누가. 무엇을. 어디에서 원하는가를 파악하지 못하면, 우열을 따지기 이전의 이야기가 된다—— 그렇기에!

"나는 단언한다!! '장사의 기본' 만 알면 우량상품은 고사하고 열악상품조차 필요 없어!! 그저 빈 병이어도 『이온 배합 공기』라고 딱지를 붙이면 날개 돋친 듯 팔리고, 아무리 망해 가던 가게라도 사흘 만에 부자가 되어 1권으로 완결이 날 거라고——!!"

그렇게 열변을 토하며 다시금 침대에 깊이 앉아 안광을 빛낸—— 소라는.

장사의 기본이자 오의. 진리를 설파했다. 그것은 곧————

"……『공급』을 팔려면, 우선 『수요』를 만들어야지."

그렇다── 《상공연합회》에 쿠데타를 일으키게 하면.

수요 따위 알아볼 필요도 없다. 만들 수 있는 것이다. 그렇다
──!!

" '사람과 물건의 흐름' ──『입지』와 『유행』을!! 구체적으
로는 무역이 완화되어 《상공연합회》에서 번성하는 장소를!! 무
역 활성화에 대응하고자 발행하는 *태환지폐를!! 누구보다도
빠르게 알면 까놓고 말해 뭘 팔아도 이기는 게임이지!!! **두~유
〰〰 언더스태────앤?!**"

──스태──앤!

…………태──앤……

………………애─앤…… 메아리치는 소라의 목소리에,

"설마~, 『약장수』나 하려고 쿠데타를 일으키게 했다느니, 그
딴 말씀을── 우리가 진지하게 받아들일 거라고 생각하셨나
요? 우리가 그렇게 우습게 보였나요~……?"

"에르키아가 지금 사실은 어떻게 굴러가고 있는지…… 모를
줄 알았어?"

영하의 눈빛으로 대꾸하는 필와 크라미.

그러나 소라와 시로는 내심 쓴웃음을 지었다.

우습게 보지 않았다.

────정말로 그러했으므로.

하물며 에르키아가 어떻게 굴러가고 있는가?

---

* 태환지폐(兌換紙幣): 금과 은, 혹은 금은으로 된 화폐를 지불 단위로 하는 시장 체제에서, 유통이 어려운 금
과 은 대신 발행하는 지폐. 언제든 동일한 가치를 지닌 금은으로 바꿀 수 있다.

전혀 감도 잡히지 않는다…… 그렇기에——

"너희가 뭐라고 해도 말이지~…… 지금 우리는 그냥 일반인, 그냥 『약장수』거든."

굳이 말하자면—— 어떻게 될지는 알고 있다고, 내심 웃었다.

"『약』을 팔고 게임을 한다. 그 외에 지금 우리가 할 수 있는 일이 있어?"

그렇게 비아냥거리듯 말하고 침대에 누운 소라에게 대답한 목소리는——

"【제시】: 주인님에게 가능한 선택 열거. 입욕. 식사. ……혹은 '본 기체'."

끼야악——!

하는 비명은 간신히 삼켜버린 소라가 펄쩍 뛰다시피 멀어진 침대 안에서—— 정정.

—— '목욕? 식사? 아. 니. 면. 나? (부끄)' 라는 새색시 같은 말과 함께.

시트 밑에서 몸을 일으키며 나타난 창포색 머리카락의 소녀—— 같은 기계.

'알몸'에 두른 시트 틈새에서 기계가 섞인 매끄러운 살결을 내비치며,

"【추천】: 모든 시퀀스. 구체 프로세스 : '욕실에서 본 기체를 접수한다'. 본 기체 추천."

불쑥불쑥 소라에게 몸을 들이미는 그것은—— 또 하나의 '이

어받기 요소' ——

"——이, 이미르아인?! 어? 있었어?!"

"【긍정】: 아까부터."

즉답하며 슬금슬금 다가서는 엑스마키나 소녀. 그러나 소라
는 고개를 가로저으며 거듭 외쳤다.

"아니, 아까부터 있었으면 안 되지?! 일은?! 가게는 어쩌고?!"

"【보고】: 상품 완매에 따라 본 기체는 1507시부터 올 누드 대
기를 시행. 올 누드…… 누드?"

그렇게 소라를 향해 담담하게 대답하며, 갑자기 자신의 상황
을 알아차렸는지——

"【에러】: 예측치를 대폭으로 웃도는 수치심 검출…… 본 기
체, 는, 준비 완료. ……빨리 해 줘."

……일단 해 보기는 했지만 생각보다도 부끄러우니까 서둘러
달라고.

유리알 같은 눈동자를 떨며 호소하는 이미르아인—— 그러나
의외로 그녀에게 반응했던 것은.

"아하…… 너희가 '접객'을 할 수 있을 리가 없지……."

계속 품었던 위화감의 정답을 깨닫고, 그렇게 수긍한 듯 중얼
거린 것은 크라미였다.

——그렇게 사람이 몰리는데, 누가 팔고 있었는가. 그리고.

크라미와 필은—— 이것이 그 소문난 엑스마키나구나……
하고 나란히 눈을 가늘게 떴다.

필은 '경계'를. 크라미는 '자애'를 띠며, 눈가를 뜨겁게 물들이고 꺼낸 말은——

"후…… 뭐람. 너희한테도 친구가 있었잖아. 다행———히익?!"

"……친구 아니야…… 적——!! '다른 일'은…… 어떻게, 했, 어……?!"

"허어, 이 무슨. 연결해제로 성능만이 아니라 기억력도 저하된 것이 아니올는지요♡"

갑자기 터져나온 시로의 적개심와 지브릴의 살기에 비명으로 바뀌었다.

——————그리고, 아…… 또야, 라고.

이제는 일과가 되어버린 우울함에 소라가 하늘을 우러러보며 속으로 중얼거리거나 말거나.

시로와 지브릴에게서 솟아나는 적의에는 반응하지 않고, 이미르아인은 침대에서 기어나왔다.

다음 순간에는 메이드복으로 모습을 바꾸고, 시로와 지브릴에게 정중하게 고개를 숙였다.

"【보고】: 1409시 폐점 작업 완료. 1503시 광학미채 사용으로 환전소에 지폐 이동 완료."

나아가서는 가게 내의 청소도, 재고 발주도—— 원래 시로의 일이었던 시장분석까지도.

모두 마쳤다고—— 보고를 거듭한 이미르아인은 무표정하게 고개를 갸웃하더니,

"【문제】: 그동안 주인님 곁에서 하는 일 없이 앉아 있던 무능력자. 누구~게. 힌트, 새대가리."

──정확하게는 앉아있던 게 아니라 떠 있던 인물을<ruby>지브릴</ruby> 은근슬쩍 조롱했다.

"허어……? 【전개(典開)】<ruby>레젠</ruby>도 제한된 엑스마키나 이하의 무능력자라니…… 경이적인 미지로군요♡"

"【동의】: 제한가동 중인 본 기체 단기<ruby>세이프 모드</ruby>에도 못 미치는 열등한 작업능률. 연결해제에 따라 연산 및 해석능력이 32%까지 저하된 본 기체에게는 이미 이해불능. 플뤼겔의 무능함은 경이적. 깜짝."

설전을 나누는 엉터리 생물 두 사람, 그리고 시종 말이 없는 것이 오히려 더욱 불온한 시로에게서.

────콰과과과…… 소라에게는 똑똑히 들려오는 지진 같은 소리.

이미르아인이 불에 기름을 붓듯── 혹은 종식을 고하듯.

"【결론】: 본 기체에 업무 떠넘기기를 통한 행동제한 및 방해계획. 실패로 단정."

딱 부러지는 무표정 대승리 선언<ruby>무표정 더블 피스</ruby>, 무감정한 목소리와 함께 짧은 한마디를 이었다──.

"【쌤통】: 본 기체의 승리~."<ruby>지~~~~쿠</ruby>

──라고…….

──두 사람의 표정을 실룩거리게 만드는 선언을 남긴 채, 이미르아인은 몸을 돌렸다.

스커트 자락을 살짝 잡고는 고개를 숙인 후 소라의 곁에 사뿐 착석한다.

이처럼 시로와 지브릴의 지모를 동원해도 회피할 수 없었는지.

오늘 또한 일과가 시작되고 말았구나…… 그렇다──

"…………【주시】…… 빠안~~~."

──이렇게 이미르아인이 소라를 바라본다. 이상이다.

겨우 그것뿐이지만, 이것이 지난 3주의 일과── 소라가 우울한 원인이었다.

그렇다…… 아까와 같은 유혹적인 어프로치는, 뭐, 좋다.

아니, 하나도 좋을 게 없지만. 그보다 까마득히 중대한 문제는.

이미르아인이 그저 소라의 곁에 앉아── 무표정하게, 그럼에도──.

"…………【황홀】………… 응♡"

미미하게 뺨을 붉히고 행복하게 소라를 바라보기만 하는──이 여운이었다.

이를 회피하고자, 소라도 이미르아인에게 쉴 틈을 주지 않으려 노력했다.

왜냐하면 그럴 때마다──

────.

"………………………저, 저기? 잠깐 나 좀 볼까……. 대체 뭔데, 이 분위기는?!"

"나도 몰라~~~! 내가 물어보고 싶다!! 왜 내가 바늘방석에 앉아야 하는데?!?!"

이처럼 크라미의 외침에 소라가 대답했듯── '이 분위기' 가 되기 때문이다.

"······저기, 설마····· 이미르아인이라고 했지? 넌 소, 소라를 좋아──하는 거야?"

처음으로 해삼을 먹었던 친절한 인류는 분명 이런 표정을 지었으리라.

설마 그렇겠냐고 의심하는 크라미의 물음. 하지만 대답은 0.1초도 안 되어 돌아왔다.

"【긍정】: 좋아한다. 본 기체는 주인님을 좋아한다. 몇 번이고 말한다. 좋아해. 사랑해.^{리 베}"

그렇다──『좋아해』를 숨기지 않는다. 얼마 전 선언했던 대로 할 뿐이다.

······거짓 없이 사랑을 속삭이는, 말 그대로 인형 같은 미소녀.

남자 된 몸으로서 눈을 게슴츠레하게 뜨고 가슴이 두근거려야 정상이 아니겠는가.

그러나 소라는 맹세코 말할 수 있다. 눈을 게슴츠레하게 뜨지도, 가슴이 두근거리지도 않는다.

하지 않는다. 왜냐하면 그럴 수 없기에. 어떻게 그럴 수 있겠는가. 그도 그럴 것이──

"제정신이야?! 이거의 어디에 좋아할 요소가── 히이잉피 이살려줘~!"

"괜찮아요오~ 크라미는—— **이 목숨과 바꿔서라도 지킬 테니까요!!**"

그렇다—— 빤, 히…… 시로와 지브릴, 이미르아인이 노려보았을 뿐인데도.

크라미는 엉엉 울고, 필조차 결사를 각오하게 만드는—— **이 분위기!!**

살기와 적의가 소용돌이치는 침묵에 심장이 두근거릴 리가 있겠는가. 오히려 멈춰버리————

"아~아~! 미안~ 이미르아인! 밭에서 수확해 달라고 부탁하는 거 깜빡했다미안하지만——."

어떻게든 이 자리에서 도망칠 구실을 찾아 외치는 소라에게,

"【선수】: 상정범위 내. 1501 완료. 본 기체는 주인님의 곁에 대기 속행. 행복—— 아."

이미르아인은 담담한 미소로 한발 앞질러 절망을 들이댔으나, 이내——.

"……【사죄】: 사실은 미완. 채집의 가부 판단 불능에 따라 보류한 수확 대상이 1점——."

"좋았어지금당장수확하러가자아니지~ 내가 갈게! 시로 컴온~! 그래그래 무슨 작물?!"

그렇게 문자 그대로 시로를 옆구리에 낀 채 도망치려던 소라는, 되돌아온 이미르아인의 말에.

"【해답】: 머리만 지표에 노출된 소형 작물. 품종명————드워프."

──────────에엥? 하며 눈살을 찡그렸다.

■ ■ ■

──【익시드】 위계서열 제8위 『지정종(地精種)』 …….

7위인 엘프에 버금가는 마법직성을 가진 상위종족.

국토, 국력 모두 세계 제2위인 대국── 하덴펠을 영토로 삼으며, 또한 마법도구── 정령을 이용한 '기계제조'에서는 엘프는 물론 익시드 내에서 견줄 자가 없다.

몇 번이나 들어보았으며, 동부연합의 모니터로도 보았던 유명한 종족── 그러나…….

"……일단 확인해두겠는데, 드워프는 밭에서 캘 수 있어?"

"……땅에서, 만들어진다는…… 고전, 에…… 충실한, 설정……?"

밭 한구석, 반쯤 장난으로 심었던 양상추와 나란히, 그것이 볼록 결실을 맺고 있었다.

후드에 싸인 틈새에서는 갈색 피부와 은발이 살짝 엿보인다── 다시 말해 '머리'가.

생전 처음 들어보는 생태에 소라와 시로가 나란히 고개를 갸웃하는 가운데,

"글쎄요. '드워프 씨앗' 같은 괴상한 것도 뿌린 기억이 없사옵니다만── 으응?"

지브릴이 아무렇게나 쑥 뽑아낸 추정 드워프에게서── 한

장의 종이쪽지가 팔랑팔랑 떨어졌다.

그리고 소라와 시로가 별생각 없이 주워 읽자————.

————.

"……흐~응? 저 머나먼 하덴펠에서 드워프가 일부러 찾아왔단 말이지…… 자칭 평범한 『약장수』를, 이 타이밍에~? 과연 무슨 용무이려나?"

크라미는 두 사람의 진의를 캐려는 양 비아냥거렸고.

소라는 간신히 웃으며 대답했다.

"『약장수』에게 볼일이라면 『약』밖에 더 있겠어? '기다렸던 손님'이야. 다만, 그게……."

그리고 새삼 시선을 떨군 종잇조각에는 보낸 이의 이름도 없이—— 아니.

지독히 바보 같은 서명만이 있던, 어린아이처럼 지저분한 인류어로 쓴.

짧고 간결한 단 한 문장. 그러나 가차 없이 후려갈겨 쓴——한 문장에.

——『**이 몸이시다 약 외상으로 내놔라 외치 놈들아**』

"……이거 좀, 생각보다 '성가신 손님'인 것 같네……."

"………………………."

이세계인 두 사람—— 소라와 시로의 뇌리에는 무수한 기억이 스치고 지나갔다.

등을 돌린 채, 도망치고 짓밟으며 왔던 기억들.

──마침내 청산을 종용하는, 불식할 수 없는 과거.

그렇게…… 마음이 삐걱거리는 아픔과 함께, 눈을 깜빡이듯 바쁘게 돌아가기 시작했다…………

인형이 처음으로 만난 하얀 아기새
아기새의 등에는 커다란 날개가 있었다
어디까지고 날 수 있을 것 같은 하얀 날개에
텅 비었던 인형은 소망했다

이 아이(아기새)와 같은 경치를 보고 싶다고

그러므로 인형에게 없는 모든 것이 있으면서도
'자리' 는 없었던 어두운 아기새에게
인형은 자신에게도 있었던 것에 놀라며
『진심』으로 맹세했다(웃었다).

자신이 '자리' 가 되어 주겠노라고
──둘이 함께……라고
손가락을 걸고 그렇게 맹세했다……

──오랜 생각에서 빠져나와, 소라와 시로는 새삼 눈앞의 문제를 돌아보았다.

눈앞에── 다시 말해, 시선 아래에 있는 침대에 드러누운 추정 드워프에게.

소방사 같은 외투로 온몸을 뒤덮은 모습을 보면, 성별은 불명──.

아니, 이미르아인의 정보가 없었다면 생물인지조차 알 수 없었을 '침낭' 같은 『물체X』는 지브릴에게 채집 및 운반되어, 물에 씻겨진 채, 마침내 침대에 내팽개쳐졌으며…… 현재──

"그래도 안 일어나다니, 이거 어쩌면 좋냐."

"……빠야…… 이거…… 정말, 살아있어?"

여전히 꼼짝도 하지 않는 물체X가── '생사불명' 이라는 문제에.

불안만 커져 가는 두 사람을 보며, 지브릴은 가만히 한쪽 무릎을 꿇은 채 고했다.

"마스터의 밭에서 캔 이상 마스터의 것. 어떻게든 처리하실 수 있지 않을까 사료되옵니다♡"

……지평선 끝까지 물러날 만큼 양보해서, 그 폭론이 옳다 치자── 그러나!!

" '종횡비를 착각해서 세로로 납작해진 수염 덥수룩이' 가 우리 거라고?! 일 없어~~~! 냉큼 깨워다 '플리즈 고 홈' 시키는 거 말고 무슨 방법이 있다고?!"

<small>너희 집으로 돌아가</small>

소라는 드워프의 모습을 처음으로 보았던 그날의 '실망'을 떠올리고 통곡했다.

……아아── 기대했는데.

워비스트가 짐승귀 여자애고. 세이렌도 어인이 아닌 인어였던…… 이 세계에.

엘프도 제대로 우유빛깔 금발 귀길쭉였던 이 세계에── 그래, 꿈을 꾸었단 말이다!

그렇다면 드워프도, 만화처럼 괴력소녀라든가! 야게임처럼 합법 로리가 될 거라고!!

설마── 고전에 충실한 '남녀 모두 우락부락한 수염 덥수룩이' 는 아닐 거라고!!

……그러나 그래 봤자 꿈, 이라고 현실을 탄식하며 눈물을 흘리는 소라──

그러나.

"외람되오나 마스터. 부디, 부디 재고해 주시옵소서."

지브릴은 날개를 접고 손을 모은 채 기도하듯 말을 이었다.

"──드워프보다 뛰어난 것은 이 세계에 없나이다."

………….

…………어라? 운석이라도 쏟아지려나?

하며 자신도 모르게 창밖을 보고 오늘의 날씨를 우려하는 소라와 시로를 내버려둔 채.

"구체적으로는, 마법의 구사에 이러한 『촉매』를 요할 만큼 뛰어난 존재……를 이르옵니다."

지브릴이 내민 것은—— 메카니컬한 구조를 가진 해머였다.

물체X와 함께 땅에 묻혀 있던, 소라의 키만 한 거대 해머.

"뭔데…… '요술 지팡이' 같은 아이템이 없으면 마법을 쓰지 못한다는 소리야?"

"……? 그거, 뛰어난, 거야……? 오히, 려…… 시시하……잖, 아……?"

순간적으로 『일요일 아침에 나오는 만화영화』를 연상한 소라와 시로는 나란히 의문을 제기했다.

주요 수입원이라는 절실한 <ruby>숙명<rt>장난감 매출</rt></ruby>에 의해, 반드시 판매할 상품을 들고 나와야만 하는 마법소녀들…….

그러면 드워프는, 어떤 어른의 <ruby>사정<rt>숙명</rt></ruby>을 짊어졌다는 걸까, 하는 의문의 눈빛에.

"——드워프의 체모는 『미스릴』, 눈은 『오리할콘』이라는 특수한 영물질로——."

지브릴은 꼴깍……하고 목을 울린 다음 말을 이었다.

"정령을 체내에 운용하면, 미스릴의 성질 때문에 '정령 증폭' 현상이 일어나…… 최악의 경우, '과잉증폭' —— <ruby>폭주하기<rt>오버로드</rt></ruby> 때문에, 체외에—— 촉매에 『오리할콘』으로 동기화한 마법을 사용하옵니다."

그 대답에, 소라와 시로는 반쯤 감았던 눈을 더욱 가늘게 떴다.

──그렇구나 마법…… 다시 말해 이해불능^{엉터리 생물}.

상식의 세력인 소라와 시로^{인류}는 자세한 내용을 전혀 알아들을 수 없었다…… 그러나.

요컨대 드워프는 『지팡이』 없이는 마법을 쓸 수 없는── 것이 아니라.

단순히 『지팡이』가 없으면 '제어할 수도 없을 정도의 힘이 있다' ──고 하는…….

……싸나이 마음을 울리는 사양만은 이해하고 감탄하는 소라에게──.

"또한, 각인술식을 다중으로 복잡하게 구현한 여러 촉매를 조합. 가동 및 변형함으로써 각인술식의 조합 변경을 행하도록 구성한 기계의── '핵' 이 되는 촉매, 이른바 『핵매(核媒)^{코어}』와 동기화해 한 번에 여러 가지 마법을 구사하는── 원래는 엘프의 전매특허인 다중복합술식마저 유사하게 실현했던 것이──."

그렇게 전문용어를 한참 늘어놓고.

지브릴은 손에 든 해머를 소라와 시로에게 내밀며 말을 마무리했다.

"바로 이────『영장(靈裝)』이옵니다."

────『영장』…….

다시 말해 이 기계 해머의 무수한 부품은 모두 촉매이며.

그 하나하나에 가미된 치밀한 문양이 각인술식인지 뭔지 하는 거고?

그것들을 바꿔 가며 조합하면…… 뭔가 그으~ 대단한 마법을 쓸 수 있다고…….

인간의 눈
상식으로 이해한 소라와 시로가, 역시 서열 8위라고 오히려 엉터리 생물체
안심마저 하던 가운데, 문득.

"즉, 지브릴. 그 해머가 없으면 이놈은 마법을 못 쓰는 거지?"

"그렇사옵니다── 역시 마스터께서는 당연히 눈치를 채셨나이까."

꼴깍……하고 다시 목을 울리는 지브릴을 보며, 소라와 시로의 이마에서는 식은땀이 흘렀다.

──그렇게 중요한 걸.

────왜 지브릴이 들고 있냐고…….

"이 해머는 소인이 땅을 파서 습득한 것── 예…… 추운 것이옵니다."

……추웠다. 그렇다, 추운 것이다. 그렇다면──!

"『맹약』에 따라 '절도'는 불가능하온지라, 이 해머는 유실물이며 '습득'한 소인의 것── 다시 말해 마스터와 소인의 『맹약』이 인정했음을 의미하는 것이옵니다──!!"

"아니…… 그치만 '습득물 횡령'은 딱 잘라 말해 『맹약』 위반 아니야……?"

"…… '내놔' …… 하면…… 강제적, 으로…… 반납……."

뜨겁게 설파하는 지브릴에게 일단 딴죽을 걸어주면서도 소라와 시로는 알고 있었다.

지브릴이 이 드워프를 『마스터의 것』이라 단언한 근거는──

"예. 두 분 마스터 '께서'! 돌려주라고 말씀하시면 그리 되실 것이옵니다. 하오나 이 해머를 포함하여 마스터의 소유물에 불과한 소인 자신에게는 '반납할 권리'가 없나이다!!"

그렇게 만면의 미소와 함께 지브릴이 말했듯, 결국──

"따라서 이 드워프가 소인 '에게'! 돌려달라고 말해도 반납할 의무는 없사온지라♪ 두 분 마스터께는 실례이오나, 한동안 자리를 비워 주옵시면 소인이 소소한 게임을 【맹약에 맹세코】 하게 해서── 마침내 이 드워프는 두 분 마스터의 것. 결정사항이옵니다♡"

그렇다, 게임을 치르게 한다. 강요할 수 있다. 왜냐하면──

"이 해머── 마법 없이는 단절공간에서 나가는 것도, 소인이 제시할 게임에서 이기는 것도 불가능하온지라♡"

그렇다면 이 드워프의 선택지는 두 가지.

필패 게임에 응하지 않고 '이곳에서 나가지 않거나', 응해서 '소유물이 되거나'.

칭찬해 달라는 듯 눈웃음을 치며 악마처럼 선드러진 책략을 설명하는 지브릴에게.

──훗. 지브릴 녀석…… 성장했구나.

소라와 시로는 그렇게 눈시울을 적시며, 그녀의 바람대로 칭찬해 주고자 웃음과 함께 입을 벌렸으나——

다시 꼴깍 소리를 내며 드워프에게 다가선 지브릴의—— '꼴깍' 이.

뉘앙스로는 오히려—— '침 츨츨' 에 가까움을 깨닫고…… 다시 다물었다.

"하오면 마스터? 퇴실하시기 전에 한 말씀 부탁드리옵니다. 정령증폭성이 있는 『미스릴』과 영혼동기질이 있는 『오리할콘』을 —— 대전 당시에는 마음대로 채집할 수 있었사오나 『십조맹약』이후에는 매우 희귀해진 이 '걸어다니는 광맥' 을……!"

그리고—— 보아하니 날씨는 걱정하지 않아도 될 것 같다며, 지브릴의 말을 떠올렸다.

——『드워프보다 뛰어난 것은 이 세계에 없나이다』…….

"어떻게 가공하면 좋을는지요?! 지, 지시를! 으헤헤, 에헤~."

"하다못해 생물로는 좀 인식해라 응?! 지금 당장 해머 돌려줘버릴까?!"

빛의 칼날을 손에 맺고 '채굴 지시' 를 청하는 지브릴에게 견디지 못하고 소라가 비명을 지르자.

생각지도 못한—— 방 한구석에서 철저히 방관하던 2개 종족이 동조하고 나섰다.

"누가 아니래요오~……. 죽이는 능력밖에 없는 악마는 단세포라 곤란하다니까요~."

"【동의】: 애초에 해당 물질은 가공불가. 플뤼겔의 위기적 지능결함. 재확인. 바~보."

엘프 필과 엑스마키나 이미르아인이 한목소리로 말하자──.

아아, 또야…….

폭발하는 살기에, 오늘 두 번째의 우울함을 맛보며 하늘을 우러러본 소라── 그러나.

문득…… 천장에서 시선을 떨구고, 시로와 얼굴을 마주하며 생각했다.

──플뤼겔과, 엑스마키나와, 엘프── 그리고 드워프…….

……기분 탓일까. 에르키아의 한구석. 조그만 가게의 침실에서 지금.

과거의 대전이── 재개될 조건이, 모두 갖추어진……[인원]

듯한, 기분……이─────────────이이익?!

"어, 으음~~!!! 이미르아인~ ♪ 가공하지 못한다는 게 무슨 뜻──."

"예 마스터♡ 골동품 기계의 오해이옵니다. 부디 무시하여 주시옵소서♡"

제2차 대전을 회피하고자 애써 밝게 이미르아인에게 향했던 소라의 물음.

그러나 쉬프트해 시선과 함께 가로막은 지브릴의 대답에──소라와 시로는 나란히 생각했다.

지금 건물이 뒤흔들린 폭발은 정말로 착각이었을까 하고…….

"……【방해】: 미스릴. 및 오리할콘. 가공은 드워프의 전매특허. 자명."

"아니옵니다 마스터. 올드데우스 오케인의 불만 있으면 가공이 가능하옵니다♡"

"【조소】: 신화로(神火爐)의 탈취. 대장장이 신 오케인 제압과 동의어. 계획의 제시 요구. 어차피 없을걸. 다 알아."

"아무래도 상관없어요~♡ 토양오염 일으키지 않게~ 깊고 깊은 지하에 처분해버릴 거예요♪"

"【기각】: 채집만이라면 가능. 【추천】: 소재의 해체 및 판매. 대박."

그렇게 서로 옥신각신 적의를 교차시키면서 평행선을 이루는 주장을 하는 세 종족── 그러나.

"이봐, 누가 『십조맹약』 좀 떠올릴 사람 없어······? 죽이는 걸 전제로 깔지 말라고!"

'살해'에는 만장일치로 찬성한 듯한 논의에 소라가 이의를 제기하고── 동시에.

──세 번째로 터져 나온 충격에 가게가 뒤흔들렸다.

"엑── 이번에는 착각이 아니잖아?! 진짜 폭발인데?!"

절대 착각이 아닌 '폭열'에 소라는 얼른 시로를 감싸며 비명을 질렀다.

제2차 대전── 회피 실패인가? 하고 반 이상 진심으로 겁을 먹은 소라에게, 스윽······

"···········일어나 있었던······ 듯······?"

"【추정】: '거짓잠' 이후 도주 획책. 그러나 영장이 파탄. 술식실패 폭발. 콰광~."

　시로와 이미르아인이 가리킨 것은, 시커멓게 탄 채 방 한구석에서 부들부들 떠는 침낭이었다.

　그녀들이 말하기를—— 이미 깨 있었으며 도망칠 틈을 엿보던 것으로 추정되는 존재—— 그리고.

　도주마법이 폭발해, 부서진 해머와 머리를 끌어안은 채 부들부들 떨고 있는—— 드워프였다.

　…………당연한 노릇이다.

　잠에서 깨 보니—— 어느새 자신의 인권을 박탈할 계획이 진행 중이고.

　플뤼겔, 엑스마키나, 엘프가 '어떻게 죽일까'를 의논하고 있으니—— 악몽이다.

　그래도 해머를 탈환해 도망치고자 했던 용사에게 감탄하는 소라와 시로. 하지만.

　"——? 허어…… 왜 그러한 일이……? 이해할 수 없나이다."

　"진심으로 죽이려 했던 주제에 진심으로 그런 소리 하는 거라면 나도 무섭거든 지브릴?!"

　"아, 그것이 아니오라 마스터. 그것이 아니오라…… 저기를 좀——."

　진심으로 의아하다는 듯 중얼거리던 악마, 지브릴이 가리키는 곳을 보고 소라와 시로는—— 눈을 크게 떴다.

　——부들부들, 공포에 떠는 드워프의—— 주위.

소라와 시로는 눈으로 인식할 수 없는 속도로—— '무수한 잔상'이 날아다니고 있었다.

그것이 뭔지는 모른다. 그러나 되감기 영상과도 같이—— 부서졌던 해머가 복원되는 모습으로 보건대 무수한 잔상은—— 저글링처럼 하늘을 춤추는 '무수한 공구'임을 간신히 추측하고——

"보시다시피…… 드워프는 '지극히 재주가 좋은 종족'이온지라."

"……응…… 안 보이, 고…… 모르겠, 지만……."

"그래…… 뭐가 뭔지 모를 정도로 재주가 좋다는 것만은, 알겠다……."

문자 그대로 눈에도 보이지 않는—— '수리작업'에.

손재주도 고전에 충실한 모양이라고, 소라와 시로는 어이없다는 듯 눈을 가늘게 뜨며 대답했다. 그러나.

"그런 종족이 실패? 그것도 각인술식에서…… 허어? 이 무슨 불가사의한 일이온지——."

"말 가로막아서 미안한데 말야. 그 전에 처쪽의 불가사의를 우선 설명해 줄 수 있을까?"

"두더지 씨도~ 영장 없이 마법을 쓸 수 있답니다아? 실수로 체내정령이 과잉증폭^{오버로드}되면 자폭일 뿐이지요!! 어차피 처분당할 거 잖아요~? 이판사판으로 도주마법을 썼던 거죠!! 두더지 씨의 멋~있는 모습을 보고 싶은걸요~! 헤~이 폭사해라♡ 폭사해♡"

——드워프도, 드워프를 죽일 기회도 놓치지 않겠다는 거유는.

드워프의 주위를 환한 미소와 함께 폴짝폴짝 뛰어다니고 있었다—— 에둘러서 '얼른 죽어♡'라고 하면서.

수리를 저지해 일부러 마법을 쓰게 만들고자 부추기는 엘프의 설명과——.

"필, 너 원래 그런 성격이었냐?! 그보다 이건 크라미 네 담당이잖아. **말려 봐!!**"

"——흐에? 나, 난 저런 피이는 몰라! 저기! 저기, 피이?!"

친구가 드워프에게 보이는 과도한 적의 때문에, 조금 전까지 방 한구석에서 반쯤 기절해 있었는지.

소라의 목소리에 의식을 되찾은 크라미가 비명과 함께 황급히 제지에 들어갔다.

——필은 대전 당시 엘프의 수도를 격멸했다는 지브릴을 시비 한 번으로 용서해 준 적이 있다. 그런 그녀가 드워프에게는 굳건하기 그지없는 불가사의를 보이다니.

이를 의문으로 제기하는 소라에게, 지브릴은 고개를 조아리며 대답했다.

"그야, 엘프와 드워프는 물과 기름, 견원지간과 어깨를 겨루는 불구대천의 대명사이온지라."

그렇지, 엘프와 드워프가 사이가 나쁜 건 고금동서의 정석이지—— 하지만!!

"너희 익시드 중에 불구대천 아닌 게 누군데?! 중복설정 정도로 이런 캐붕이 퍽이나 이해가 가겠다!!"

바로 조금 전까지 대전 재개를 향해 약진하던 자들에게 날린 소라의 노성은——

"【경고】: 정령 오버로드 감지. 주인님은 본 기체의 스커트 안으로 피난. 강하게 추천. 들어와."

"아, 마스터. 아무래도 '이판사판 폭사해 보겠다'^{도 망 쳐} 쪽을 선택할 모양이옵니다."

"말려! 크라미, 필 좀 어디로 끌고 가! 지브릴——."

두 병기가 마치 잡담이라도 나누듯 보고하는 드워프의 자폭 전조에 비명으로 바뀌고.

소라와 시로, 크라미의 지시와 애원이 실내를 바쁘게 오갔다…….

■ ■ ■

……아무튼 도화선에 불이 붙은 폭탄 일동에게 정중히 퇴실을 청한 후.

평화가 돌아온 실내에 남은 것은 소라와 시로, 정좌를 명령받은 지브릴과——.

"에~ 일단은 누구에게도 살해당할 일 없을 테니까. 저기~ 괘, 괜찮아……?"

여전히 겁을 먹은 채 쪼그리고 앉은 드워프는—— 조심조심, 소라의 목소리에 시선을 들었다.

면밀히 안전을 확인하고, 주위를 살피던 떨리는 눈이—— 갑자기 소라와 마주쳤다.

후드에서 엿보이는 청백색 그 눈은, 과연 소라의 까만 눈에서 무엇을 보았는지……

──불쑥, 중얼거렸다.

"………… '하늘'이지 말입니다……."

"응. 잘 부탁……해────?"

반사적으로 대답했지만, 의아함에 눈살을 찡그리는 소라의 물음은──

"어라…… 누가 내 이름 말했어?──**앗잠깐으아악──?!**"

"빼애애앵 무서웠지 말입니다~~!! 본인 어떻게 해야 좋지 말입니까~?!"

소라의 품에 뛰어들어 넘어뜨린 드워프의 오열이 대답했다.

"지, 지하 1만 미터에서…… 잠륙함(潛陸艦)이, 부상 중에 망가져서! 자, 자지도 쉬지도 못하고 구멍을 파서…… 해님을 다시 보게 되어 살았구나~ 생각했더니── 어느새 지옥에 있었지 말입니다~~!!"

"아, 마스터.『잠륙함』은 땅속을 이동하는 드워프의『배』를 말하옵니다."

"오, 보충설명 땡큐~지만 이렇게 겁먹게 만들어놓고 달리 할 말은 없냐?!"

오열과 공포의 원흉에게 일단 태클을 걸어놓고, 소라는 내심 정리했다.

──그렇구나. 역시 밭에서 자란 건 아닌가 봐, 라고.

그러나 여전히 소라의 품에서 겁먹고 떠는 드워프는 불안한 듯, 매달리듯 오열을 거듭했다.

"보, 본인처럼 못난이 두더지를 소유하는 목적을 모르겠지 말입니다!! 보, 본인, 무엇을 요구받지 말입니까?! 어, 어떻게 하면 죽이시지 않을 거지 말입니까?!"

"아, 마스터. 영장이 파괴된 이상 이 드워프는 이미 마스터의 것이옵니다♡"

"오, 보충설명 땡큐~지만 얘 지금 지브릴 너 때문에 목숨 구걸하는 거잖아?!"

인권박탈의 함정 때문에 '죽이지 말아 달라.'는 애원을 받아야 하는 부조리함에, 소라는 고함을 질렀다.

──오케이. 마법에 필요한 영장은 부서져 도망칠 수도 없다.

그렇다면 이제 소유물이 되는 건 피할 수 없다고 받아들이고 ── 하지만.

플뤼겔, 엑스마키나, 엘프를 말려서 자신을 소유할 메리트.

그 요구를 만족시키지 못하면 목숨은 없다고 제멋대로 각오를 다진 드워프의 목숨 구걸은──.

"좋지 말입니다!! 고향에도 있을 자리가 없던 버림받은 두더지! 타종족의 국가에서 살아간다면 노, 노예나 애완동물도── 각오했지 말입니다. 목숨만 빼앗기지 않으면 의자로도── 으에에?!"

──갑자기 괴성을 지르며 끊어지고, 소라의 가슴 위에서 무게와 함께 사라져버렸다.

그리고 드워프를 밀쳐내며 소라의 가슴 위에 앉은 여동생의 흘겨보는 눈과——

"……여기…… 시로, 자리……! 뭐야 이 여자……!!"

하아악 위협하듯 언짢은 목소리에, 소라는 뒤늦게 깨달았다.

——그랬지…… 자신을 밀어 넘어뜨리고 흐느끼던 드워프의 목소리는—— 분명히.

——여자애 같았다.

심지어 '뭐든지 할 테니까.' 라는 무조건 투항 완료, 각오 완료.

과연. 원래의 소라 같으면—— 아광속으로 낚였을 낚싯바늘이었다.

'세로로 납작해진 수염 덥수룩이 종족' 이라는, 무조건 무시할 만한 떡밥이 아니었다면.

그렇다고는 해도 일단 '여자' 에게는 질투를 하고 보는 여동생에게 흐뭇하게 쓴웃음을 지어주고.

"뭐, 그렇겠지. 그럼 일단은…… 자기소개부터 할까?"

그렇게 상반신을 일으킨 소라는, 시로를 정위치인 자신의 무릎 위에 얹고,

"정식으로—— 나는 소라. 이쪽이 여동생 시로……. 미안해. 여기는 여동생 예약석이거든."

여전히 위협하며 으르렁대는 여동생의 머리를 쓰다듬으며, 긍정하듯 이름을 댔다.

그 모습에 자신의 무례를 이해했는지, 혹은 단순히 목숨의 위기를 느꼈는지.

"예——!! 시시, 실례했지 말입니다!! 보, 본인, 얼굴도 보이지 않고——!!"

황급히 일어나 자세를 바르게 하고 경례로 인사하더니.

침낭——이 아니라, 온몸을 감싼 외투를 연 드워프, 소녀……는——.

————.

"보, 본인! 드워프 비슷한 못난이 두더지이지 말입니다! 이름은————."

얼굴을—— 몸까지 드러내며 자신을 소개하는 목소리는 어딘가 멀게만 들려와.

소라는 멍하니. 넋을 놓고. 눈길을 빼앗긴 채, 그 소개를 듣고 있었다………….

■ ■ ■

영혼이 빠져나간 듯 도취되어 넋을 잃은 오빠의 무릎 위에서.

침낭 같던 외투를 열고 나타난 '드워프'의 모습에.

——시로마저, 오빠를 나무라지 못한 채, 원통하게도 숨을 멈추고 말았다.

——그것은 수염 덥수룩이도, 세로로 눌린 모습도 아니었다.

매끈한 갈색 피부를 생색만 내는 듯한 면적의 천으로 가린…… 앳된 소녀.

몸과는 대조적인 은색의—— 아니. 진정한 은(미스릴)의 광채를 띤 머리카락에서는 한 쌍의 뿔이 튀어나와 있었으며.

희미한 불꽃이 일렁이는 듯 매혹적인 청백색 두 눈은 신화의 강철(오리할콘)이라는 이름에 어울리는 색채.

그리고 자신 없이, 불안스레 흔들리는 목소리와 덧없는 표정으로——

"보, 본인! 드워프 비슷한 못난이 두더치이지 말입니다! 이름은————."

애절한 목소리를 떠는 모습 또한—— 보호 욕구를 자극했다.

오빠가 넋을 잃은 것도 무리는 아니다. 오히려 필연이자 당연하다고 할 수 있다.

그렇기에——!!

시로는 이성을 내팽개쳐놓고 움직였다. 그렇다————

"이름은—— 티르빙의 니——…………이~……라고~?"

——티르빙.

'천적'이라 확신한 이름을 기억에 새긴 시로는 적확하고도 가장 빠른 한 수를 두었다.

플래그를 꺾는 수를. 밋밋한 몸에 걸친, 노출이 심한 옷에 손을 뻗어.

용도를 알 수 없는 한 부분을. 끈 같은 서스펜더를 잡고 신축시켰다…….

······디용— 디용— 디용—······하고······.

"——······동생아······ 뭐 하는 거냐고, 오빠야가 좀 물어봐도 될까?"

말없이 디용디용하는 그 광경에 제정신을 차린 오빠의 물음—— 그러나.

시로도 대답하치 못한 채—— 얼버무리는 답변만을 제시하고, 시로는 개폐를 이어나갔다.

"··········단추는, 잠그라고······ 끈은, 당기라고, 있······어."

"음, 이해하지. 그래서 나도 좀 시켜달라고 하고 싶을 정도다만—— 시로 씨? 여보세요~?"

"저~ 저기! 어째서인지 엄청나게 창피한 일을 당하고 있는 것 같지 말입니다?!"

그러한 항의는 무시하고, 시로는 개폐를 반복하며—— 맹렬히 머리를 굴렸다.

——왜 그렇게 생각했는가.

귀납적 사고가 주특기인 시로를, 스스로도 이해하지 못한 채 움직이게 만든 '문제'.

더없이 위험하다고 근거도 없이 단정했던 직감, 눈앞의 '소녀^적'에 대해——

"······그런데 지브릴 군? 매우 중대한 문제가 있다네. 신중하게 대답해 주게나."

그렇게, 오빠도 갑자기 나직한 목소리로 물은 '대문제'에 대해—— 다시 말해,

"드워프는 '세로로 납작해진 수염 덥수룩이 종족' ……이라
고 기억한다만?"

"예. ……예?! 아아…… 아아! 송구스럽사옵니다, 마스터!!"

…… '드워프의 용모 설정 문제' 에—— 수수께끼의 조바심을
느끼며 생각했다.

————————————위험해…….

"두 분 마스터의 말씀을 통해 드워프 남성밖에 모르신다는 것
을 제가 헤아렸어야 하옵니다!"

디용— 디용— 디용—…… 시로는 끈을 붙들고.

그렇다—— 그것이었다…… 우선 그것부터 위험하다……!!

"드워프는, 성별에 따라 외견 차이가 현저한 종족이온지
라…… 우선 여성은 '비교적 체모가 적으며', 또한—— 이마에
'뿔' 이 있는 것이 일반적인 특징이옵니다."

디용— 디용— 디용—…… 시로는 이를 뿌드득 악물었다.

그렇다—— 그도 그럴 것이 끈을 개폐할 때마다 드러나는 동
그란 '배' 는.

드워프가, 여성에 한해서는, 수염 덥수룩이가 아니라는 증거
였으며——

"또한 남녀 모두 키가 작사오나, 여성은 성체여도 체형적으로
—— '어리다' 는 표현이 적절하지 않을까 하옵니다."

그렇다—— 다시 말해 가슴도 평탄하고 그것을 쉽게 말하자
면——!!

──── '갈색 로리 오니 소녀' 였다…………

심지어 지브릴이 말하길, 합법^{성인}이라는 소녀를 향한──

"그렇구나~ 그럼── 티르빙 군? 정식으로 너에게 요구하지."

안경이 있으면 번뜩 빛을 냈을 것 같은 오빠의 목소리에, 시로는 자기도 모르게 손을 떨었다.

── '뭐든 하겠다' 고 각오를 완료한── 여성.

원래의 오빠── 동정 18세라면 야광속으로 낚였을 것이 분명한 낚싯바늘에!

"내 요구는 하나. 당초 예정대로 '플리즈 고 홈'^{너희 집으로 돌아가} 이야. 자……."

무시할 안건이라고 페인트까지 걸었던 미끼에, 초고속으로 달려들었다.

가슴을 펴고, 이를 빛내며 이어진 징그러운 발언이 말해 주듯──!!

"오늘부터 내가 바로 너의 홈이란다…… '웰컴 백'^{어서 오렴} …… '티르' ☆"

── '짐승귀 소녀' 에 이어 오빠의 속성^{취향}에 스트라이크로 꽂혔다…………

……하지만…… 새삼, 스레…… 그게 어쨌다고……?!

필두속성── 동부연합^{짐승귀 왕국}을 제압하고자 했을 때조차 없었던 이 초조함.

형언할 수 없는 위기감—— 위험하다고 절규하는 본능은 설명이 되지 않는다.

눈앞에 보이는 드워프를 '전에 없던 위기^적'이라 단언할 근거는 무엇이냐!!

"……호, 혹시…… 본인을, 대가^{메리트}도 바라지 않고 주우신 거지 말입니까?"

티르빙, 아니—— 티르의 말에서, 표정에서.

위기감의 정체를 밝혀내고자 시로는 눈을 날카롭게 뜨며 관찰하고 정보를 정밀수집해——.

"보, 본인은 못난이 두더지이지 말입니다?! 여, 영장도 제대로 못 만들고, 돌아갈 곳도 없는, 버려진 두더지이지 말입니다!! 아무 짝에도 쓸모가 없다고 보장할 수 있지 말입니다?!"

보호 욕구를 자극하는 심약한 시선과 목소리에—— 시로는 가설을 입각했다.

————《가설》—— '못난이' 속성이라서?

초장부터 '쉬운 히로인' 플래그를 고슴도치마냥 꽂아서?

"아, 아니면 이렇게~…… 디용디용 하시는 거, 뭔가 도움이 되는 건지 말입니다?"

얼굴을 붉게 물들이는 모습에 시로는 내심 '다우트^{아니다}'라고 단언했다.

————《가설》—— '노출광^M' 속성이라서?

부끄럽다고? 그럼 이 속옷 같은 차림을 안 하면 되잖아?

얼굴도 보여주지 않고 실례? 후드만 젖혀서 얼굴을 보여주면 되잖아?

······왜 아래까지 열었어? 응?

로리 성향이 있는 오빠에게! 로리 바디를! 보여주다니! 뭐가 목적이야——?!

······디용— 디용— 디용— 디용——!!!

"아~ 잠깐만 기다려봐······ 저기, 시로?! 악마 같은 표정의 로리(시로)가 얼굴을 새빨갛게 물들인 로리(드워프)에게 하염없이 성희롱 반복하는 거—— 어째 뭐랄까~ 비주얼적으로 상당히 거시기하거든!! 응?!"

"······················큭!!"

탈선해버린 사고와 표정, 분노를 지적하는 오빠의 목소리에, 시로는 얼른 손을 놓았다—— 그러나.

즉시 오빠의 등 뒤로 도망치는 티르와, 이어지는 대화에—— 칼날처럼 눈을 가늘게 떴다.

"쓸모없어도 되니까. 티르는 그냥 내 거인 걸로."

"그, 그러면 본인은, 소라 공의~······ 노예이지 말입니까? 펫이지 말입니까?"

"둘 다 아니거든?! 청불 설정은 무조건 NG야!!"

"윽. 그, 그러면 본인, 소라 공의 것—— 구체적으로는 뭘 해야 좋지 말입니까?"

————.

"……………어라. 넌 내 거다! 한 다음에, 뭘 하면 되지?"

인기남이 되고자 하는 것은 남자의 본성. 그러나 인기남이 된 후에 어떻게 할지에 생각이 미치지 못하는 숫총각 오빠의 본성에.

"【도청】: 성적기호에 합치하는 이성체. 소유할 동기——『성 처리 목적』으로 추정."

——그렇게 대답하는 목소리를 듣고, 시로는 말없이 생각을 거듭했다.

"【필연】: 본 기체의 주인님을 NTR할 인자. 【재제(再提)】: 해 당 드워프의 해체 및 판매. 꺼져~."

"이미르아인 말야…… 내가 나가달라고 부탁했지? 또 광학 미채 썼냐?!"

"……허어. 그러면 소인의 마스터에게 노예로 삼아달라 지망 하시겠다? 설마 그렇게 삶을 비관하셨는지요?♡"

"노예는말도안되지말입니다꿈도꾼적없지말입니다!! 소, 소 라 고옹?!"

"어~ 잠깐잠깐!! ……치, 친, 구…… 그래!! 친구라는 전설의 거시기야!!"

"그거지 말입니다! 본인은 지금부터 소라 공의 친구이며——."

"【요구】: 친구를 소유할 정당성. 이성간 우정 성립의 근거 제 시…… 본 기체는, 안 돼?"

——에로한 짓을 할 생각 이외의 동기가 있다면 제시해 봐라, 라고.

있을 리도 없는 동기를 추궁당하는 소라를 보며, 시로의 위기 감과 의문은 더욱 깊어졌다.

————《가설》—— '최근에 오빠가 인기남이 되어서' ?!
아니다. 왜냐하면 최근에 시작된 게 아니니까! 시로는 괴로워 하며 고개를 가로저었다.

시로에게는 매우 아니꼽기 그지없지만—— 그거야말로 새삼 스러운 소리!

애초에 이 세계에 온 날—— 그날 밤에 이미 모 빨강머리 히로 인은 함락당했고!!

지브릴도 플뤼겔의 감정 특성과 주종관계라는 인식 때문에 자 각이 없을 뿐이고!!

이미르아인과 마찬———— 마찬, 가지————?

——그렇게 도달한 《가설》에, 시로는—— 급속도로 머리가 식어가는 감각 속에서.

'전에 없던 적' 을 간파했다는 확신에 크레바스와도 같은 가 늘고 깊은 웃음을 지었다.

……지브릴과 이미르아인. '노예' 포지션은 얼마 전에 캐릭 터가 겹쳐버렸다.

애완동물 포지션에는 이즈나와 호로. 쉬운 히로인 포지션은 스테프 하나면 만원. 그렇다면——

—— '이 드워프' 의 포지션은——?

그리하여 시로의 《가설》에 『정답』을 들려주는 드워프의 울음 섞인 목소리가 울려 퍼졌다.

"아! 소, 소라 공! 조금 전에 자신을 '여동생' 의 예약석이라고 하셨지 말입니다!!"

··········오호~······ 그렇단 말이지······.

"보, 본인도 소라 공의 여동생으로── 아. 본인 84세이지만 괜찮다고 보지 말입니다?!"

"63세 연상 여동생이라니 뭔 놈의 가정환경이 그 모양이야?! 그리고 내 여동생은 시로 하나뿐이라고?!"

"그러면 누나든 어머니든── 아, 아무튼 본인, 시선에 죽을 것 같지 말입니다!!"

이 소란을 노려보는 시로의 붉은 눈에는, 이 너머의 전개가 모두 보인 듯했다.

──보호 욕구를 자극하는 '무속성' 쉬운 히로인, 못난이 속성.

각성 이벤트에서 즉시함락까지── 호오, 그렇군. 그리고 이번에는?

────── '여동생 포지션' 으로 캐릭터 겹치기까지.

여기에 백발도 겹치고 로리도 겹치고. 심지어 오빠의 취향 속성은 죄다 토핑······.

그 의미에, 시로는 머릿속에서 무언가가 끊기는 소리를 들으며, 흉악한 웃음과 함께 손을 뻗었다────.

■ ■ ■

느닷없이 울려 퍼진 타격음에 소라를 포함한 모두가 돌아보았다.

주먹을 벽에 꽂고 티르에게—— 벽쿵으로 다가선, 시로의 목소리를 들었다——.

"…………『최후통첩』…… 두 번은, 말 안 해…… 똑똑히, 들어……."

속삭이듯. 그러나 가차 없는 적의로 이어지는 말을…… 그렇다.

최후통첩—— 양보나 교섭의 여지는 없다고. 만에 하나 받아들이지 않겠다면——

"……빠야의 동생 포지션은, 시로 거!! ……아무한테도 양보 못해…… 오케이?"

——전쟁이라고. 살벌한 눈으로 고하는 미소에,

"————조. 조조조좋지말입니다!! 올 오케이지 말입니다!!"

결사의 표정으로 경례를 올리는 티르의 비명을 끝으로, 정적이 찾아왔다.

————.

그리고………… "아." 소리와 함께——

"조, 좋아. 진정해 시로! 아니지, 진정해야 할 사람은 이 오빠다만!!"

"……………후우~~~우…… 후샤아아~~~~아
아……!!"

소라는 강제정지──를 거쳐 재기동해 머리를 정상으로 돌려
얼빠진 목소리로 말하고.

설정을 검토 중이던 티르를 위협하는 시로를 떼어내듯 안아올
리며 내심 외쳤다.

──냉정하게 생각하면 설정도 뭣도 없잖아!!

티르가 노예든 펫이든 동생이든 누나든, 하물며 엄마든 되긴
뭐가 돼!!

애초에…… 아직 게임도 하지 않았어. ── '소유하지 않았
다고' !!

지브릴이 제멋대로 함정에 빠뜨리고! 티르도 멋대로 패배를
전제로 각오 완료했고!! 소라도 밭에서 캔 침낭에서 나타난 갈
색 로리 오니 소녀, 그야말로 괘씸하기 그지없는 미소녀에게 기
세로 장단을 맞춰줬을 뿐!! 티르는 철두철미하게──

────── '손님' ── 아니.

정확하게는──『약장수_{소 라 네}』를 찾아온, 성가신 손님의 '심부름
꾼' 이다…….

식은 머리로 그렇게 생각하는 가운데, 소라는 새삼 원래의 예
정대로 정보를 정리했다.

분명 기다리고 있던 '손님' ──이지만…….

소라는 신중하게 상대를 캐보고자 했지만──.

"""……………………."""

"그러면 티르 씨?! 에르키아에 도항하신 목적은 비즈니스인가요 관광인가요?!"

"아! 아니지 말입니다!! 아, 아마 '표류'라든가 '난민'이지 말입니다?!"

여전히 소라의 품속에서 으르렁거리는 여동생과.

결국 소라가 티르에게 무엇을 바랐는지 대답을 얻지 못한 지브릴 및 이미르아인.

세 방향에서 오는 '압력'에 당황한 소라의 물음에, 티르 또한 눈물을 머금고 대답했다.

"수, 수도에서 두령에게 붙잡혀서, 편지를 전해받──고? 어, 어디 있지 말입니까?!"

『편지』를 찾기 시작하는 티르를 곁눈질하며, 소라는 슬쩍 지브릴에게 물었다.

"……지브릴. 나 잠깐 확인하겠는데…… '두령'이란──."

"예. 드워프는 전통적으로 '영장을 이용한 게임'을 통해 대표를 선출하옵니다. 다시 말해 드워프 중에서 가장 뛰어난 영장 기술자가 두령── 전권대리자가 되는 시스템이옵니다."

"찾았다── 근데, 편지인지도 의문이지 말입니다. 지저분~한 메모 조각이지 말입니다."

그리고 티르는 주머니에서 발견한 『편지』를 보며 눈살을 찡그렸다.

하긴…….

소라와 시로는 쓴웃음을 지으며 내심 동의했다.

그도 그럴 것이 그 『편지』는 소라와 시로가 이미 읽어 티르의 주머니에 되돌려놓았던 종잇조각——

——『이 몸이시다 약 외상으로 내놔라 외치 놈들아』

그렇게—— 받는 이의 이름도 서명도 없는 한 문장만이 적힌, 지저분한 종잇조각이었으므로.

받는 이는 소라와 시로—— 그러나 이를 모르는지 티르는——.

"이걸 '이상한 놈들에게 넘겨줘라.' 라고…… 그 말씀만 하시고 잠룩함에 처넣어, 적당~히 좌표를 입력해 두둥실 두둥실 ~…… 훗. 국외추방, 유배를 보냈지 말입니다……."

——그렇군. 도항 목적은 '표류'란 말이지.

"본인 같은 못난이 두더지, 드워프의 나라 하덴펠에 있을 자리도 일자리도 없지 말입니다. 그래서 '사막에서 바늘이라도 찾고 있어라.' 라고—— 다시 말해 한직으로 쫓겨난 거지 말입니다! 정리해고만 기다리는 좌천이지 말입니다!!"

——그렇군. 돌아갈 곳이 없다. 버려진 두더지란 말이지.

숫제 시원시원하게 들리는 티르의 자학에, 소라와 시로는 눈짓을 나누며 고개를 끄덕였다.

그렇다면—— 티르에게는 '좋은 소식'일 것이다—— 바늘은 이미 발견했으니까.

그렇게 말하고자 당장 일어나려던 소라와 시로. 그러나——

"훗, 좋지 말입니다! 그딴 나라 본인이 먼저 나가 주지 말입니다〜〜!!"

────────. ?

"……어, 음……? 어라? 티르── 바늘 찾아서 돌아갈 마음, 은……?"

"전혀 없지 말입니다!! 그야말로 시기적절했지 말입니다!!"

소라와 시로가 아연실색하는 가운데 기꺼이 말한 티르는── 갑자기 낯빛을 흐리더니.

"──애초에 있을 자리도 없던 고향<ruby>나라<rt></rt></ruby>── 그래도 다른 나라에도…… 자리, 라고는…….

……만약, 있다고 한다면── 그렇게 말을 이으며.

"버리는 신이 있으면 거두는 신도 있다는 말, 사실이었지 말입니다!! 작별이지 말입니다 큰아버지<ruby>오케이<rt></rt></ruby>!! 본인은 여기에서 거둬 주는 신이랑 살아갈 거지 말입니다! 사막에 바늘이 있어 봤자 어차피 모래나 되지 말입니다! 그럼 그건 이미 모래치 말입니다! 사막에서 모래 같은 거 찾지 말지 말입니다── 퉤!"

──그렇게, 마지막에는 말만으로 침을 뱉는 시늉까지 했다.

쌓였던 불평을 토해낸 티르의 환한 미소에, 소라와 시로는 내심 이해했다.

……어쩐지 소유물이 되는 데 적극적이더라.

최악의 경우 정말로 목숨까지 위험해지는 국외추방에서── 자리를 찾아, 소라와 시로에게 문자 그대로 주워졌던 것이다.

자리가 없는 고향<ruby>하덴펠<rt></rt></ruby>으로 돌아갈 동기는 사라졌고, 편지를 줄 때까지 돌아가지 못한다는 구실까지 생겼다.

　그야말로 시기적절. 거둬준 신을 바라보는, 고마움에 젖어드
는 눈――.

　"그, 그러냐……. 하지만 우린 이제부터 하덴펠에 가야겠는
데……."

　그렇다면 티르에게는『슬픈 소식』이리라고―― 소라는 속으
로 정정해 주며, 눈앞의 현실을 제시했다.

　무언가를 찾을 때는 보통, '포기했을 때 찾는다'는―― 그런
현실을. 그렇다.

　"……우리 보면서, 뭐 생각한 거 없냐……?"

　…………．

　"――――――더, 더할 나위 없이 이상한 놈들하고 이야기
하고 있었지 말입니다?!"

　……플뤼겔에, 엑스마키나를 거느린―― 골방지기 이마니티
두 사람.

　방 밖에는 공연히 친절한 이마니티와 엘프 페어까지.

　사막 정도가 아니라 세계에서 가장 이상한 바늘을 발견했다는
현실을 깨닫고, 티르는 통곡을 터뜨렸다.

　"그거, 아마 받는 사람 이름이 없는 게 아니라, 우리―― 다시
말해『　　』에게 보낸 걸 거야."

그리고 이어진 소라의 말에 티르는 종잇조각과 소라네를 번갈아 바라보고.

"혁. 엑, 소라 공과 시로 공이—— 바, 바로 그 에르키아 임금님들이시지 말입니까?"

——어째서인지 초롱초롱 눈을 빛내며 톤이 올라간 목소리로 그렇게 말했다.

마치 동경하는 스타를 만난 팬 같은 반응에 소라는 눈을 가늘게 떴다.

"유감이지만 지금은 그냥 『약장수』. 그러니까 주문하신 『약』을 배달하러 가는 거지."

"……『약』값…… '착불' …… 하덴펠, 두령네 집으로…… 고~."

그렇게, 이미 정해놓았던 예정을 고하고 소라와 시로는 짐을 싸기 시작했다.

원래 소라와 시로는 『약장수』이며, 『약장수』에게 볼일이라면——『약』밖에 없다.

그렇다면 남은 것은 어디의. 누가. 『약』을 소망하는 '손님'인지…… 그뿐이었다.

……따라서 '손님'은 '두령' …… 드워프의 전권대리자이고.

주문처는 하덴펠이라 판명되어, 여행 준비를 시작하는 소라와 시로에게——

"——어. 그러면 본인, 그냥 '심부름꾼'이었지 말입니까?"

그러나—— 그 '손님'에게 심부름을 보낸다는 말은 듣지 못했는지.

소라와 <ruby>시로<rt>이곳의 좌표를 찍어서</rt></ruby>가 있는 곳으로 보낸 두령에게 국외추방을 당한 것이라고만 생각했는데——

"노, 노예이니 뭐니, 겁을 먹어서…… 본인, 또 두령님에게 놀림당했지 말입니다!!"

그저 '놀림당했다'고 굵은 눈물을 뚝뚝 흘리며 발을 동동 구르는 티르에게.

——딱 하나 마음에 걸리는 일이 있다며 묻는 소라.

"……참고로 말야, '두령'인지 뭔지는 어떻게 우리 위치를 알아냈대?"

"모르지 말입니다. 분명 평소처럼 '왠지 그냥' 알았겠지 말입니다!!"

그렇게 자포자기해 뺨을 부풀리며 대답했지만——.

"보, 본인, 하덴펠에는 안 돌아갈 거지 말입니다!! 보, 본인이 있을 집은 '여기'이지 말입니다! 도, 돌아갈 집은 여기, 이지…… 말입니다…… 그쵸……?"

——아무래도, 추방당해 자포자기했던 것도 뭣도 아니고.

진심으로, 정말로, 하덴펠에는 돌아가고 싶지 않은지.

자신의 자리, 소라와 시로에게 매달려 '버릴 거야?'하고 강아지처럼 떠는 티르를 보며 소라는 미소를 지었다.

──갈색 합법 로리 오니 소녀를 버리다니 말도 안 되지!라고······.

쿠데타가 일어난 지금도 에르키아는 '다종족 연방'이며──
그 맹주국이다.

다른 종족도 정식 수속을 거치면 이주가 가능하다── 하물며 소라는 말했다.

"물론. 다만 하덴펠이『 나와 시로 』의 집이 될뿐."

"────────네?"

"······주문한······『약』── 조금, 비싸······."

"그래. 가격은── '네놈의 나라 전부' 거든."

────────.

아연실색하는 티르에게, 시로와 소라가 흉포하게 웃으며 목소리를 높였다.

"그런~고로!『갈색 오니 소녀 왕조』라는 이상향, 뉴 스위트 삼 발 라
홈을 접수하러 가 보실까!!"

"······접수, 해서······ 그거······ 어떡, 하게······?"

미해결문제를 다시 제시하며 흘겨보는 시로에게, 소라(18세/
숫총각)는 반짝 빛나는 눈물을 참고.

"접수한 다음 생각한다!! 기회의 여신은 앞머리밖에 없다지
만── '9할 대머리인 여신'을 쫓아다닐 시간은 없어! 함정을
파고 빠뜨려 붙잡는다── 그리고 지금이 그때다!! 잡아서 어
떡하냐고? 잡고 나서 생각하면 되지!!"

그렇게―― 동기의 불순함을 기세로 얼버무리고자 목소리를 높였을 때.

"――그럼 우리도 같이 데려가 줘. 불만은 없겠지?"

지극히 당연하다는 듯. 아주 자연스럽게, 이야기는 전부 들었다면서.

관음자 2인조…… 크라미와 필이 문을 열었다.

사방팔방 온갖 수를 다 쓰고도 소라 일당이 있는 이곳을 밝혀내치 못했던 두 사람은 안광을 날카롭게 뿜으며 말했다.

"세계 제2위의 나라 하덴펠과 값어치가 같은 『약』이라…….
어떤 『약』인지 꼭 좀 알고 싶은걸."

"이봐~ 이봐. 이미 가르쳐 줬잖아? '장사의 기본' 이라니깐
――."

한껏 비아냥거리는 웃음으로 소라를 바라보는 크라미에게.

소라 또한 '맨손' 을 보여주며 비아냥거리듯 대답했다.

"――『약』을 팔려면―― 우선은 『독』을 먹여야지."

그렇다―― '『공급』을 팔려면 우선 『수요』를 만들어야 한다' ――.

―― '다 죽어가는 손님' …… '독을 먹은 손님' 을 먼저 만들면.

"평범한 '빈 병(空甁)' 이라도―― 나라보다 비싸게 팔 수 있지 ♪"

…………

"하오면── 목적지, 하덴펠의 수도까지 거리 9748.7킬로미터……."

이리하여 크라미와 필의 의구심, 소라와 시로의 대담한 침묵에도 아랑곳하지 않고.

고개를 숙이며 말한 지브릴의 광륜이 빠르게 회전하기 시작했다.

"부디 저의 옷을 잡아 주시고, 잠시 편안히 대기하시길 바라옵니다♡"

초장거리 공간전이 준비에 들어간 지브릴의 허리에서 뻗어나온 띠를,

"그럼 잠깐 다녀올게. '가게'는…… 집 보는 건 너한테 맡긴다, 이미르아인."

"【태연】: 빈 집을 맡는다. 아내의 역할. 본 기체는 임무를 완수한다. ……쓸쓸하지 않아."

여느 때처럼 꿈보다 해몽이 좋은 이미르아인── 이외의 전원이 붙잡았다.

말과는 달리 손수건을 흔들며 쓸쓸함을 어필하는 모습에 크라미의 시선이 가늘어졌다.

──당연하겠지.

감시가 목적인 크라미와 필은 동행시키고, 이미르아인 같은 전력을 두고 간다니.

크라미와 필이 그 사실의 진의를 캐려 하는 것을 아는지 모르는지── 티르가 불쑥 물었다.

"저, 저기…… 잠륙함은 고장이 났는데—— 어떻게 수도까지 가시지 말입니까?"

"응? 플뤼겔의 공간전이는 의외로 지명도가 낮나 봐?"

"아뇨, 시야 범위나 알고 있는 좌표로 불쑥불쑥 전이하는 거, 대전 당시의 악몽이었다지 말입니다!"

티르의 그 말에 새삼 대전 재현 RTS가 떠오른 소라와 시로는 쓴웃음을 지었다.

그래, 그야말로 악몽이었지…… '전선이라는 개념조차 성립되지 않으니'.

준비도 가경에 접어든 기색을 보이는 플뤼겔에게 짓던 메마른 웃음—— 그러나.

"……수도는 '지하'에 있지 말입니다. 눈에 안 보일 거치 말입니다—— 그, 그리고!"

이어진 말은 소라와 시로만이 아니라——

"처, 『천격』 술식 짜고 계시는 거, 제, 제 기분 탓, 이겠지 말입니다……?!"

——그 자리에 있던 전원이—— 어째서인지 지브릴조차 고개를 갸웃하며 침묵케 했다.

그러고 보니 장거리 전이치고는 준비가 너무 길다고 생각한 소라는, 조심조심.

"……지브릴, 말야……? 하덴펠에 가본 적 있어?"

전원의 의구심을 대변한 소라에게, 지브릴은 옷매무새를 가

다듬고 고개를 끄덕였다.

"예. 그도 그럴 것이 드워프는 '공업과 산업' 에 가장 탁월한 종족이온지라. 그런 드워프의 통일연합국은 다시 말해 이 세계에서 가장 발달한 '기계문명' 을 보유한 국가이옵니다 ♪"

그것은 다시 말해, 하덴펠이란——

"말씀대로 '수도는' 지하에 있사오나, 지표에 펼쳐진 도시, 고층도시에서 해상도시까지 다양한 양식의 도시가 그물눈처럼 이어진 매우 흥미로운 나라—— 수도 없이 방문했나이다♡"

하늘을 나는 호기심(지브릴)에게는 그야말로 '보석상자'——가 보지 않았을 리가 없다.

그렇다면 티르의 의구심은 공연한 걱정이었구나, 하고 가슴을 쓸어내린 일동은.

"——예, 수도도—— 상공에는. 몇 번이나♡"

——이어서 지브릴이 한 말에 얼어붙고—— 그 직후, 말없이 뛰쳐나갔다.

헤죽거리는 웃음과 함께, 침을 닦으며 이어진 목소리는 내버려둔 채—— 말인즉슨.

"하염없이 지상을 내려다보던 나날도, 이, 이번에는 오라고 『입국허가』를 받았으니!! 상공으로 전이해, 1퍼센트 정도의 『천격』으로 터널을 개통하고, 이어서 두 분 마스터의 호위까지, 연속술식을 편찬하느라 다소 시간이 걸리고 있사오나——.”

티르의 우려대로—— ‘폭격에서 시작되는 침입’을 꾀하고 있다는 선언에.

유일하게 쾌재를 불렀던 필을 제외한 전원이 방을 뛰쳐나갔다.

—— ‘잠류함을 수리하자’는 공통인식을 가슴에 품고, 전속력으로——…….

■ ■ ■

그런 소란으로부터 아득히 먼—— 에르키아 왕성. 옥좌의 홀에서.

이미르아인 외에도 또 한 사람. 빈자리를 지키던 붉은 머리 소녀가 있었다.

——스테파니 도라 공작, 아니.

입헌군주제 체제로 바뀌며 ‘대공’—— 이름뿐인 에르키아의 『여군주』가 된 스테프는.

“……알로에 씨~? 저는 고민이 있는데요…… 들어주시겠어요~?”

옥좌에는 앉지 않은 채, 그 옆의 바닥에 쪼그려 앉아, 품에 안은 화분에 대고.

“저는…… 집을 지키는 게 아니라, 그저 방치당한 것 아닐지…… 기분 탓이겠지요~♪”

루—루루~…….

옥좌의 홀에서 홀로, 노래하듯 공허하게 눈물을 흘리고 있었다…….

……소라와 시로가, 쿠데타로 옥좌에서 쫓겨난 날── 아니.

게임에 응하지 않고, 기권해서 너무나 선선히 옥좌를 내주었던 날.

──『응~ 그럼 뭐, 스테프. 평소대로 많이 힘내♪』

그 말을 남기고 사라진 두 사람에게, 스테프는 일말의 의심도 없이 확신했다.

다른 이도 아닌 소라와 시로가 억눌러놓았던 자들이 일으킨 쿠데타는.

────일부러 일으키게 둔 쿠데타일 거라고.

그리고 '평소대로' 하라고 말을 남긴 이상, 이것도 분명히 책략이며.

'평소대로'── 에르키아가 멸망할지도 모르는 책략이라는 것 또한 확신하고 있었다──.

이제는 짊어지는 데 익숙해져버린 이마니티 존망의 무게에, 각오를 다지기를 어느덧 3주──.

"알로에 씨~…… 저는, 또 따돌림당한 걸까요……?"

──소라 일당에게서는 아무런 소식도 없는── '평온' 하기 그지없는 하루하루.

스테프는 대 올드데우스 게임에서 따돌림을 당했던 추억이, 트라우마가 떠올라 무릎에 얼굴을 묻었다.

아아…… 평온하구나. 그야 쿠데타…… '정권찬탈'이 일어났으니.

　《상공연합회》가 암약하는 제후의회는 혼란의 도가니에 빠졌지만── 그뿐이다.

　원래 상인은 이권을 최우선시한다── 국민들에게 불안을 주면 '손해'일 뿐이다.

　그렇기에 《상공연합회》는── 국민을 대표하는 『혁명』이 아닌, 귀족 내부의 내란──『쿠데타』로 표면상 뒤처리를 마쳤다.

　태환지폐 발행, 유통활성화, 무역완화…… 그런 식으로, 적어도 국민의 시선에서는 아무것도 바뀌지 않은 것처럼 보이게 만들 만큼, 국가는 평온함 그 자체였으며.

　그리고 모든 권리를 빼앗긴 『군주(스테프)』는 홀로 알로에에게 푸념을 늘어놓는다.

　"……맨날, 자기들끼리만……. 치사하지요……."

　또 자신이 모르는 곳에서 터무니없는 일을 하고 있는 걸까.

　틀림없이 소라를 따라갔을 지브릴이나 이미르아인.

　부자연스럽게 방관만 하고 있는 연방 산하국의 다른 사람들은……?

　"……나만…… 소라와────────── 으허억?!"

　그렇게 불쑥 흘러나온 말로, 소라를 만나지 못한다는 사실에 울먹이는 자신을 깨닫고.

　"소라와……? 소라와 뭘 말인가요?! 무슨 말을 하려는 거죠, 이 입은?!"

창졸간의 자문에, 순식간에 그거라든지 처거라고 자답한 자신의 핑크색 망상을 떨쳐버리고자!

고독한 나머지 잃어버린 제정신이여 돌아오라고, 머리를 찍을 곳을 찾던 스테프에게――

"어라아? 옥좌가 앉기 불편하시다며언, 언제든 바꿔드릴 텐데요오♪"

소녀――처럼 고혹적인 소년의 목소리가 들렸다.

언제부터인가 옥좌에 앉아있던 담피르를 쫓아내듯 외치는 스테프.

"거긴 소라와 시로 자리예요!! 내 것도, 하물며 플럼 씨 것도 아니에요!!"

아아. 3주 만에 보는 지인이, 어째서 하필이면 이 담피르인가요…… 하고.

"……플럼 씨는 다른 분들처럼 본국, 오센드로 돌아가지 않나요……?"

암암리에 '너도 가.'라는 뜻을 담은 스테프의 물음에.

"네에? 의리 있기로 유명한 플럼은, 에르키아를 떠나거나 하지 않아요오."

자칭 의리 있는 담피르는 의리를 지키겠노라며 가슴을 펴고 말했다.

"저는 다른 분들과는 달리 사리사욕을 위해!! 성심성의껏 '암약' 할 거라구요오!!"

대놓고 '뒤통수를 치겠다' 며 굳건한 의리를 드러내!!

한 바퀴 돌아 정말로 성실하게마저 여겨지는 선언에, 스테프는 한숨을 쉬고── 굳어버렸다.

너무나도 자연스럽게 말하는 바람에 위화감이 뒤늦게 찾아온 그 말에──.

" '암약' 이라니── 이, 이 혼란── 담피르[플럼 씨]도 한몫했던 건가요?!"

위험해……. 왜 깨닫지 못했을까요?!

행정의 혼란. 쿠데타치고는 평온하기 그지없는 이 상황── 그러나 《상공연합회》의 누군가를 포섭하면 정권을 장악할 수 있는── '이마니티를 삼켜버릴' 절호의 기회──!!

그리하여 '빈자리를 지키게 된' 의미를 새삼 깨닫고 조바심을 내는 스테프.

"──담피르가? 담피르도라고 하셔야죠오……. 왜냐하면 제가 확인한 것만도──."

그러나 플럼은 동정하듯 쓴웃음을 지으며 말했다.

"엘프, 드워프, 페어리, 데모니아── 심지어 루나마나[골방지기]까지 한몫했는걸요오♡"

────??……?! 에?!

의문부호를 띄웠다 기절하기를 되풀이하며 완전히 혼란에 빠진 스테프에게.

"어디서부터 설명할까요오……? 『　　[공백]　』은 단순한 이마니티가 아니다'——."

불행해 보이는 난처한 웃음으로, 플럼은 아이들 타이르듯 말을 이었다.

"——라고 의심하고『두 분』의 정체를—— 정확하게는 두 분이 가졌다고 의심되는, 올드데우스마저 꺾은『필승의 카드』를 찾아서, 여러 나라가 주위를—— 연방 산하국인 우리를 여기저기 들쑤시고 다녔던 건 아세요?"

"아, 알아요…… 그래서 추위—— 연방 산하국은 떡밥을 뿌리는 족족 낚인다고."

급속히 세력을 확대하고, 올드데우스—— 호로마저 꺾었던 소라와 시로.

누구도 할 수 없었던 일을 해낸『공백』——『필승의 카드』가 있으리라 의심을 받은 두 사람.

위험한 그것을 다른 연방 산하국에서 찾게 만드는『한 턴 휴식』이었다고.

소라의 설명을 곱씹던 스테프에게, 플럼은 더더욱 난처하다는 듯—— 비웃음으로 대답했다.

"들쑤시고 다니는 추위 중에 왜—— '본국인 에르키아는 포함되지 않는다'고 생각하세요오?"

——그, 건——

"『공백』이 정말 평범한 이마티니냐고 모두가 의심하고 있어요오…… 이마니티도 말이지요오♡"

————————————————.

"애초에 근본부터 따지고 들어가면요오, 소라 님과 시로 님이 에르키아 왕이 되셨던 국왕 선정 갬블…… 엘프의 첩자를 밝혀 낸 두 분이, 어떻게 다른 종족의 첩자가 아니라고 믿을 수 있겠 어요오?"

————————————————그저, 그저 입만 벌린 채.

핏기가 빠져나가는 감각 속에서, 스테프는 조롱하는 듯한 플 럼의 목소리를 들었다.

"계~속 타오르던 의혹이었어요오……. 그렇다면 소라 님과 시 로 님에게 불만이 쌓인 이마니티에게—— 이번에는 《상공연합 회》 중 누군가에게—— 저 같으면 '이렇게' 말을 꺼내겠죠오."

——온갖 명분을 내세워 결탁해도, 요컨대 목적이 '이권' 이 라면.

"동종업자를 앞지를 수 있는 마법을 지원해 줄 테니, 『 ^공 ^백 』 의 정체를 밝혀 줘~ 하고♡"

그렇다—— 그것은 《상공연합회》의 누군가를 포섭하면 이마 니티를 집어삼킬 수 있다는 말이며.

스테프의 위기의식이 터무니없이 부족했음을 의미한다. 왜냐 하면——.

"——그렇게 생각하는 건 처만이 아니니까겠죠오?"

현기증에 흔들리는 의식에서 간신히 쥐어짜낸 스테프의 비명 ——.

"그, 그럼, 지금 에르키아에서—— 정권장악에 나선 《상공연합회》는——!"

"'스파이 천국' 이죠오!! 외환유치에 정보누출에 밀약!! 매국의 견본시장이에요오!!"

——그렇게 이어진 플럼의 말에 스테프는 하늘을 보았다.

"아니면 까놓고 말해 볼까요오? 『타국』에 침범당해 멸망 3초 전, 이랍니다아♡"

……그렇겠죠. 에르키아를 장악한 《상공연합회》가 모두 스파이라니.

그건 이미, 타국이…… 에르키아를 삼켜버렸다는 뜻이잖아요……?

"——아뇨…… 아니에요! 그럴—— 그럴 리가, 없어요!!"

왜냐하면—— 플럼이 말하는 '불만이 쌓인 이마니티'—— 《상공연합회》는.

다름 아닌 소라와 시로가 불만을 쌓게 해, 파고들 틈을 준 차들——그렇다면!

"틀림없이 이건 모두!! 소라와 시로가 일부러 일으킨 상황일 거예요?!"

"네에 ♪ '함정' 이지요오…… 연방 산하국인 우리만은 그걸 알 수 있어요오 ♪"

그렇다—— 그 두 사람을. 소라와 시로를. 『 공백 』의 정체를 아는 자는.

이세계에서 온 사람이기는 해도. 단순한 이마니티이며, 『필승의 카드』따위 없음을 아는 자는.

그렇다면── 이 상황을 정확하게 예상하고 이용할 것이 뻔하다는 사실도 알 수 있다.

부자연스럽게 방관을 관철하는 다른 연방산하국의 태도도, 그렇다면 이해가 간다.

그리고 소라와 시로가 쓰게 했던 그 국서, 라고 하기에도 저어되는 편지의 의미도.

──『여어, 얼간이. 좀 도와줄까? 답례는 '네놈의 나라 전부' 면 어떨까?』

그때는 몰랐던 것도 이제는 수긍할 수 있다. 다시 말해──.

"『독』에 침범당한 나라를 구하고, 이용하는 책략──『혈청』이 있을 거예요오."

역시 소라와 시로의 책략이라고 긍정하는 플럼을 보며, 스테프는 가슴을 쓸어내렸다.

"……저기요오……? 지금 말을 듣고 왜 안도하세요오?"

"네, 네에──?"

다음으로 이어진 플럼의 말에 어리둥절 숨을 멈추었다.

"첩자들끼리, 있지도 않은 『필승의 카드』를 찾아 서로를 밟아대는 무대는, 여기예요오……."

"하, 하지만 그건 소라와 시로가 파놓은 함정——."

"'사자떼^{나라들}'에 한꺼번에 독을 먹이는, 가장 확실한 방법은요오."

반박하려던 스테프를 가로막고, 담피르 소년은 입가를 일그러뜨리고.

지금 당장에라도 사냥감에게 달려들어 피를 빨려는 듯한——

가학적인 웃음으로 고했다.

"——스스로 독을 먹고, 자기를 먹게 하는 거예요오."

————.

"함정에 걸린 타국이 울며불며, 나라와 바꿔달라고 할 정도의 독을, 말이죠오. 다시 말해 이건—— '누가 먼저 죽느냐 하는 치킨 레이스'예요오. 『혈청^약』이 없으면 죽는 건 에르키아도 마찬가지예요오♡"

자기도 모르게 비명을 지를 뻔한 입을 막고, 스테프는 몸을 떨었다.

그것은, 살을 주고 뼈를 가르는—— 정도가 아니다.

자신도 함께 사자 무리^{에르키아}를 길동무^{수많은 나라}로 삼는 함정—— 그러나.

"……대, 대체 무슨 마법의 약이 있으면, 이 상황을 뒤집을 수 있나요?"

전혀 생각도 나지 않는 그 한 수를—— 아니, 그뿐이랴.

이런 상황을 만드는 의미^{함정}조차 알지 못해 묻는 스테프에게.

"……그걸 알면 이렇~게 친절하게 나불나불 떠들어 줄 거 같나요오……?"

　웃으며── 그러나 막대한 짜증을 숨기지도 않은 채 말하는 플럼의.

　"저는요오, 두 분의 함정에 '모두가 걸려드는 쪽에 걸고' 암약하는 거예요오."

　그의 표정과 음성의 의미를 깨닫고 다시── 스테프는 핏기가 가시는 것을 느꼈다.

　"그러기 위해서라도, 에르키아가 멸망하면 곤란해요오…… 아시겠어요오?"

　그것은── 다시 말해. 『　공백　』에 맞먹는 전략가인 플럼조차.

　이 상황을 만들어낼 의미도, 해결할 방법도, 하물며 이용할 방법도──.

　────전혀 떠오르지 않는다는 것.

　"알로에랑 수다 떨 틈이 있으면요오────────────── 일이나 해♡"

　권력이 없는 『　허수아비　군주　』여도, 빽이든 연줄이든 쓸 수 있는 것은 모두 쓰라고 말한다.

　다른 이도 아닌 플럼이 조바심을 내며, 에르키아의 연명을 거들고자 스스로 자청하는 상황이라고 말한다.

　터무니없는 위기감을 느끼고, 달려나가던 스테프는.

　──발을 멈추더니, 마지막으로 물었다…….

"······왜, 소라와 시로가 이기는 쪽에 걸었는지······ 여쭤도 될까요?"

──소라는 야바위꾼이고, 거짓말쟁이에, 인격파탄자지만.

마지막 선은 넘지 않는다······ 지금이라면 스테프는 그렇게 믿을 수 있었다.

하지만── 이 담피르 소년은── 플럼은 아니다.

필요하다고 판단하면 모든 종족── 자신의 몸까지도 웃으며 희생한다.

그런 놈의 말 따위 믿을 수 없다. 믿을 의미조차 없다.

하지만 미소와 함께 돌아온 대답에── 거짓은 없다고 확신하고, 스테프는 웃을 수 있었다.

"아, 제가 말 안 했던가요오. 저는 승산이 적은 쪽에 거는 ^{배 당 이 센}타입이에요오♡"

──아아. 역시, '평소대로'······ 소라와 시로의 책략은.

에르키아가 멸망할 가능성이 더 큰 책략이구나!!

그렇게, 이마니티의 존망을 짊어질 각오도 새로이 하며, 이번에야말로 스테프는 온 힘을 다해 뛰어나갔다.

그렇다, '평소대로'── 정치는 정치가에게, 진정으로 부탁을 받았던 일에──.

"알로에 씨!! 전 따돌림당했던 게 아니었어요!! 들으셨나요?! 네~?!"

———————…………

그렇게 춤을 추듯 떠나가는 스테프의 뒷모습을 지켜보고, 플럼은.

"저는 왜 신용받지 못하는 걸까요오……. 거짓말은 안 했는데에……."

그렇다—— 이제까지 한 말은 모두 사실이다.

다만 전부 말하친 않았을 뿐. 이라고 입술을 비죽거린다.

"오히려 두 분이 이길 방법…… 그 『약』을 역이용하고 싶지만 말이죠오~♪"

외야에서 관전하는 건 성미에 맞지 않거든요오……라고.

그렇게 말하는 담피르의 웃음은 결국 아무도 보지 못한 채 어둠 속으로 녹아 사라졌다.

하지만 그 커다란 날개는
하늘을 날지 못했다 왜냐면

그 세계에는 하늘이 없었으니까

어디든 갈 수 있노라고 속이는 『세계』와
어디도 보내지 않으려 하는 『감옥』과
시키는 대로 살라고 말하는 『새장』──

아기새가 날개를 펼칠 때마다
기피와 호기심 화합과 배타
『새장』이 하늘을 닫는다고
눈물을 흘리는 아기새를 안 인형은

이 새장에서 나갈 방법을 천천히 생각하자
아기새를 가둔 새장에 들어가
네 날개를 펼칠 방법을 함께 생각하자
──둘이 함께……라고
약속한 것처럼, 그렇게 웃었다……

그 세계에는 하늘이 없었다…… 물리적으로.

——하덴펠 수도. 지하 1만 미터에 펼쳐진 거대 공간.

그 광대한 지하도시에 도착한 잠륙함에서 내리고, 소라와 시로는.

일단 눈앞의 광경을 어떻게 표현할지, 나란히 생각에 잠겼다.

정확하게는 눈앞이 아니라 상하전후좌우—— 모든 천구에 펼쳐진 광경은, 있는 그대로 표현하자면——

"맞춰볼게. 두령이라는 녀석, 신라 뭐시기 하는 이름을 가진 기업의 '사장'이지?"

"……『중력마법』이란 거…… 구체적으로…… 뭐, 하는 거더라……?"

—— '공장 야경'이라는 단어로 이미지를 검색하면 분위기는 전해지리라.

어둠 속, 무수한 눈부신 광원의 광채를 받아 환상적으로 떠오르는 강철의 밀림.

까놓고 말해 *F 2개 붙은 모 게임 시리즈의 7번째틱한 미드갈.

---

* 파이널 판타지 시리즈. 그라비데는 파이널 판타지 시리즈에 등장하는 중력마법의 이름. '신라'는 파이널 판타지7에 등장하는 기업「신라 컴퍼니」(사장의 이름은 '루퍼스'). 작중에 등장하는 도시 미드갈은 도시 전체가 마황 에너지를 생산하고 공급하는 발전소와 공장의 형태를 띠고 있다.

그라비데로 물리법칙 등등을 무시해 모든 천구에 복붙하면, 이상.

지금 보이는 광경—— 하늘은 고사하고 위아래 구분도 없는 광경이 나오리라. 심지어——

"아주 꼼꼼하게 『마황로』까지 있고 말이지. 그냥 까놓고 말해 봐. 두령 이름 루ㅇ스 맞지?"

도시 중앙을 관통하는 '빛의 기둥'을 보며, 소라는 반쯤 진심으로 등 뒤를 향해 묻고.

"——아! 그렇지 않사옵니다, 마스터. 저것은 올드데우스의 불——『신화로』이옵니다."

눈을 빛내며 주위를 둘러보던 지브릴이 황급히 고개를 조아리며 대답했다.

"드워프는 창조주가 건재하며 공존하는 얼마 안 되는 종족 중 하나이온지라. 저 『신화로』는 공업용도는 물론 이 고도 기계문명—— 도시의 '동력원'까지도 충당하고 있나이다."

고도 기계문명—— 그래. 여기까지 오면서 이미 들었다.

구체적으로는, 아직도 티르가 내려오려 하지 않고 있는 『잠륙함』에서…….

——듣자하니 그것은 피아유동차(彼我流動差)를 이용해 땅속을 이동하는 배라나.

무슨 말인지 의미는 전혀 모르겠지만, 아무튼 여기까지 약 9,700킬로미터의 여행을.

티르가 수리에 쓴 시간을 빼고—— 약 6시간. 시속 1,600킬로미터…….

——땅속에서. 다른 세계 같으면 잠수함은 고사하고 초음속 항공기로 겨우 낼 수 있는 속도다.

원래는 있을 수 없는, 물리 시험문제의 정형문—— '단, 저항은 0으로 간주한다' 같은 것이 이 세계에서는 현실에서 통용되나보다 하고 시로까지도 머리를 감싸쥐었다—— 그러나.

"……대단하긴 한데. 지브릴이 제일 발달한 과학문명이라고 하니까——."

그렇게 말하며 미드갈——이 아니라 하덴펠의 수도를 새삼 둘러보며, 소라는 생각했다.

그야 약간 스팀펑크도 들어가 있긴 하지만, 완전히 SF의 영역인 광경에.

하지만…… 어째서일까.

어째서일까…… 생각한 정도는 아니구나 하고.

무언가가 다르다——고도 할 수 없는 듯한…….

"아. 그렇지 않사옵니다, 마스터. 이 세계에서 가장 발달한 '기계문명'이라 말씀드렸을 뿐이온지라."

위화감을 품는 소라의 생각을 가로막고 지브릴은 정정하더니—— 보충했다.

"또한——『과학』은 두 분 마스터의 세계 쪽이 훨씬 발달했사옵니다."

……호오. 중력을 조종하고, 전천구형(全天球型) 지하도시 같은 걸 만드는 드워프보다도?

그 도시마저 기둥 없이 계층형으로 겹겹이 쌓아 놓은 드워프^{변태들}보다도?

"드워프는 뛰어난 '기계문명' 을 가졌사오나── 결코 '과학문명' 은 아니옵니다. 오히려 『과학』에서는 가장 먼 종족인지라…… 금세 아시리라 사료되옵니다 ♪"

───?

기계문명하고, 과학문명…… 무슨 차이지?

그렇게 의아해하는 두 사람의 눈빛. 하지만 지브릴은 그저 의미심장하게 웃더니.

"그러면 지극히 아니꼽사오나── 마중을 나가고자 잠시 실례하겠나이다."

불만스러운 듯한 목소리를 여운으로 남기고, 허공으로 사라졌다.

──이리하여, 그 자리에 잠시 남게 된 것은 소라와 시로── 그리고 또 한 사람.

무수한 공구를 맹렬히 움직여 영장── 해머를 수리해대는 티르였다.

잠항했을 때부터 이제까지 잠류함에서 소리를 내던 그녀에게, 소라가 "저기." 하고 말을 걸자──.

"네네네뭐지말입니까?! 두두두령님이오셨지말입니까헬프이지말입니다!!"

——그 비명은, 소라와 시로의 등 뒤에서 들렸다.

눈 깜짝할 사이에 두 사람의 뒤에 숨어, 눈물을 머금고 해머를 끌어안고 경계하는 티르의 거동에.

눈으로 볼 수도 없었지…….

소라와 시로는 그저 나란히, 눈을 흘겨뜨며 돌아보았다.

"왜 그렇게까지 겁을 먹는지 모르겠다만. 아는 것만 말해도 될까?"

"……시로네, 는…… 틀림, 없이…… 아무, 것도…… 도와줄 수 없어."

그런 신체능력으로도 두려워할 만한 존재…… 아무런 도움도 되지 않으리라고 단언하는 두 사람. 하지만——.

"아니치 말입니다! 여, 영장의 개초—— 어떻게든 시간에 맞출 수 있을 것 같지 말입니다!!"

부정하자마자 티르의 해머가 철컹 소리를 내더니, 복잡한 빛의 문양을 뿜어냈다.

——과연.

소라는 딱히 변형 기동한 영장에 눈을 가늘게 뜬 것은 아니다.

청백색 불꽃이 흔들리는 티르의 눈—— 누구 말에 따르면 오리할콘이라는 그 눈에, 대담하게 웃은 것이었다.

그녀의 눈에 깃든—— 각오의 빛, 이글이글 타오르는 '물러나지 않겠다는 결의'를 보고.

"본인, 이제는 외톨이가 아니지 말입니다!! 적이 오면——."

그 누구에게도 굴하지 않겠다는 강철의 의지로 외치는 합법 갈색 오니 로리—— 말인즉슨——!!

"본인을 안아 주시지 말입니다!! 그렇게 하면 본인! 초☆안☆전이지 말입——."

"좋다마다 온 힘을 다해 나의 도움을 청하거라!! 이놈들 냉큼 오지 못할까——."

물러나지 않겠다는 결의로—— 온 힘을 다해 물러나려는 티르에게, 소라는!

누군가가 억지로 떼어내려 하면 『맹약』을 방패로 거절할 수 있다는—— 최고의 안전권에와도 환영한다는 뜻과 함께 대답하고——.

……디용— 디용— 디용——……

여전히 시로에게 끈을 붙들려 얼굴을 붉히는 티르와, 자애로운 눈빛을 띤 소라가 지키던 침묵은.

그야말로 티르가 두려워하던 '위협 중 하나'의 도착 덕분에 무산되었다.

"와~…… 여기가 두더지님들의 소굴…… 호러네요~ 그로테스크하네요오."

그렇게, 갑자기 나타난 그 목소리는 명백히, 또한 노래하듯 이어졌다.

"생리적으로 무리♡랍니다~♪ 즉시☆처형이에요~♡"

"지금이지 말입니다. 헬프! 헬프이지 말입니다. 불타버릴 것 같지 말입――아야?! 시시시시로공실례이지말입니다! 여, 여기라면안전하지말입니다본인도망치는데성공했지말입니다!!"

웃으며 살육을 예고하는 필의 목소리에―― 시로가 끈을 잡아당겨서인지, 얼굴부터 바닥에 엎어져 기어가듯 시로의 스커트 속으로 도망치는 티르의.

떨리는 목소리로 들려온 도망^{승리} 선언에, 소라는 눈을 흘기며 뒤를 돌아보았다―― 즉.

"……? 아, 오래 기다리게 해드려 송구스럽사옵니다, 마스터. 지금 막 돌아왔나이다."

"응…… 수고했어 지브릴……. 근데, 오자마자 미안하지만……."

그리고 의아해하며 서 있던―― '위협^필'을 데리고 온 '천사^{악마}'를 치하했다.

――왜 굳이 왕복했는가 하면.

잠류함에서 6시간이나 같은 공기를 마시고 있다간 죽는다고 하는 티르와 필의 호소에,

하덴펠에 도착한 후 마중을 나오는 것으로 합의를 보았던 것이다.

이렇게 크라미와 필을 데리고 쉬프트한 지브릴의 노고^{왕복}를 치하한 소라는, 새삼 머리를 싸쥐었다.

"이건, 역시 '사이가 나쁘다' 는 말로는 수긍이 안 가⋯⋯."

"후후후이지말입니다! 아무것도 안 보이지 말입니다~ 노려 봐도 무섭지 않지 말입니다~! 어디 가해술식 편찬해서 『맹약』 때문에 무산되어 보지 말입니다~! **퉤**."

"피이! 저기, 피이?! 그 얼굴 하지 마, 무서워! 저기이~⋯⋯!"

──시로의 스커트에 얼굴을 묻고 엉덩이만 내민 채 떨면서 도 도발하는 티르에게.

말없이 살의를 뿜어내는 필의 표정 때문에 마침내 울음을 터뜨린 크라미에게.

소라가 티르를 안는 것보다는 이게 낫겠다며 불만을 참던 시로와 나란히, 설명을 요구했다.

"드워프는 창조주인 대장장이 신의 영향 때문인지, '모든 것은 단련되기 위해 존재한다' 는 사상이 있사옵니다."

그리고 지브릴이 도시 중앙의 빛── 신화로를 가리키며 말했다.

"그리고 저쪽에 있는── 대장장이 신 오케인의 불로 용융하지 못하는 물질은 존재하지 않나이다."

⋯⋯흐음. 제법 과격한 사상인걸.

소라는 고개를 끄덕였다.

모든 것은 단련되기 위해── '세계는 다시 만들어지기 위해 있다' 는 뜻이다.

뭐든지 녹일 수 있는 용광로에서, 환경 따위 원래 파괴되어야
하는 것이라는 종족――드워프 반면.

"채굴과 벌채로~ 강은 마르고 죽어갔지요~. 산도 무너져서
죽고요."

소라와 시로, 크라미도 내심 흰자위를 까뒤집으며 환경주의자필
의 말을 들었다.

"계절도 죽고요~ 엘프의 소중한 숲도……고향 당. 연. 히! 죽는답
니다아……."

그리고 마침내 살의 때문에 땅이 울리는 소리마저 들려오는
가운데, 소라 일행은 이해했다.

"그런 유해동물을~ 멸종시키지 못한다는 것은…… 모든 익
시드의 죄랍니다아♡"

사랑도 마음도 죽었다는 종족, 엘프와는――양 극단에 있는
종족인 모양이구나, 하고…….

하지만 그래도 소라는 이해할 수 없다고 부르짖었다――왜
냐하면――!

**"『대전』 때 별의 환경을 통째로 파괴했던 건 피차일반이잖아!
규탄할 수 있는 입장이야?!"**

――오히려 그거야말로 새삼스러운 소리지――!!

소라와 시로는 도저히 수긍할 수가 없었다.

하지만 이어진 지브릴의 말에――

"갈등의 길이 아닐까 하옵니다, 마스터. 저 귀길쭉이의 이

마에—— 무언가 보이시지 않나이까♡"

———— 쩌적, 얼어붙었다.

엘프의 이마……『혼석(魂石)』—— '광물' 을 보고, 소라와 시로의 뺨에 땀이 흘러내렸다.

—— '모든 것은 단련되기 위해 존재한다' …….

저『젬』이, 구체적으로는 어떤 것인지 소라와 시로는 모른다.

그러나 '채굴' 당해도 무사할 물건이 아님은, 상상하기 어렵지 않아——.

"글쎄요, 숲을 파괴하는 드워프를 퇴치하는 행위와 젬을 얻고자 이루어졌던 엘프를 남획하는 행위 ……."

——뭐가 먼저였는지는 이미 아무도 알 수 없지만, 아무튼.

"유일신의 자리초차 무관하게, 영겁의 시간 동안 서로 죽여왔던 사이이옵니다♡"

"머리에 돌 박아놓고 태어나는 게 잘못이지 말입니다. 불만이 있으면 액체로 다시 태어나지 말입니다. **퉤!** 아아 사과는 하지 말지 말입니다!! 푸성귀한테는 사과 받고 싶지 않지 말입니다~!!"

"……이젠 시러…… 피이가 나 무시해에…… 빼애~~~앵!!"

"——헉! 아, 아니랍니다?! 멍~하니 있었을 뿐! 크라미를 무시하다뇨——."

"시져! 나 이제 몰라! 흑…… 무서운 피이 시져!!"

도발하는 티르에게 다시 폭발시키려던 살의를 느껴, 쌓이고 쌓인 공포가 마침내 임계에 달했는지.

유아퇴행해 앵앵 울기 시작하는 크라미에게 필사적으로 사과하는 필…… 그런 그들을 보고.

소라는 한숨 한 번. 체념을 받아들이고, 내버려두기로 했다.

──이것들은 화해고 사태 수습이고 가망이 없겠구나……이라고…….

"뭐, 그럼 『약』을 원하시는 『두령』이 있는 곳까지 안내 좀 해 주겠어?"

다시금── 다층형 중력무시 전천구형 공장틱한 도시를 바라보며 말했다.

──아니. 정확히 말하자면, 이미 소라의 눈은 도시 안을 오가는 드워프만을.

더 정확하게는 드워프의── 여성만을 보고 있었다.

그렇다…… 이 합법 갈색 오니 로리들을──!!

자신에게 대가를 지불해 줄 『손님』은 어디 있느냐고, 위아래조차 알 수 없는 도시의 길안내를──

"아니 그보다~ 거기서 나오는 게 좋지 않을까…… 시로가 진심으로 빡치기 전에."

시로의 스커트 속에 얼굴을 처박고 목소리만 내던 티르에게 주문했지만.

"────허? 헉?! 수, 순간적으로 한 짓이지만 실례했지 말입니다!!"

"…………실례, 에도…… 분수가! ……있, ──

―……지?"

티르는―― 상체를 일으키고 경례하며 서둘러 일어났다. 다시 말해.

……스커트와 함께 일어나고 말았다―― 시로의.

눈부신 속옷과 배꼽, 그리고 미소를 본 소라와 티르는 얼어붙었으며.

"……여동생, 포지션…… 다음은…… 뭐야? ……주인공 포지션…… 노려……?"

그야말로 소라가 두려워하던 만면의 미소와 함께 나오는 진심으로 빡친 시로의 서브음성을 분명히 들었다.

"……주인공 특권^{행 운 의 사 고}…… 주인공 보정, 없이…… 용납될 줄, 알아……?"

―― '그렇구나, 전쟁을 원하는구나. 좋았어, 그렇다면 원하는 대로'――.

"조오오아써 티르!! 냉큼 하덴펠 정복해서 후다닥 돌아가자!! 알았지?!"

"예!! 즈, 즉시 『두령부』까지 안내해드리지 말입니다! 하, 하지만 두령님은 만날 수 없을 거지 말입니다? 가, 가까운 곳에서 기다려 주시지 말입니다……!!"

이번에야말로 수습이 되지 않을 사태를 회피하고자 서두른 소라의 외침에 티르도 경례로 대답했으나.

그것만은 양보할 수 없다며.

외투를 머리까지 닫고── 침낭 모드로 돌아가 자신을 타이르듯,

"⋯⋯꽤, 괜찮지 말입니다. 돌아갈 곳은 두 분이 계신 집. 이건 외출⋯⋯이지 말입니다⋯⋯."

그렇게 중얼거리고, 앞장서듯 음울한 발걸음으로 걸어나간 소녀의 뒷모습에── 소라는.

──드워프의 나라를 꺼려하는 드워프에게, 기시감을 느끼고.

"⋯⋯저기⋯⋯ 왜, 그렇게까지 하덴펠을 싫어해?"

"후⋯⋯ 드워프가 사는 곳에, 못난이 두더지가 살 곳은 없지 말입니다."

대답한 것은, 처음 만났을 때부터 자신을 드워프 비슷한 못난이 두더지라 하던 자학 섞인 목소리였다.

이리하여 그녀의 뒤를 따라 걸어나간 소라와 시로의 진의를 묻는 기척에──.

"⋯⋯어차피 지나가는 길이지 말입니다. 『중앙공업구역』도 안내해 줄 거지 말입니다."

설명보다는 증거라며. 금방 이해할 거라고. 돌아보며 보여준 씁쓸한 웃음이, 행간으로 말해 주었다.

그리고──

"⋯⋯소라 공과 시로 공은, 이 도시, 마음에 드셨는지 말입니까?"

⋯⋯⋯⋯⋯.

"본인은⋯⋯ 하덴펠에서도 수도는, 특히 싫지 말입니다."

티르는 위를—— 전천구형 지하도시의, 눈부신 밤하늘과도 같은 빛을—— 올려다보았다.

오리할콘의 눈동자에 빛을 비추고—— 그러나, 그 너머를 바라듯 시선을 떨구고.

"————여기엔, 하늘이 없지 말입니다…………."

흑발인 소라의. 까만 눈을 들여다보며 덧없이 웃은 티르의 중얼거림에.

소라는 속으로—— '그렇구나.' 하고, 조그만 쓴웃음으로 대답했다…….

■ ■ ■

끽음과 기계와 드워프—— 플랜트, 공업시설이 가득 들어찬 중앙공업구역.

소라와 시로는 오래 전부터 판타지 작품에 품었던 의문의 해답을 보고 있었다.

그것은 『왜 '과학' 의 반대말이 '마법' 이지?』 하는 의문…….

——애초에 『과학』이란.

자연현상을 관측하고, 법칙을 추측하고 검증한 '지식의 체계' 다.

딱히 마법이나 정령, 영혼, 뭣하면 신이라 해도—— '자연현상'으로 관측할 수 있다면.

학문적으로 연구해, 재현성도 인정된다면, 딱 잘라 말해『과학』아녀? 라고.

물리학이니 수학에『정령학』등등, 과학분야가 늘어날 뿐 아녀?! 라고!!

하물며『기계』—— 법칙에 따라 논리적으로 특정한 동작을 보이는 장치?

증기로 움직이든 전기로 움직이든 정령으로 움직이든!! 상관없는 거 아녀?! 라고~!!

동력이 뭐든『과학』아녀?! 라고…… 생각했……으나…….

"그러면!! 드워프라면 누구나 할 수 있는 간단하고 빠른『영장』제작강좌이지 말입니다!!"

……저래 놓고서 아무도 간단한 소릴 했던 적이 없지…….

그런 생각으로 소라가 눈을 흘기며 쳐다보거나 말거나.

공장의 소리에 지지 않겠노라고, 목소리를 높인 티르가 가리킨 것은—— 눈 아래의 광경.

플랜트 내의 고가설비에서 내려다보이는, 거대한 제조현장이었다…… 그렇다——.

"우선! 평범한 드워프와 재료를! '적당량' 준비하지 말입니다!!"

……『재료 및 도구: 적당량』.

개막 첫줄부터 포기해버린 듯한 강좌에 이미 체념의 마음을 품고.

　소라와 시로는 우락부락 털복숭이―― 거대한 쇳덩어리를 가볍게 안고 이동하는, 걸어다니는 별총을 바라보았다. 그리고.

　"다음에는 그냥 적당~히! 감으로 해머를 들어 후려치면―― 이상!!"

　단단한 암반에 아무렇게나 대량의 화약을 꽂고 일제히 점화한 듯한 폭음이 쩌렁쩌렁 울리더니――

　――――.

　"……그래서? 저게…… 뭔데?"

　"영장이지 말입니다? 간단하지 말입니다?"

　"…………시로, 이제, 싫어…… 머리, 아파……."

　――정신이 들고 보니, 눈에 들어온 우락부락 털복숭이는 손에 수수께끼의 기계―― 그들이 말하는 영장을 들고 있었다.

　말 그대로 '더 이상의 자세한 설명은 생략한다.' 라고 하듯 영상편집된 현실에 시로는 머리를 감싸며 몸을 웅크렸고.

　한편 소라는 관자놀이를 누르며 심호흡을 한 차례 한 다음―― 지브릴에게 물었다.

　"좋아…… 지금 편집된 부분, 무삭제판이나 슬로우 재생으로 좀 부탁해. 가능하면 코멘터리도 있는 걸로."

　"송구스럽사옵니다, 마스터. 보시다시피 드워프는 '지극히 재주가 좋은' 종족이온지라……."

　"……응…… 안 보였, 고! ……모르겠, 지만…… 응?!"

"저 풍딴지같은 엉터리에 대해 해설을 요구하는 거라고!! 설마 싶긴 하지만——."

소라는 두 번째로 반복된 대화를 거쳐 유일하게 알아낸 사실을 확인하듯,

"신장의 열 배는 되는 쇳덩어리를 서걱서걱 잘라다 뚝딱뚝딱 두드려서—— 응?"

눈을 까뒤집고 고개를 흔들며 절규했다——!

"기계 구체를 짜잔 완성했습니다, 라고?! 재주가 좋아도 정도가 있지?!"

"……아니야…… 거의, 완벽한, 구체……! ……가공 정밀도가…… 기준원기, 수준……!!"

티르가 『영장』이라고 부른, 눈에 들어온 털복숭이가 들고 있는 물체.

——쇳덩어리에서, 잔해를 거쳐, 자이로컴퍼스와도 같이 복잡하게 움직이는 기계.

치밀한 조각이 가미된, 경면가공급의 광택을 뿜어내는 거의 완벽한 구체로 변한 물체에——

"아니 그보다~ 판때기 한 장에서 어떻게 하면 여러 개의 부품이 맞물린 기계가 나오냐고?!"

——주조를 해. 절삭이라든가…… 하다못해 조립이라든가!

뭐? 소재에 적당히 흠집을 내서?

두드리고 꺾고 접어서, 각인술식 기계—— 영장을 완성해?

―――――하다못해 조각이라도 해―――――!!

각인술식이라며! 각인을 해! 명칭에 따르라고 최소한!!

……그렇게.

"……저기, 설마 잠륙함이니 이 기계도시도, 전부 이딴 식으로 만들었어?"

어이가 저 멀리 날아가버린 소라의 물음에, 지브릴이 정정하며 대답했다.

"아~ 그렇지 않사옵니다, 마스터. 영장은 각인술식을 새긴 촉매를 이어 조합하고 코어에 정령을, 영혼을 동기화해 구사하는 것―― 말하자면 드워프의 개인마법, 술사의 정령으로 구동하는 것이옵니다."

"예! 일반 기계는…… 아, 저기서 지금 마침 『비행함』을 만들고 있지 말입니다."

티르의 말에 따라 공장 한구석으로 시선을 돌려 보니――.

대량의 재료를 앞에 두고 팔짱을 낀 털복숭이가 "으랏차!!" 기합성과 함께 기와깨기 한 방!

그러자 어째서인지! ――눈앞의 재료가, 유기적인 외견을 가진 구동로로 변했다.

그리고 한바탕 일을 마쳤다는 분위기를 풍기는 털복숭이가 바벨이라도 들듯 구동로를 들더니,

"그리고! 마찬가지로 적당히 다른 데를 만든 드워프가 받아가서――."

어영차 아무렇게나 던진 구동로를, 말 그대로 다른 드워프가 받아내.

"적당히 조립해서 만든 『비행함』으로 만들지 말입니다. 이상이지 말입니다!!"

──척척, 맹렬한 속도로, 휙휙……

이리저리 날아가며 쌓여나가는 각 유닛이, 서로 부딪칠 때마다 접속되고 전개되고 결합되어──

마치 혼자서 거대 건조물을 만드는 듯한 '참상'이었다.

"각인술식이 있느냐 없느냐의 차이지 하는 짓은 똑같잖아아아아아!!"

……그렇구나. 요컨대 마법이구나. 새삼스레 딴죽 걸 기력도 없다.

그렇게 부처님 미소로 체념하는 사이에도 척척 조립되어 가는 『비행함』 또한── 항공역학에 시비를 거는 듯한 저 형상이 대체 어떻게 날아갈지도 마음에 두지 않기로 했다. 그렇게 따지면 지브릴은 뭔데. 마법이라고 생각하고 포기하면 된다.

다만 『기계』는── 네놈은 안 된다고, 소라는 아수라와도 같은 얼굴로 부르짖었다!

"근본적으로── 『설계도』는 어따 팔아먹었대?! 측량도구라든가!! 해머 말고 다른 공구는?!"

기계── 다시 말해 '법칙에 따라 논리적으로 특정 동작을 하는 장치'이다…….

기획서, 공학이론…… 요컨대 '논리'의 행방을 묻는 소라에게——.

　티르가 고도문명의 진수를 설파하는 듯한 목소리로 드높이 설명했다.

　"예!! 드워프에게 기계공학, 마법이론의 극의를 물으신다면 대답은 하나지 말입니다!!"

" '생각하지 마라, 느껴라!' 이지 말입니다~~~!!"
Don't think. FEEL

"생각을 부정하면 공학이고 이론이고 없잖아! 과학이 우습냐?!"
Thinking

　—— '이론 같이 사소한 건 됐어 분위기 파악 좀 해.' 라는!!
전에 없던 부조리에 허덕이는 소라.

　그러나 그에게 지브릴이 무릎을 꿇고 세 번째로 올린 말.

　"마스터, 설명이 부족하여 송구스럽기 그지없사옵니다……
드워프는 '지극히 재주가 좋은 종족' 이온지라."

　설명을 요구해도 그렇게 대답할 수밖에 없었다는—— 그녀의 진의에.

　"보여도 모르겠나이다…… 소인도—— 당사자인 드워프조차, 설명도 해설도 불가능하지 않을는지요."

　——소라도, 쪼그리고 앉아 계산에 빠진 시로도, 핏기가 사라지는 것을 느꼈다.

다시 말해 지브릴이 말하는, 드워프의 본질이란……

"대장장이 신 오케인. '대장장이' 의 개념이 만든 종족……
그것이 드워프이옵니다."

전쟁신에게 창조된 플뤼겔에게 '어떻게 싸울 수 있느냐 '고
묻는 것과도 같은 어리석은 질문이라고.

대장장이 신에게 만들어진 드워프에게 '어떻게 만들 수 있느
냐' 고 묻는다면——

"하늘이 내린 재능—— 아니. '신이 내린 감성' —— 그저 그
것만으로 무엇이든 제조하는 종족."

—— '어떻게 못 만들 수가 있느냐' 는 물음이 돌아오리라고.

"적당히 머릿속에 그리고 적당히 손을 움직이면—— 센스로
'최적' 을 어렴풋이 찾아낼 수 있는 존재."

이리도 가차 없이 해답이 제시되어, 소라와 시로는 목을 꼴깍
울렸다.

"그렇기에 결코 틀릴 수 없는 종촉…… 가설도 검증도, 드워
프에게는 필요가 없나이다."

————다시 말해, 종족적으로 '천재 기질' …… 아니.

진정한 천재—— '센스의 괴물' 이라는 뜻이다.

그저 '상상' 하는 대로 손을 움직이면, 있는 그대로 '창조' 에
이른다.

감성으로 영감을 얻어, 감성으로 단련을 거듭해 이 정도 문명
에 이른 자들에게, 논리 따위 필요 없다.

시행은 할지언정 『착오』는 없으며. 검증은 할지언정 『실패』

는 없다――.

"……감성만으로 지식과 경험을 계승하고 개량을 거듭하는 기계문명……이라……."

그 본질을 마침내 이해한 소라와 시로는, 서로를 바라보며 깊이 고개를 끄덕였다.

――그렇다면 전혀 문제없다, 고!!

"다시 말해! 드워프는 엉터리 성능을 가진 '신의 가호[버프]'를 받았단 거지?"

"……응! ……그런, 거라면…… 오케이~…… 용납……."

그렇게 힘차게 일어난 소라와 시로는 혼란에서 벗어났다.

이해했다. 사이언스 픽션도 코웃음을 칠 기계문명이지만.

그것은 사이언스 판타지조차 아닌, 사이언스의 'S'도 아닌 '순수 판타지'였음을!! 마침내 지브릴의 말에 담긴 진의를 이해한 두 사람은 생각했다.

'기계문명'이기는 해도 '과학문명'은 아니구나…….

아아…… 이리하여 『과학』과 『마법』의 차이에 대한 의문은 해답을 얻었다.

―― '논리가 없는 기계'…… 오케이 과학이 아니네. 까놓고 말해 마법이네!!

"나~ 이거야 원…… 드워프의 존재 자체가 마법이었다면 처음부터 그렇게 말해 주지 그랬어."

"……그렇게, 말해 주, 면…… 당황, 하고…… 그러지, 않았는, 데……."

여전히 눈 아래에서 펼쳐지는, 공업을 사칭하는 마법현장에서 떠나고자.

소라와 시로는 산뜻한 미소로 그렇게 중얼거리고 다시 걸어나갔다.

──논리 아닌 기계를 다루는 천재 종족. 아주 화끈할 정도로 이해불능이다.

차라리 플뤼겔이나 올드데우스를 이해하고자 노력하는 편이 그나마 유의미할 거라고, 소라는 웃었다.

그야 이들은 근본적으로 인류가 이해할 수 없는── 아니.

────이해했다는 생각이 들면 가장 위험한 것들, 이라고…….

내심 그렇게 단정 짓고, 중앙공업구역을 떠나는 소라 일행의 등에 대고, 불쑥.

"……지능이 떨어지니까 '적당~히' 생각할 줄밖에 모르는 생물, 그뿐이지요."

라고── 하염없이 침묵을 관철하던 필의, 드워프 평에 대한 이의…… 아니.

털끝만 한 해의도, 악의도 없는 단정은 부처님의 설법을 방불케 할 정도로 맑게 울려 퍼졌다.

── '무서운 피이 싫어.' 라고 크라미를 울려버리는 바람에.

마법으로 감정을 닫아버린 그녀의 눈은, 그야말로 부처님과
도 같았으며── 그렇다.

"……피이? 그 '무심' 한 얼굴, 그것도 좀 무서운데……."

"크라미…… 마음을 고요히 가라앉히세요…… 공포 또한 번
뇌랍니다……."

── '대불' 과도 같은 얼굴에, 크라미는 오히려 거리를 두고
있었다.

"참고로 마스터? 소문에 따르면 바로 그 적당~히에 연전연패
했던 종족이 있다 하옵니다♡"

그 모습에 지브릴이 만면의 미소를 지으며 말을 이었다.

"또한 바로 그 적당~히 사는 생물의 적당~히 같은 센스에서
나온 전술을 분석해 논리화── 정석화하여, 간신히 옛날에도
지금에도 대항할 수 있다던가── 아! 그러고 보니 ♪"

서툰 연기력으로 흘끔 필을 보고는.

"저기 있는 귀길쭉이의 팔이나 이마에 있는 각인술식 또한 드
워프가 아~주 적당~히 다루던 것을, 필사적인 '논리화' 로 뜯
어고쳤던 것이오며── 어머나, 실례?"

진심으로 즐겁다는 양, 부처님의 표정을 무너뜨리고자──
온 힘을 다해 도발했다.

"귀길쭉이여도 다룰 수 있도록 '다운그레이드' 했던── 것
이라 해야겠군요♡"

"피이?! 저런 싸구려 도발에 넘어가면 안 돼?!"

"……당연한걸요? 각인은 정령입자 한 톨이라도 일그러지면

작동하지 않는데…… '섬세함'과는 무관한, 각인술식은 쓰지도 못하는 유치한 무뢰배의 말에 이 마음이 흔들리겠나요…….

"그거 진짜 감정 봉인한 거 맞아?! 그 얼굴과 목소리로 도발을 되받아치지 말라고?!"

──그런 소란을 등지고, 소라와 시로는 앞에서 걷는 조그만 뒷모습을 바라보았다.

……드워프의 제조를, 처음부터 끝까지 마치 남의 일인 것처럼 말하던 드워프의 뒷모습.

자칭 '못난이 두더지'가 짙어진, 저 영장을 바라보는 두 사람의 시선에──.

"…… '네'이지 말입니다. 이제는 아셨을 거지 말입니다……."

티르는 돌아보지도 않고 자조의 빛을 짙게 띠며 고개를 끄덕였다.

과연. 드워프는 제조에 관해서는 치트 종족. 파악했다.

하지만 티르는── 영장이나 잠륙함을 수리할 때…… 분명히 사용했다.

눈에 보이지 않는 빠른 속도로, 이해할 수 없는 손재주를 보이기는 했지만.

소라도 이해할 수 있는 수단을── 다시 말해…………

"……본인, 보통 드워프처럼은── 아무것도 만들 수 없다는 것이지 말입니다."

싸구려 속임수의 트릭을 밝히기라도 하는 듯한 쓴웃음으로,

티르는 돌아보더니.

손에 든 영장을 지면에 한 차례 두들기자, 해머가 수천 개의 골조를 가진 부채꼴 형태로 활짝 펼쳐졌다.

뼈—— '무수한 공구와 측량구' 로.

"……본인…… 그 『센스』인지 뭔지를…… 전혀 모르겠지 말입니다."

——하지만 그렇다면, 설령 공구가 있더라도 불가능한 거 아닌가……

그런 소라의 생각을 긍정하듯, 티르는 여전히 자학적으로 웃기만 했다.

"……이 해머도, 잠륙함도, 수리나 '땜빵' 하는 게 한계지 말입니다."

—— '결코 틀리지 않는' 드워프여야 할 티르가 말이다.

그녀의 영장이 폭발했을 때 지브릴이 곤혹스러워했던 이유를 이해하고, 소라는 생각했다.

"하지만 땜빵조차 '각인의 의미를 모르니까' …… 실패하지 말입니다."

——천부적인 센스로 지식과 경험을 계승하는 문명에서.

그 센스가 없으면…… 이을 수 있는 지식초차 없다——.

그리고 외투로 얼굴을 감춘 티르에게 향하는 드워프들의 시선.

——여기서 뭐 하냐? 고 의아하게 묻는 시선을 알아차리고.

"……그래도 아직, 왜 하덴펠이 싫으냐……고 물으시지 말입니까?"

소라와 시로—— 크라미, 지브릴까지도 무의식중에 일제히
침묵했다.

드워프의 본질이 바로 그 하늘이 내린—— '신이 내린 센스'
에 있다면, 티르는…….

……좋아할 리가 없겠지. 있을 자리도 없겠지.
————자신은 드워프도 아니니까……라고.

자신의 열등성을 한층 얼굴에 드러내며, 그렇게————

"본인이 못난이 두더지여서 그렇지 말입니다!!
이해하셨지 말입니까?!"

——드높이, 자랑하듯, 으스대며 단언했다——!!

…………어……?

찬란한 자태는 숫제 자긍심으로 넘쳐나. 다들 이번에는 아연
실색 말을 잃었다.

——이런 주장을 하려고 왔던 건가 하는 생각마저 드는 티르
의 열변. 그럼에도.

티르는 소라가 긴장과 경계를 품게 만드는 대담한 웃음을 지
으며 다가와, 여전히 말을 이었다——!!

"소라 공?! 본인, '이마니티는 생각하는 갈대'라는 말을 들은
적이 있지 말입니다!!"

"어, 응…… 그 격언, 이쪽 세계에도 있——."

"그럼 생각하지 않는 이마니티는 갈대가 아니지 말입니다!! 그냥 싸돌아다니는 갈대이지 말입니다! 민폐천만! 움직이지 않는 만큼 갈대가 차라리 낫지 말입니다. 깡그리 제초제 뿌려야 할 괴기이지 말입니다!!"

맞장구조차 가로막는 티르의 단언, 폭언의 폭풍에 소라는 자신도 모르게 숨을 멈추었다.

"생각이 없는 이마니티! 예리한 오감이 없는 워비스트! 싸울수 없는 플뤼겔, 매력이 없는 세이렌, 학습력이 없는 엑스마키나── 이것도 완전히 『논외』라는 거지 말입니다. 그렇다면즉슨!!"

이제는 발음도 꼬이고 문법도 이상해지는 티르의 열변은── 마침내!!

"감성이 없는 드워프만큼 열등한 생물도 더 없다!! 이건! 자명! 하지 말입니다──!!"

──지저도시에는 있을 수 없는 천둥과 함께 울려 퍼졌다.

…………아, 공장 소리였구나. 하고 멍하니 이해한 소라와.

부처님 얼굴로 고개를 끄덕이는 필을 제외하고, 모두가 기세에 휘말려 입을 다문 가운데──.

"아. 먹을 수도 없고 태울 수도 없는 푸성귀는 냉큼 썩어서 화석연료 된 다음에나 말 걸지 말입니다. **퉤!** 아아~ 사과는 집어치우지 말입니다! 엘프한테만은 사과받기 싫지 말입니다!!"

──다만 엘프 네놈은 예외다, 라며.

그렇게 나불대자—— 필이 대불의 얼굴로 술식을 편찬하기
시작했으나.

"홋! 망가프리려 해도 소용없지말입니다안무섭지말입니다
——앗에에?! 헤, 헬프지말입니다시로공넣어주시지말입니다
거짓말이지말입니다완전무섭지말입니다아!!"

시로의 스커트 안으로 도망치려 했으나 역시 두 번째는 거부
당해.

황급히 소라와 시로의 등 뒤로 숨어 떠는 티르에게—— '?'
하며.

소라는—— 그리고 어째서인지 지브릴과 필까지도—— 의아
하게 눈살을 찡그렸다.

"아니…… 저기 말이야. 하지만 티르…… 그 영장, 어쨌거나
티르가 만든…… 거잖아?"

자학을 넘어 긍지에 이른 열등을 호소하는 티르. 하지만——

"우리가 보기에는 충분하고도 남을 만큼 재주 좋고, 그렇게
따지면 이마니티는 정령을 볼 수도 없——."

싹튼 위화감의 정체를 캐내려는 듯 말을 잇는 소라를 가로막고.

"소라 공. 이마니티는 하늘을 못 날지 말입니다."

"………………그야, 뭐— 못 날지? 응."

——똑바로, 소라를 바라보던 티르가.

청백색 눈으로 이은 말에.

"그러니까 날지 못해도 어쩔 수 없다, 고 할 거지 말입니까?"

————.

……아아…… 그런 거구나…….

침묵한 소라를 내버려둔 채, 티르는 다시 으스대는 얼굴로 말을 잇는다. 각설하고!

"날지 못하는 새는 '닭' 이지 말입니다! 가축이지 말입니다! 바짝 익혀서 맛있게 먹히는 것밖에 가치가 없는—— 헉?! 마, 맛있게 먹을 수도 없는 본인, 가축만도 못했지 말입니다아?! 다, 닭님에게 실례했지 말입니다…… 아, 아무튼!!"

이리하여 지하 1만 미터에 연설을 터뜨리던 티르도 마무리에 들어갔는지.

"감성이 없고! 영장도 만들 수 없고! 마법도 쓸 수 없고! 그렇다면 드워프도 아니고!!"

——없고 없고 없고…… 그렇게 하염없이 이어나가던 티르의 목소리에서, 희미하게.

위화감의 정체를 파악한 소라는—— 이어지는 마무리에 사고를 강제로 종료했다.

"마지막으로 털도 없고!! '민둥산' 이지 말입니다!! 열등증명 종료, 못난이 두더지이지 말입니다!!"
"흐음?! 지고의 열등성으로 대체 무엇을 증명하였는지도 조금 더 자세히 말해 줄래?!"

그렇게 대기마찰로 자연발화를 일으킬 기세로 티르를 돌아본 소라가 본 것은——!

……디용— 디용— 디용——……

소녀의 끈을 잡아당겨 외투를 열었다 닫았다 하는 소녀의 싸^{티르}^{여동생}늘하게 얼어붙은 눈빛이었다.

"……『민둥산』…… 나무나 풀이 없는 산…… 어원…… '체모가' …… 적다, 는 뜻……."

"아, 마스터? 드워프 여성은 분명 체모가 적다고 말씀드렸사오나——."

그리고 이어진 지브릴의 목소리에—— 이어서,

"어디까지나 남성에 비해서라는 뜻이며—— '수염 덥수룩이'인 것은 사실이옵니다."

"아~ '수염' 얘기구나?! 그렇겠지?! 갑자기 무슨 커밍아웃인가 하고 쫄았——는데."

—— '무슨 얘기인 줄 알았어?' 하는 여성진의 쓰레기 보는 듯한 시선이 쏟아지는 가운데.

그래도 소라는 말없이 '지금 그런 얘기 할 때가 아니지.' 라 대답하고, 황급히 도시를 둘러보며 외쳤다.

"잠깐만…… 지브릴—— 여자도 수염 덥수룩이라고 했냐? 어? 어디가?!"

——시내를 오가는 갈색 합법 오니 로리투성이라는—— 이 낙원, 샴발라가.

사실은 나락, 어비스였음을 뜬금없이 시사하는 지브릴에게 묻는다——.

 "드워프의 체모——『미스릴』은 정령증폭작용에 뛰어난 소재이옵니다."

 그렇다!! 은색 머리카락이 아니라 진정한 은—— 미스릴 머리카락이라 들었다!

 그러므로 정령이 과잉증폭하여—— 촉매가 필요하다는 말도 들었다!! 그러나——?!

 이렇게 희망에 매달리는 소라에게 무자비한—— 그러나 생각해 보면 당연한 대답이 돌아왔다…….

 "촉매는 물론이고 영장에도……라고 말씀드려야 마땅하겠나이다. 아무튼 드워프가 만드는 대부분의 기계에 이용되고 있사온데, 이용하려면 우선 '채집'을…… 다시 말해 '밀어야' 하는지라."

 ——다시 말해, 이 도시, 이리도 고도한 기계문명은.

 ……수염으로 만들어진 나락이었다…… 심지어……

 "드워프가 가진 털의 양은 정령증폭력, 소재량—— 다시 말해 『힘』과 동의어이며, 남성은 일부러 힘을 과시하고자 남겨놓지만, 여성은 원래 양이 적기에 보통 모조리 밀어버리지요♪"

 그런 어비스에 사는 놈팽이들은—— 원래 이것과는 비교도 안 되는 '털복숭이'이며.

 갈색 오니 로리들도, 밀고 다닐 뿐 수염 덥수룩이라는 말을 들은 소라는 무릎을 꺾었다.

——……아아…… 신이여…….

센스의 종족을 창조하신 올드데우스…… 대장장이 신 오케인이여…….

정작 네놈은 센스가 썩었구나……!! **저주 있으라……!**

"하오나…… 흐음? '털이 적은 체질'——체모 때문에 생기는 정령의 체내 오버로드가 발생하지 않는 체질이라면, 촉매 없이 마법을 쓸 수 있다는 뜻이온데——이점도 있는 것 아니온지?"

"없지 말입니다!! 체외증폭 없이는 '마법 하나 쓸 수 없지 말입니다!!"

"그, 그건 털이 적은 게 아니라 '털이 없는'…… 마법에 필요한 최소한의 정령증폭도 없다는 말씀이온지요?"

"그렇지 말입니다! 하지만 부스트할 영장도 폭발하지 말입니다! 부스트 없이는 마법을 쓸 수 없는, 털이 없지 말입니다! 그런데도 부스트할 영장을 만들 센스도 없지 말입니다!! 남에게 영장을 만들어달라 해도 열등용 영장——물고기에게 수중호흡기를 만들어주는 것처럼 의미불명! 아무도 못 만들지 말입니다!! 이상! 진! 퇴! 양난이지 말입니다——!!"

그렇게 『체크메이트』 선언을 하는 티르의 목소리.

그러나 이는 소라가 잠겨들었던 절망 속에서 빛을 뿜어냈다.

……열등? 이 자식이 무슨 소리를 해.

그래——티르만은——수염 덥수룩이가 아니야——!!

유일하고도 진정한 '갈색 합법 로리 오니 소녀'가 아닌가!!

나락의 밑바닥에서 빛나던 희망의 빛에, 눈을 가늘게 뜨고 바라보던 소라는——.

　"……괜찮아…… 믿으, 면…… 자라날 거야…………——
——**자~라~나~라**."
　……디용— 디용— 디용——.
　자꾸 끈을 당겼다 놓았다 하는 시로의 '마지막 희망이여 사라져라' 라는 저주를 들었다.
　그러나 이를 어떻게 해석했는지, 티르는 수치심에 물든 얼굴로 결연히——!!
　"후. 어렸을 때부터 거울에 비춰보며 자라날거지말입니다한올정도자라날거지말입니다~ 하고! 믿어왔던 70여 년—— 솜털 하나 없었지 말입니다!! 믿었다가 배신만 당했지 말입니다!! 의심 가신다면 보여드리지 말입니다!! 이것이 맨들맨들한 민둥산————."
　"자아아아암간확인좀하자?! **수염!!** 얘기지——익?!"
　소라는 힘차게 팬티에 손을 대려 하는 티르에게 얼른 달려들어 외투를 닫았다.
　——뭘 하려고 했지?! 공공장소에서? 응?!
　그렇게 생각하며 어깨를 씨근덕거리는 소라는——
　"……빠야…… 시로, 도…… 안 났, 으니까…… 응……?!"
　"아, 마스터? 소인도——라기보다 플뤼겔은 기본적으로 나지 않사옵니다♡"

"……크라미도 없다고~ 손댔다간 입적시킬 거예요?"

"이, 있단 말야! 솜털 정도는 있어, 소라!! 엘프야말로 없잖아?!"

"소, 소라 공은 맨들맨들한 걸 좋아하는 상변태였지 말입니다?!"

"저기?! **수! 염!** 얘기지?! 척 보면 알고, 없는 편이 낫지 그야!! 수염 덥수룩한 여자가 좋다는 남자는 적어도 다수파는 아니잖아?! 그런 눈빛은 치우라고오?!"

그렇게 눈물을 지으며, 자신을 변태라 부르는 시선들에게 호소하는 소라. 그러나──

"……소라 공. 본인, 아시다시피 돌아갈 곳은, 하덴펠에는 없지 말입니다."

까만 눈을 바라보는── 불안해하며 심약한, 겁을 먹은 듯 덧없는 눈동자는.

그러나── 열등하다고…… 확신에 가득 차 단언하는 눈은 ── 묻는다.

"본인, 정말로 두 분이 계신 이곳을, 본인의 집으로 삼아도…… 괜찮……은, 거지 말입니까……?"

청백색 불꽃이 일렁이는 오리할콘 눈동자로── 버림받지는 않을까, 하며.

아무것도 하지 못하는 이런 자신에게, 두 사람과 함께 있을 가치가 있겠느냐고.

무언가 도움이 될 일이 있겠느냐고── 마치 그렇게 묻듯.

티르 자신도, 자각하지는 못하겠지만————— 소라를 보며
묻는 그 말에——

"본인—— '닭 이상의 무언가'가…… 될 수 있지 말입니까?"
"될 수 있다마다. '맛있게 먹혀버리면' 되는 거야…… 딸꾹."
그러나 대답한 것은—— 갑자기 들려온 남자의 목소리였다.
매우 서툰 인류어로, 천박한 희색을 띠며 이어진 목소리에.
"남자 위에 올라타서 조르기만 하면 한 방이지이…… 절정까 ^{꼭대기}
지 날려줄걸—— 아, 하지만 그놈은 안 되겠네. 경험도 없는 숫
총각이거든. 심지어 빈유 로리를 밝히는 시스콘…… 너 인마,
취향이 끝장난 거 아니냐?"
"닭하고 비교해서 어쩌자고?! 그보다 허구랑 진실 섞어서 생
트집 잡지 마! 반론하기 힘들잖————아?"
천박한 제안이자 쓸데없는 참견이라고 부르짖었던 소라.
그 시선 너머에는—— 연기를 풍기는 곰방대의 재와 술병이.
그리고 흐릿한…… 입자 형태의 빛만이 남아 있었다. 그 대신에
——.
"호오, 자기도 모르게 달려들 만큼 이 삼촌을 원하시나? 부끄
럽구만, '빌어먹을 조카'."
"끼이이야아악붙잡혔지말입니다아~!! 소라 공 시로 공 헬프
지 말입니다!!"
비아냥거리는 웃음소리와 절실한 비명은 소라 일행의 눈앞에
서 울려 퍼졌다.

──인식조차 못했으나, 후에 지브릴이 말하기를.

창졸간에 소라와 시로를 향해 뛰어들었던 티르가.

^{데미쉬프트}
'유사 공간전이' 인지 뭔지로 끼어든 사내의 가슴에 파고들었다고 한다.

──그 드워프 남자가 누구인지. 질문도, 추측조차도── 필요가 없었다.

도움을 청하며 눈물을 머금는 티르를 끌어안은 반대쪽 손으로, 기계적인 『대검』을 든 채,

"── '하덴펠에 온 것을 환영한다' ······고 말하는 게 예의겠냐? 망할 것들아."

불손한 웃음소리로 대답한── 오리할콘 외눈만이 번뜩이는 풍모로.

부랑자를 방불케 하는 누더기 차림의, 지저분한 회색 털복숭이가······

"딸꾹."

티르에게 뺨을 부비며 취해서 발음을 포기해버린 말이 모든 사태를 말해 주고 있었다. 그렇다──

"좋았어!! 내 이놈의 빌어먹을 조카를 여자로 만들어 주지!! 어디 꼭대기까지 가 볼──."

■ ■ ■

──범죄자였다.

"아니…… 그러니까 아니래도오……. 이 몸은 그냥 빌어먹을 조카를 마중나온 거고 말이지이?"

그러나 범죄자다. 그 이외의 그 누구도 아니다.

그렇게 판단하여, 신속히 지브릴이 공간을 단절하여 무사히 현행범으로 체포한 부랑자(남자)의 진술에.

급조한 단절공간(취조실)에 어울리는 험악한 표정의 소라는 등 뒤의 —— 가엾게도 떨고 있는 피해자에게 물었다.

"……티르? 범인의 진술로는 너의 삼촌이라고 하는데?"

"힉…… 모, 모르지 말입니다…… 본인, 갑작스러운 일이라…… 뭐가 뭔지."

"야야 웃기지 마 빌어먹을 조카?! 이 몸한테 오라고! 너 이 자식 내뺄 생각이냐!!"

"언성 높이지 마, 성 범죄자!! 협박죄도 추가해 줄까 짜샤?!"

겁을 잔뜩 먹은 눈물 섞인 목소리로 '모르는 사람이에요.' 라고 대답하는 티르에게 소란을 떠는 죄인을 꾸짖고.

소라는 곁에서 회색 털덩어리의 진술을 필기하는 지브릴의 추리를 들었다.

"흐음, 마중을 나왔다—— 피해자의 동향을 미리 알고 있었다……. 마스터, 이것은 친족이라는 망상이 아닌지요? 여죄를 추궁해야 마땅하리라 사료되오며…… 적어도 스토킹은 확실——."

"이 자식아, 불어!! 어떻게 피해자(티르)의 동향을 알고 있었어?! 너 진짜 누군데!!"

" '왠지 그냥' 알았다 왜!! 누구긴, 야! 빌어먹을 조카! 내가 너한테 편지 줬잖아?!"

"무, 무슨 소리지 말입니까? 두령님은 『두령부』에 있어야지, 내빈을 이런 꼬락서니로 맞이하는 국가원수는 없지 말입니다! 따라서 모르는 사람이지 말입니다!!"

그리고 눈물 어린 눈으로 티르가 외친 억지 논리에, 소라는──일단 이해했다.

──다시 말해, 이 주정뱅이 회색 털복숭이, 강제 외설 미수범이.

드워프의 전권대리자── 하덴펠의 '두령' 이란 말이지.

덤으로 진술이 맞다면 티르의 삼촌이기도 한 모양인데──.

"……흐음. 그러면 백 번 양보해서 네가 '두령' 이고, 티르의 삼촌이라 가정하자."

"가정하지 말라고, 사실이니까! 젠장!!"

"그럼 더 아웃이지?! 조카한테 육체관계를 강요하는 게 너희 나라에선 합법이냐?!"

"아니…… 그건…… 취해서 한 소리랄까…… 그냥 가벼운 농담이잖아──."

그렇게 말하는 털복숭이에게 크라미를 비롯한 여성진의 쏘는 듯한 시선이 날아들었다.

……취해서 그랬다, 농담이었다 시리즈. 쓰레기 남자의 변명

랭킹 탑2잖아, 라는 시선이.

"그러면 다시 피해자에게 묻지. 티르빙 씨. 당신의 삼촌은 어떤 분인가요?"

"저, 적어도 이렇게 너절하고 술 냄새 나는 털복숭이를 친족으로 둔 기억은 없지 말입니다라고나 할까—— 두령님 진짜 **냄새나지 말입니다!! 완전 지독하지 말입니다!!**"

소라에게 채근을 받은 티르가—— 분위기를 타고 두령이라 인정한 셈이지만.

그보다도 눈물을 머금고 비통한 얼굴로 냄새난다 냄새난다 연호하는 데에 어지간히 쇼크를 받았는지.

말도 못하고 고개를 숙인 '두령'을 내버려 둔 채—— 시로는 혼자 생각하고 있었다…….

——가장 열등한 드워프의 삼촌이, 가장 뛰어난 드워프.

싫어하는 기색을 보이는 낙오자 소녀와, 집요하게 달라붙는 와일드 타입 막장 중년 아저씨.

……만약……

시로는 홀로 생각했다.

보호 욕구를 너무나도 자극하는 이 '무속성^{히로인}' 플러스 쉽고도 못난 아이가.

각성 이벤트 직후 순간공략이 확실하기에, 여동생 포지션을 노린다는 이유로 천척이라고 생각했던 티르가——.

사실은————— '무속성^{히로인}'이 아니었다면……?

'……'포지션 확정[커플링 완료]' 플래그……? 응…… 상황증거 충분, 하지만 아직…….'

──순간공략의 대상이 오빠가 아니었다면?

그렇게 생각한 시로는, 이내 황급히 머리를 저었다── 방심할 수는 없다.

주정뱅이 털덩어리와 합법 로리── 아직은 그림으로 놓고 봤을 때 문제가 있어!

하지만 그런 시로의 별도관점 추리 따위 당연히 아무도 알 수 없었으므로──.

"아~ 우우…… 생각났다아…… 이 몸은…… 가짜였어."

그리고 겨우 충격에서 벗어났는지, '두령'은.

"목욕하고 올게……. 이 몸은 메신저, 였던 걸로 해 주라……."

여전히 회복되지 못했는지, 약간 비틀거리며 몸을 돌렸다.

──냄새난다는 소리를 들은 사람은 내가 아니다, 라고.

그런 걸로 해달라고 말하며 어깨를 축 늘어뜨리는 털덩어리에게, 소라 일행은 조용히 고개를 끄덕였다.

"……이 자식들 확실하게 이 몸──이 아니라. 두령에게 데려와라. 알았냐?"

"헹! 원래부터 그러려고 가던 중이었지 말입니다!! 알지도 못하고 냄새나 나는 수상한 사람 보낼 필요도 없이, 확실하게 『두령부』까지 안내할 거라고 전하지 말입니다!! 쉭쉭!! **퉤퉤!!**"

그렇게 티르의 피해신고 취소[저리 꺼지셈]를 받아들여 지브릴이 공간단절을 풀자마자,

음울하게 어깨를 늘어뜨린 털복숭이는 손에 든 『대검』——영장을 한 차례 휘둘렀다.

그 직후, 검신이 후두둑 무수한 파츠—— 아니, 무수히 빛나는 단검으로 분해되더니,

"아~ 그리고 빌어먹을 것들아. 빌어먹을 조카가 또 도망치면 붙잡으러 가야 하니까, 쫌 기다려야 할지도——."

"『두령부』508층!! 응접실! 두령 앞까지 눈물 머금고 안내할 거지 말입니다아아!!"

근처에서 기다릴 생각이 그득했던 티르의 의혹을 숨 쉬듯 간파한 털덩어리에게.

"그럼 석방할 테니까, 마지막으로 댁의——가 아니었지. 두령님의 이름은?"

눈물을 머금은 티르를 따라 날카롭게 시선을 보내는 소라의 물음에.

——사내는 엷은 잔류광과 혀 차는 듯한 말을 남기고 허공으로 사라졌다.

"베이그 드라우프니르다. 냉큼 와라, '빌어먹을 이세계인 놈들아'."

■ ■ ■

——『두령부』…… 도시 중앙부에 존재하는 거대한 홀 구조의 건물을.

베이그가 기다린다는 508층까지 엘리베이터로 오르며――

"……피이, 감정봉인(魔) 유지(法)에 필사적인 건 알겠지만…… 그거 괜찮아?"

"히 히 후~ 히 히 후~ 크라미를 무섭게 만들 수는 없어요. 히 히 후~."

"정서 불안한 귀길쭉이를 다 보겠규요. 라마즈 호흡법으로 뭘 낳으려는 것이온지♡"

"소소소라 공, 시로 공, 저저절대로 손 놓으면 안 되지 말입니다?! 약속이지 말입니다?!"

사내의 자기소개가 초래한 소란과, 등 뒤에 숨어 옷을 붙든 티르에게, 소라와 시로는 생각했다…….

"그건 좋지만…… 티르, 좀 묻겠는데. 『두령부(여 기)』 말이야."

"……하덴펠, 의…… '행정중추', 맞지……?"

상승하는 엘리베이터의 창문을 통해, 고속으로 지나가는 홀의 경치를 바라보며.

――아니. 정확하게는, 홀을 장식하는 눈에 익은 것들을 바라보며――.

"대량파괴병기 놔두는 '군사기지' 아냐……? 아니 애초에 **무력을 보유하지 말라고!!**"

대전 재현 RTS에서 보았던 병기에, 소라는 무력 금지에 거짓이 없다는 『십조맹약』을 의심하고――

"아하, 아니지 말입니다. 이건 두령님의 선조님들 기념비――"

그냥 전시품이지 말입니다."

……장식? 선조?

눈을 깜빡이는 소라에게, 티르가 대답——

"하덴펠 초대 두령님——《로니 드라우프니르》의 유작이지 **으흐아아악?!**"

——하려다, 갑자기 터진 필의 살의에 차단당했다.

"피이?! 이번엔 또 뭔데?! 알았어 나도 같이 하자! 히 히 후~!!"

그리고 폭심지를 달래는 크라미의 분위기가 어지간히 재미있었는지.

소라와 시로의 옷을 붙잡고 고개를 숙인 채 떠는 티르를 대신해, 지브릴이 설명했다——

"《로니 드라우프니르》—— 드워프 역사에 남는 '전대미문의 천재' 라고 하옵지요……."

그녀가 말하기를—— 그것은 대전 말기에 드워프를 이끌었던 사내.

각인술식을 발명해 『영장』을 고안한, 혁명적 기술자였다고 한다.

무수한 각인술식, 촉매로 이루어진 가변기계의 코어와 영혼을 동기화해 운용하는—— 영장.

그것은 엘프 말고는 불가능했던 다중복합술식을 유사 실현한 것이었으며—— 또한.

종족의 특성, 손재주와 맞물려, 엘프마저 능가하는 정밀하고도 복잡한 술식편찬을 가능케 하였고.

대전 말기에 등장한 영장 이외의 병기도, '거의 모두 혼자 만들었다'고 하는 그 사내는——.

"각인술식을 모방해 대응하게 만들 만큼 엘프를 궁지에 몰아넣었던, 대전의 공로자 중 한 명이며…… 이처럼 아뢰는 소인도 '용살(龍殺)'^{개인적인 불일} 때문에 그의 작품에 신세를 진 적이 있나이다♡"

……요컨대 엘프에게 각인술식을——쓰게 한 원인이며.

간접적으로라고는 하지만, 그 무서운 『허공제0가호』^{아카시알세}를 만들게 한 사람이며.

다시 말해 별을 파괴했던 대형 전범님 중 한 명이었다. 따라서 ——?

"눈의 착각이었으면 좋겠다만—— '저것'도 그놈의 작품이라 장식해 둔 거야?"

소라는 시로와 함께 창백해진 얼굴로 무릎을 떨며 손가락으로 가리키고 물었다.

그것도, 역시 대전 재현 RTS에서 보았다……

지극히 허술하게. 완전 적당~히.

싸구려 장난감처럼 허공에 매달려 전시된 『폭탄』은——.

"예. 불활성화된 『신수』를 기폭시키는…… 그야말로 『수폭』^{예술}이옵지요♡"

"핵병기도 맨발로 도망칠 무력을 왜 태연하게

전시해놓고 있는데?!"

──그렇게…… 한 발로 대륙을 부수는 『수폭』을 가리키며.

이 무력금지 세계에 있어서는 안 될 과잉무력이라고, 소라는 힐문이 담긴 비명을 질렀다.

……고작해야 위력이 큰 폭탄 가지고 뭘 새삼스레.

플뤼겔과 엑스마키나. 걸어다니고 날아다니고 전이하는 폭탄(병기)조차 있거늘.

그렇게 생각하였는가──? 그러나 아니다.

왜냐하면! 『십조맹약』은 '위해(악의)'는 모두 캔슬해버리지만!!

……과실(실수)── '사고'까지는 커버해 줄 수 없기에──!

그런데도, 실수로 조건을 만족해버리면 악의 없이 작동하는 '장치(폭탄)'──?

"사고로 대륙을 날려버리는 폭탄(실수)── 냉큼 버리거나 하다못해 엄중하게 보관하라고!"

단순한 '불발탄'이잖아. 왜 태연하게 전시(전시)해놓고 앉았어?!

"마스터, 부디 안심하소서. 이곳에 전시된 모든 것들은──이미 작동하지 않나이다."

눈물을 머금고 호소하던 소라와 시로는 지브릴이 한쪽 무릎을 꿇고 고한 말에.

── '아, 그렇지'…… 하고, 엑스마키나에 관한 문헌의 기술을 떠올렸다.

"『맹약』이후, 정령을 해치는 운용과 마법 계통은 모두 사용이 불가능해졌나이다."

과거에는 정령을 연료처럼 소비해 가동했다는 엑스마키나도.

『맹약』에 따라 정령── 엘레멘탈을 소비할 수 없게 되자 구동방식을 바꾸었다지…….

다시 말해 여전히 상승하는 엘리베이터에서 보이는 이러한 병기는 '불발탄'이 아니라 '모형이나 마찬가지'라고.

고개를 든 지브릴의 말에, 안도해 가슴을 쓸어내렸다.

그리고 소라와 시로는 그녀와 함께 얼굴을 들었다가── 셋이 나란히 고개를 갸웃했다.

────시선 너머에서, 딱 하나.

본 척 없는 것을 본 세 사람의 의문을 알아차렸는지──

"……아. ……지, 지금 그 이야기의…… 유일한 '예외'가…… 쳐거이지 말입니다……."

소라 일행과 같은 곳을 본 티르는…… 그저 담담히, 무감동하게 의문에 대답해 주었다.

"……쳐것만은 '전후' 작품이고── 초대 두령님, 로니 드라우프니르의 '유작'이지 말입니다."

다시 말해── 드워프 사상 전무후무한 천재의 마지막 작품이라고── 아니.

"아무도 넘지 못하는 최고 걸작이라 불리는 '궁극의 영장'……이지 말입니다."

6천 년의 세월을 거친 지금까지도 다루는 이가 없는, 처음이자 마지막 작품이라고……

──흐~음……『수폭』나리를 내버려두고 '최고 걸작'이란 말이지.

소라는 시선 너머──'거대 인간형 기계'의 위용에 얼굴을 실룩거리며 웃었다.

"……근데 뭐야…… 저런 거대 로봇도『영장』이야……?"

"그야 영장이란 술사 개인이 운용하는 기계──『코어』와 동기화해 행사하는 여러 개의 촉매로 이루어진 시스템이온지라. 해머든 저런 인간형이든, 형태도 규모도 따지지 않긴 하옵니다만……."

──그것은 높이 10미터도 넘을 것 같은, 새까만 쇳덩어리를 두른 우툴두툴한 조형.

표면을 전자회로 같은 각인술식이 뒤덮었으며, 중후함이 넘치는 견고하고도 딱딱한 기체였다.

어깨에는 기체의 거대함과 비교해도 더더욱 규격을 벗어난 것으로 보이는 초중량급 쇳덩어리.

누가 보더라도 전쟁 목적으로 만든 거대 로봇이── 전후에 만들어진 이상── 지금도 움직인다고 하면…….

"하오나 저만한 대형 영장은── 드워프의 정령량으로는 움직일 수 없으리라 사료되옵니다."

"옙. 본인 같은 못난이 두더지는 당연하고, 평범한 드워프는 기동도 불가능한 물건이지 말입니다……."

──다만, 움직일 수 있는 차는 없다는 말에 몰래 안도하고.

"근데 저 거대 인간형 영장 로봇은 어떤 사악한 목적으로 만든 거래?"

별만 가지고는 모자라서 다음에는 우주라도 부수게? 하고 비아냥거리듯 묻는 소라에게—— 티르가 대답한 순간,

" '어깨에 있는' 것은—— 대상을 '개념적으로 바꿔버리는 영장' ……이지 말입니다."

지브릴의 목소리와 표정이 모래를 쓸어낸 것처럼 사라졌다.
…………

"『수폭』에 쓰이는 불활성화 신수…… 다시 말해 '물질화한 올드데우스의 화석'에, 각인술식을 가미해 내포된 개념을 수정해버린, 『개찬신수(改竄神髓)』에 의한 개념공명기, 라 들었지 말입니다……."

………………………………

침묵이 대답하는 가운데, 소라와 시로—— 덤으로는 크라미도, 혹은 모든 이마니티일지도 모르지만.

아무튼 상식 세력을 대변하고자, 일단은 소라와 시로가 눈을 가늘게 뜨고 말했다.

"지브릴…… 암튼 뭐 대충 위험하다는 소리인 것 같은데, 실제로는 얼마나 위험한 거야?"

"……초 위험함…… 진짜 위험함…… 말도 안 됨…… 중에

서, 어디쯤?"

응, 뭐가 뭔지 모르겠다――!! 라면서!!

――신수의 개념을 각인술식으로 개찬한다고…… 아~ 그렇구나~?

고기와 고기로 고기를 싸서 '햄버거' 라고 지껄이는 것과도 같은, 속이 메슥거리는 폭거다.

…… '그거 그냥 ^{엉터리}고기잖아?' 하고, 눈을 흘겨뜨며 되는 대로 묻는 두 사람에게――

"예. 장절하게 위험하오며, 초절 쩔어주며, ^{말도 안 되는}불가능한 망언―― 이옵지요♡"

비상식 세력 대표인 지브릴이―― 티르의 뇌가 심각하게 위험하다고 비웃으며 거듭한 말에,

"그것이 가능하다면 대상을 개념적으로 이기는 것도 가능하지 않겠나이까."

그제야 개념을 파악한 소라와 시로는 내심, '아아…….' 하고 중얼거렸다.

―― '개념' …… 다시 말해 '의미내용' 이다.

―――――대상의 개념을 바꿀 수 있다…………?

"엑, 뭐야~? 『패배자』라고 덮어쓰기 하면 '무조건 진다' 는 거야?"

――과정도 경과도, 인과도 관계없이 '패배한 것이 된다' ……?

플뤼겔조차 망언이라 단언하는 것도 당연하다…… 아니 그보다, 으응? 뭔데 그게.

이제는 치트도 속임수도 아니고…… '임의 코드 실행'이다.

게임도 뭣도 아니라고 의심하는 소라의 눈—— 그러나.

"그 말이 맞지 말입니다……. 비유도 뭣도 아닌, '신의 영역'에 속한 영장, 이지 말입니다."

똑바로 돌아보며 고개를 끄덕인 티르는—— 입을 딱 벌린 소라를 내버려둔 채 말을 이었다.

"하지만. 불활성화 신수를 유사 재활성해서, 대상과 개념을 공명시키는 시스템이니, 정지하면 원래대로 돌아가고—— 게다가 『개찬신수』가 가진 일정한 개념으로만 오버라이트할 수 있지 말입니다."

그리고 무엇보다…….

승강기가 지나가, 이제는 눈 아래로 멀어진 '거대 인간형 기계'를 내려다보며 허무한 웃음을 지으며 그렇게 말을 이은 티르는, 평탄한 목소리로 중얼거렸다.

"저건—— '그렇게 대단한 개념'이 아니지 말입니다……."

"……마스터. 보아하니 자칭대로 두더지만도 못한 듯하오니 부디 진지하게 받아들이지 마시옵고……."

이처럼 주인을 환혹시키는 자를 나무라는 지브릴의 말에, 소라는 생각했다.

"애초에 『신수』란 무엇인지…… 이제까지 그 누구도 해명조차 못했나이다."

……그렇지. 올드데우스 자신도── 호로도 그걸 수억 년 동안 고뇌했으니까.

"하물며 개찬……? 그런 헛소리는 농담이라도 귀에 담으셔서는 아니되옵니다."

……그렇지. 그게 6천 년 전에 이미 밝혀져 이용되었다는데도, 이제까지 지브릴에게 소문조차 들리지 않은 채 숨겨졌다니…… 이렇게 감출 마음도 없이 전시해놨는데?

말도 안 된다. 불가능하다. 지브릴이 옳다. 그럴 텐데…… 하지만──.

"……맞지 말입니다. 해명한 적도 없지 말입니다. 당연하지 말입니다."

담담히 이야기하는 티르의 말에도 '거짓은 없다'고 소라는 확신했다.

"……오직 초대 두령님만이…… 볼 수 있었던 신의 영역──거기서 비롯된 산물이지 말입니다……."

──그렇다면 가능성은 둘.

티르의 오해이며, 역시 불가능하거나. 혹은────.

"야, 빌어먹을 조카. 넌 뭘 꼴리는 대로 지껄이고 앉았냐? 정정해."

──구우웅, 소리와 함께 508층에서 정지한 엘리베이터 소

리와 함께.

열린 문 너머에서 울려 퍼진 목소리—— 남자가 말한 대로거나…… 둘 중 하나.

그렇다.

다시 한 번 대치한 사내—— 기계의 옥좌에 앉아 팔로 턱을 괸 사내의 분위기가 말해 주듯.

아까 본 '주정뱅이'와는 다른 사람인—— 불손하고도 흉포한 '정점'의 웃음이 말해 주듯.

아무렇게나 깎은 회색—— 아니, 미스릴색 머리 사이에서 나타난 그 의지를 비추듯.

붉게 타오르는 오리할콘 외눈에 어울리는 복장, 당연한 오만함을 두른 께느른한 사내가 말한 대로——.

"오직 한 사람만이 본 신의 영역이었지——."

신의 영역에 도달했던, 드워프 사상 천대미문의 천재—— 그러나 그 기록이 후대에서 깨지지 않은 것은 아니었다며.

대검을 기대놓은 옥좌에서, 거만하게 다리를 꼬고 앉은 하덴펠의 현재 두령.

베이그 드라우프니르는 말한다…….

하지만—————— 불가능을 가능케 한 자가 있었다고.

"이 몸께서 탄생하시기 전까지는. 빌어먹을, 한심하게도…… 말이지."

자신이 두 번째—— 그저 그뿐이라고…….

■ ■ ■

그의 얼굴과 외눈은—— 플뤼겔과, 엘프. 상위종족 두 사람조차도.

각자 자신의 주인과 벗^{지켜야 할 존재} 앞으로 나서…… 말없이 긴장하도록 만들었다.

……당연하리라. '적당히' 감성만으로 이만한 문명을 구축한 종족—— 드워프의 정점……

아무도 해명하지 못했던 불가능을, 해명하지 않고 적당히 감성만으로 가능케 했던, 센스의 극치.

옥좌에서 모든 것을 꿰뚫어보는 외눈 사내, 베이그를 보고, 소라와 시로는 내심 '역시' 라고 단언했다.

————이건, 틀림없이 '타고난 강자' 다……라고.

모든 책략를 동원해 대책을 마련해야 할 존재^적—— 그러나…….

"~~~나 원 진짜…… 서두르는 바람에 수염을 너무 바짝 밀었잖냐, 빌어먹을…….."

긴장과 경계로 신경줄이 팽팽해진 지브릴과 필, 크라미를 내버려둔 채.

그저 토라진 듯, 베이그는 빈정거리는 푸념과 함께 입술을 내밀었다.

"소취 각인 같이 뜬금없는 술식, 내가 생각해도 참 잘 만들었단 말씀이야……. 역시 이 몸은 천재야."

턱을 문지르며, 연신 체취를 신경 쓰는 그의 모습에, 소라와 시로는 생각했다.

……이제 와서 멋 부려도 이미 늦었다고…….

"티르~? 나한테 냄새 난다고 해서 삼촌 뒤끝 작렬했거든~?"

"예! 무슨 말씀이지 말입니까?! 본인은 오늘 두령님 처음 만나지 말입니다!!"

"……갭 속성, 와일드 타입 막장 중년…… '삼촌×조카' 선거, 맞지……?!"

어쨌건 간에 조카에게 성희롱을 저지르고.

밉다는 말을 들어 진심으로 좌절한 삼촌…….

──반항기 딸내미에게 따돌림당하는 불쌍한 아버지 비슷한 인상은, 이제 뒤집을 수 없다.

"얌마, 너 이젠 냄새 난다느니 하는 소리는 못 할걸. 자, 냉큼 이쪽으로 와."

하물며──.

소라와 시로의 등 뒤에 숨어 떨면서 채근하는 티르의 말대로,

"소소소라 공!! 소, 손님께 약? 팔고 얼른 돌아가지 말입니다~~!!"

……그렇다. 베이그가 '강자'라 해도, 이미 늦었다.

자신들은 『약장수』이며 베이그는 『손님』── 승패는 이미 정

해졌고, 뒤집을 수 없다.

남은 것은 '『약』의 대금을 치르겠다'는 베이그의 한마디. 그것만으로.

──모든 드워프는 선택의 여지없이 소라네의 산하에 들어온다.

그러나──

"으응? 어이쿠, 그게 본론이었지이…… 그럼 일단, 옜다. 약내놔."

그렇게 옥좌에 턱을 괸 채, 사내는 손에 든 서간을 팔랑팔랑 흔들었다.

──『여어, 얼간이. 좀 도와줄까? 답례는『네놈의 나라 전부』면 어떨까?』

그저 이렇게…… 스테프에게 쓰게 해 송부한, 국서.

무사히 도착했음을── 이쪽의 '함정'에 빠졌음을 드러내는 베이그에게 확인하는 소라.

"……그건 하덴펠을 전부 내주겠다는 뜻으로 봐도 될까?"

"………………?"

아직도 사정을 파악하지 못한 크라미가 의아한 표정으로 눈살을 찡그리는 기척과.

모든 것을 알아차린 베이그의── 비웃는 표정만이 대답하는 가운데, 소라는 내심 쓴웃음을 지었다.

그렇지…… 다만. 이 베이그는 '평범한 손님'이 아니다.

…… '성가신 손님'이지. 다시 말해──

"아앙? 대금은 못 내. 외상으로 달아."

──그래, 알고 있었지…….

필과 크라미도 찾아내지 못했던 소라와 시로를 '왠지 그냥' 쉽게 발견하고.

티르를 보낸 지 며칠이 지나──'왠지 그냥' 마중을 나왔던 사내의 눈.

──오늘. 그 시각. 그 장소에서…… '왠지 그냥'.

티르를. 소라와 시로를. 플뤼겔을. 필까지도 기다렸다고 말하는 눈──.

전혀 놀라지 않았던 눈. 그가 '두령' 이란 말을 들었을 때, 의구심은 확신으로 바뀌었다.

"……미안한데 처음 받은 손님한테는 외상을 안 받거든."

"이봐이봐, 그러면 못쓰지. '네놈 외상' 이나 갚고 말해."

그렇기에 그렇게 비웃는 베이그의 이어진 말도── 그래, 알고 있다마다…….

그야말로── 그 『편지』의 한 문장으로 이미 각오했던 바──.

"하지만 뭐~ 친구도 아닌 놈한테, 그야 외상이 통하지는 않겠지? 이 몸도 '빌어먹을 것' 과 친구 트고 지낼 마음은 전혀 없고 말야──?"

그렇다…… 베이그가 '이를테면' 이라며 꺼낸 다음 말도.

……그래, 알고 있다마다…….

옥좌로부터 시선을 내린 남매 대신, 그 뒤에 있던 크라미만이.

눈을 부릅뜨고── 노이즈에 얼굴을 일그러뜨리며, 들었다
──────.

"자기 세계는^{외상은} 떼어먹고 튄── 빌어먹을 패배자하곤 말이지?"

■ ■ ■

············.

·······················.

힐문하는 지브릴의 목소리도, 다종다양한 기척도── 모두
멀게만 느껴졌다.

크라미의 뇌리는 그저 플래시백하는 광경으로 물들었다.

아픔마저 수반하고 깜빡거리는 환각은 절대 자신의 것이 아닌
기억──

"그래, 네놈들은 멋들어지게 이 몸만이 아니라── 거의 전 세
계에 독을 타버렸지."

────치직············

한사코 눈을 돌리면서 숨을 멈춘 티르도, 모든 것이── 의식
밖.

크라미의 뇌리에 번뜩이는 것은 과거의 세계를^{외상을 모조리} 내팽개치고 온
자의 기억──.

무패의 남매 중. ──단 한 번도 이긴 적이 없는 남자의 기억.

"이 몸은 네놈들에게 무조건 다 내주거나 멸망하거나, 둘 중 하나를 선택해야 하지."

————치직…………

크라미의 뇌리에 번뜩이는 것은 여동생과 둘이 좁은 새장에 틀어박혔던 기억.

여동생과 둘…… 서로의 곁 이외에, 그 세계에 자기 자리 따위 없었으며.

그렇기에 돌아가야 할 세계도 없었던 오빠의————.
<small>남 자</small>

"……재미있구만. 이 몸을 함정에 빠뜨리다니. 게임은 끝. 이 몸의 패배다."

————칙, 치직…………

아픔이 더해만 가는 크라미의 뇌리에 번뜩이는 그 환각은…… 아아, 소라의 기억——.

망설이고. 고민하고. 틀리고. 쌓아올린 실패와 혼란에 마침내 손을 붉게 물들였으며.

"하지만 악취미한 똥하곤—— 머리 숙여도 친구는 될 수 없지?"
<small>뭔지 모를 것</small>

————치직, 치——익……

그리하여 막혀버린 과거에서, 그래도 망설이고…… 마침내 이세계까지.
<small>세 계</small>
<small>이 곳</small>

죄도 과거도, 세계와 함께 내팽개치고—— 길을 잃은 채 떨어진 사내와.

그에게── 인형에게, 바짝 다가선 소녀── 아기새, 의───
───.

…………………….

………….

■ ■ ■

────그리고 마침내.

소라와 시로는, 고통스러워 웅크리고 앉은 크라미와 교대하
듯 고개를 들었으며.

옥좌에 버티고 앉은 작안(灼眼)도. 이어지는 말이 묻는 내용
도── 모두.

──그래, 알고 있다마다……

그렇게 쓴웃음을 지으며 듣고 있었다.

그것은 각국이 캐내려 했던 『　　　공 백　　　』의 정체──『필승의 카
드』의 해답.

아무도 믿지 않을 터인── 평범한 이마니티인　간에 불과하다는
해답── 그러나.

다른 세계의 사람이라는 사실을 안 센스의 괴물, 베이그라면
── '적당히' 받아들이고.

이세계에서 온 사람인 남매외　지에게── 누군가는 물었어야 했던
말이었다.

다시 말해, 유일신에게 도전하는 '이방인'에게————.

"……그렇게까지 할 수 있으면서—— 네놈들의 전장에서는 왜 도망쳤냐?"

—— '여기서 뭘 하고 자빠졌냐'……는 말…….

"자기네 외상은 떼어먹을 만큼 놈들이라면, 이쪽도 외상으로 달아야지. 당연히 떼어먹을 거고."

과거의 청산을 종용하는 베이그의 목소리와 눈—— 그러나.

"하지만 이 몸이 뜬금없이 잘못 짚었던 거라면—— 음. '친구'를 시험하는 짓을 해서 미안하구만. 친구에게 사과의 의미로—— 음. 우리의 모든 것은 친구의 모든 것이지. 동전 한 닢 안 빼놓고 싹 챙겨줄게."

그 물음에 대답할 말 따위, 소라와 시로에게는 있지도 않았다.

그러므로——.

"……요컨대, 마음에 안 드는 놈하고는 손잡을 수 없다—— 그런 소리지?"

"말귀 잘 알아먹네. 남자끼리 서로 터놓고 지내려면—— 뻔한 거 아니냐?"

그렇게 선언하며, 시로의 손을 잡은 소라. 옥좌에서 일어나는 베이그.

서로 대담한 시선을 나누며 마주 웃는다—— 그렇다, 대답할 말은 아무것도 없다.

원래, 이 자리까지 온 이상 말하는 데에는 가치가 없다.

한쪽은 사기꾼에 거짓말쟁이——— 소라이며. 한쪽은 센스의 괴물——— 베이그.

'굳이 묻는다' 면——— 대답할 방법 따위 하나밖에 존재하지 않는다.

……그래, 알고 있다마다. 뻔한 이야기였지———.

알아차린 누구나가——— 시로가, 지브릴이, 크라미조차 저마다 마음을 가다듬었다.

그 모습에 한층 웃음을 짙게 머금은 베이그의 시뻘겋게 타오르는 외눈은 말없이 이야기한다.

———말해 봐라. 너의 대답, 너의 영혼을. 말이 아니라——— 이 자리에서 정정당당하게!!

———————자아, 게임을 시작ㅎ

"좋았으!! 그럼 어디 '맞짱을 떠 보실까?! 이세계 놈들아!!"
이 해 를 해 보 실 까

"영장으로 승부하겠다는 거 아니었냐?! 『맹약』 위반이잖아요 시져어어폭력반대에!!"

———드워프의 게임은 전통적으로 영장 승부 아니었냐.

———상호 동의가 있으면 '격투기' 도 게임이 되는 거냐!!
스 포 츠

베이그가 영장을 붙잡고 으르렁댄 찰나, 소라는 망설임 없이 크게 백기를 흔들었다.
겸

미안하지만 폭력에는 무조건 굴한다! 그것이 인간의 도리라며——!!

진심으로 겁먹은 소라와 시로의 모습에, 베이그는 껄껄 웃더니.

"뭐, 옛날 같으면 주먹다짐을 했다지만 지금은 『맹약』 같은 촌스러운 게 있으니——."

이내 들려온 말에—— 아아! 고마워, 『십조맹약』! 이라면서.

소라와 시로가 나란히 아무개 신에게 감사를 바쳤던—— 다음 순간.

"그러니까—— 영장으로 맞짱을 떠야지."

그렇게 베이그가 천천히 영장을 옥좌에 꽂더니,

"확장영장—— 접속. 일어나라, 이 몸의 기체!!"

그렇게 부르짖자마자—— 대검이 꽂힌 옥좌가 느닷없이—— 변형했다.

강철이 엮인 띠로 변화한 옥좌가 나선을 그리고, 굉음을 내며 베이그를 삼키더니——

사족보행 짐승이 상체를 일으키는 것과도 같이, 갈라진 바닥에서 그것이 모습을 드러냈다.

——그것은 높이 15미터는 될 법한, 은색 갑주를 걸친 거구의 기사였다.

엘리베이터에서 보았던 전시물과 같은 종류—— 그러나 그야말로 발전형과도 같은 '거대 인간형 기계'……

마찬가지로 파격적인 거대 검을 든 그것은—— 유선형의 세련된 조형을 가진 기체였다.

……까놓고 말해, 조금 전에 보았던 기체가 『V 계열』이라면.

이쪽은 『*4 계열』 같은 거대 로봇이.

어쨌거나 소라와 시로를 척 손가락으로 가리키더니——

『영혼을 동기화한 영장—— 이 녀석으로 치고받는 거야. 이해하기 쉽잖아?』

그렇게 스피커 너머로 울려 퍼진 베이그의 목소리에, 소라 일행은 동의했다.

그래, 참으로 이해하기 쉬운걸.

다시 말해 베이그가 제시한 승부란.

현실에서 로봇에 탑승해, 현실에서 치고받는 게임——.

——다시 말해 『로봇 배틀 게임』…….

어른이들의 꿈과 로망이 넘쳐나는 제안에, 소라와 시로는 눈을 날카롭게 뜨며 딱 부러지게 고개를 끄덕이고,

"좋~아. '건담 파ㅇ트'라면 『맹약』에 위반되지 않는다는 폭론, 어디 자세히 들어볼까?"

"……그게, 되면…… 전쟁도, 가능해…… 심지어, 무력……이잖, 아?"

조금 전에 보았던 『수폭』도 그렇고, 작금에 와서는 신빙성마

---

* 로봇 액션 게임 「아머드 코어」 시리즈. 4탄에 등장해 '넥스트'로 분류되는 기체는 기존 기체에 비해 압도적인 성능을 보인다.

저 의심스러워지는 『맹약』에 대한 의구심도 더해져.

　구체적인 규칙에 따라서는 응하지 못할 것도 없다며.

　결연히 눈물을 머금고 요구했다——.

■ ■ ■

　——그렇게 제시된 게임에 상호 동의하고 『두령부』를 떠난 일행.

　이미 맹렬히 생각을 굴리고 있던 소라에게, 매달리듯 티르가 외쳤다.

　"지, 진심이지 말입니까?! 두령님이랑 영장으로 승부하다니, 절대 못 이기지 말입니다?!"

　—— '소라 일행이 이기기란 불가능한 게임' 이라고 선언하는 말에.

　소라는 쓴웃음을 머금고, 속으로 '그렇겠지.' 라며 동의한 후, 회상과 함께 정리했다.

　그도 그럴 것이 베이그가 제시한 게임의 자세한 내용은, 요약하자면 이러한 것이었다……

——————…………

　——영장을 사용한 '기계 전투 게임' ……

　요컨대 로봇 배틀인데, 영장과 영장이 충돌했을 때의 대미지는 코어에 수렴된다고 한다.

어떤 공격을 쏘아대더라도, 망가지는 것은 코어뿐. 술사에게 위해가 미치는 일은 없다.

그리고 이때 코어의 강도는 동기화한 영혼에 비례한다…….

다시 말해, 문자 그대로 '영혼을 담아 서로 두들겨 패다가 영혼이 부서진 쪽의 패배'인 셈이다.

참으로 이해하기 쉽다. 원리는 전혀 모르겠지만, 뭐가 어쨌든 안전한 모양이다.

다만 소라 일행에게는 게임의 전제──'영장^{로봇}'이 없다.

있다 한들 영장을 다루지 못한다. 술사가 될 수 없고, 쓰지도 못한다. 따라서──.

『그럼 누구하고 같이 쓰든가. 영장── 각인술식 이외의 마법은 반칙. 코어는 한 사람에 하나. 이 나라의 재료, 시설, 인재는 전부 빌려줄 테니까 적당~히 알아서 마련하든가.』

──기체의 설계 및 제작, 파일럿 선정부터 시작하는 게임이 되었다.

하지만 반대로 말하자면 그 이외에는. 어떤 기체를 누가 쓰더라도, 누가 만들더라도.

장소와 일정까지도, 모든 사항을 소라 일행이 마음대로 정해도 좋다는 규칙은──

『……한꺼번에 덤비라고── '다른 친구'도 데려와도 상관없으니까.』

──엑스마키나 이미르아인이나 올드데우스 호로가 상대여도 자신이 이길 거라는 당연한 자신감에서 나온 말이었다.

특히 각인술식, 기계의 제조에서 드워프에게 견줄 자는【익시드】내에는 없다.

그런 드워프의 정점, 베이그보다도 뛰어난 영장, 기체를 만들 수 있는 자는, 현재 존재하지 않는다.

다시 말해—— 이것은 다름 아닌 '베이그의 필승 게임'인 것이므로…………

——————…………

"근데~ 다들 암것도 모른단 말이지, 티르. 이건 영장의 우열을 가리는 승부가 아니야……."

그렇게 정리를 마친 소라는, 느닷없이 이마를 철썩 치며 단언했다.

"'영혼'의 승부다——!!"

"…………어, 그렇지말입니당?"

그렇다. 어차피 사람은 서로 이해하지 못하고. 서로 화합할 수 없을지도 모른다.

"하지만 그래도 서로 인정할 수는 있지—— 영혼이! 마음이! 진짜라면!!"

"……하지만, 인정할, 마음…… 제로, 잖아……. 인정하게 만들 생각…… 밖에, 없으……면서."

그렇게 곁에서 잃어버린 것을 아쉬워하며, 휙휙, 가슴 앞에서 공기를 쥐려 하는 슬픈 표정의 시로에게.

"당연하쥐이?! 그 자식 그거——————— 병이라고!!"

최소한 문명종으로서 계몽해야만 하리라── 아니, 치료라고 해야 할까?!

그렇게 생각하며…… 소라는 조금 전『두령부』에서 일어났던 사건을 떠올리고 있었다────.

■ ■ ■

──그것은, 규칙 설명을 마치고 서로 동의한 직후였다.

느닷없이 베이그 기체의 거대 검에 빛이 내달린 것과 동시에 ────.

" …………………………………………………………………… 저기, 티르……?"

무슨 일이 일어났는지 이해하지 못하고, 반쯤 기절했던 소라는, 눈앞의 광경에 대해 물었다.

"베이그의 기체가 든── 저거, 거대 검도, 거시기 '신의 영역'에 달한 영장이랑 같은 거냐?"

"그렇지 말입니다. 사상 두 번째『개찬신수』── 개념공명기지 말입니다."

── '개념을 덮어쓰기 당한다' ……

가령『패자』로 개념을 변경당하면, 인과조차 무시하고 무조건 패배한다는 뜻.

베이그의 기체가 든 거대 검이 빛을 뿜은 그것이 바로, 이제까지 말한『엉터리』.

그렇게 긍정한 티르는 엘리베이터에서 보았던 것과 같은——
허무한 웃음을 지었다.

—— '저건—— 그렇게 대단한 것이 아니지 말입니다.' 라고
중얼거렸을 때와 같은.

……그렇다. 지금 소라는 그 진의를 이해했다……라기보다.

실제로 사용된…… '이 결과' 를 보면 자명했지만——.

"대전 말기. '어떤 가슴 큰 여자' 가 두령의 선조님인 로니 드
라우프니르에게 반했다지 말입니다."

갑자기 시작된 티르의 이야기.

소라는 잠자코 경청했다.

"그 가슴 큰 여자의 열렬한 청혼에, 선조님도 마침내 인기남
은 괴롭구만~ 하고. 사랑에 빠져—— 그 후로 드라우프니르의
혈맥은 가슴 큰 여자밖에 사랑할 수 없게 되었다고 하지 말입니
다."

……글쿠나…… 힘들겠네. 근데, 말야……

"……드워프에도, 가슴 큰 여자 있어?"

"예. 당연히—— 없지 말입니다."

응, 있을 리가 없지. 꿈이란 없기에 꿈인 법이다.

"그러므로. 어디까지나 전승—— 드워프에 가슴 큰 여자는
없지 말입니다. 그 '가슴 큰 여자' 가 누구인지, 실제로도 불명
이지 말입니다. 아무튼—— 없으니까 만들었지 말입니다."

——없으니까 만든다.

다시 말해, 전시 중이던 기계의 어깨에 있던 것. 베이그의 기체가 들었던 거대 검의 정체는.

전대미문이자 후대에도 없을. 두 천재가 원했던 인조의 꿈, 그것이 실체를 이룬 것이라고!

터무니없이 쓸데없는 재능 낭비의 극치라고—— 보라!!

새빨개진 얼굴로 고개를 숙였던 티르가 제시했다. ——정확히는——!!

"『거유신수』를 이용해 대상을 개념적으로 거유화하는 영장을, 만들었지 말입니다~!!"

······출렁······

고개를 끄덕이는 티르의—— 출렁거리는 '풍만한 가슴' 이 제시했다.

그리고 거대 기계에서 내려온 베이그가 만족스럽게 멋들어진 미소로 말했다.

"음. 진짜로 해놔야지 말이야······. 이놈의 빌어먹을 조카는 금방 도망을 치니."

——아하. 그래서 티르도 베이그를 만나고 싶어하지 않았군.

그리고 예고 없이 사용한 것은—— 이게 일상이기 때문이고.

나 같아도 얼른 나가고 싶겠네——.

그렇게 생각한 소라는 견디지 못하고 눈을 돌렸다.

성희롱에 더해, 조카를 왕가슴으로 만들어 늘 하악하악하는 삼촌⋯⋯.

――역시 범죄자다. 이 나라의 사법은 제대로 굴러가지를 않나 보다.

하지만 그러나――.

그러는 한편, 소라는 진심으로 경의를 담아 고개를 끄덕이고 있었다.

다시 말해 지고의 두 천재가, 개념 오버라이트라는 신역에 발을 디디면서까지 추구했던 것은!!

――――『거유신수』였던 것이다――!!

아아, 극에 달한 천재는 요컨대 바보로구나. 훌륭하도다. 존경할 만해―― 그러나!!

"⋯⋯티르를 거유로 만든 건 이해하겠어⋯⋯ 하지만―― 왜 다른 사람들까지?"

그렇게, 둘 곳 없는 시선을 이리저리 헤매던 소라가 중얼거린 ―― 순간.

여성진의 환성과 감격의 눈물, 경악이 일제히 터져나왔다.

"다시 말해 진짜로 꿈이 아니란 말이지?! 발이 보이지 않는 건 가슴이 방해되기 때문~이라는 게 내 착각이 아니란 말이지?! '개념적으로 거유'라면 딱 잘라 말해 거유인 거지?! 흑⋯⋯ 푸숙~ 하고, 이번에는 푸숙~ 하고 사라지지 않는 거지?! ⋯⋯흑⋯⋯ 흐아아아아앙⋯⋯!!"

"설마 정말로 개념 오버라이트를……? 허어, 소인에게는 변화가 없는 듯하옵니다만."

"뭔데?! 자기는 원래 완벽했다고 어필~하는 거야?! ……훗, 뭐 괜찮아. 나의 이 가슴만큼 넓은 마음이 있으면 너 같은 악마도 웃으며 용서해 줄 수 있지 ♪"

"무슨 말씀이시온지, 아니, 관심도 없사오나── 아앙♡ 시로 님, 너무 대담하시옵니다♡"

"……황금비에서 백은비, 로…… 지브릴도…… 커졌, 어."

"그거 알아?! 누우니까 답답해! 행복이란 중량으로 잴 수 있는 거구나!"

"헌데 시로 님은 가슴에 불만이라도 있으신지요? 고뇌하시는 이유를 모르겠나이다."

"…………여동생 포지션, 에…… 이거, 점수가 올라질지, 떨어질지…… 계산 중…….'

"아, 숙이니까 어어엄청 계곡이 생기네! 나 사족보행으로 돌아갈래!! 어때, 피이! 봐봐! 응? 보라니깐, '가슴이 커진 나'를! 언제까지 해탈한 표정으로 있을 거야?!"

──그곳은…… 아아, 이 자리의 모든 여성에게 작용한 개념 공명에 의해.

로리 거유와 그냥 거유로 가득 찬── 가슴 가득 꿈 가득한 공간이었다.

약 1명, 인류로부터의 퇴화를 선언한 불쌍한 이도 있었으나, 그건 그렇다 치고──.

——하지만 어째서인지⋯⋯ 무언가가 마음에 걸린다.

미간에 주름을 짓는 소라에게, 시로가 불안스럽게 가슴을 모으며 다가갔다.

"⋯⋯빠야, 시로⋯⋯ 가슴⋯⋯ 역시—— 안, 서?"

"역시라니 뭔데?! 그보다 뭐가 선다는 겁니까요 오빠가 여동생에게?!"

"훗, 어쩔 수 없지. 로리콘인 너에게, 거유밖에 없다는 건⋯⋯ 지옥일 테지?"

"너 가짜 가슴을 손에 넣은 순간 참 그렇게까지 잘도 기고만장할 수 있다?! 이젠 완전 대단하네?!"

사족보행으로 중력에 가슴을 붙들린 크라미의 으스대는 얼굴을 보며 부르짖고.

"허어? 마스터께서 로리 거유는 싫어하셨나이까?"

"⋯⋯통계적, 으로⋯⋯ 미묘⋯⋯ 그래서, 고민, 해⋯⋯."

"저기⋯⋯ 저기?! 내가 로리콘이란 전제로 나 없이 의논하지 말아 줄래?!"

소곤소곤 상담하는 시로와 지브릴에게는 눈물을 지으며 절규.

그리고—— 소란에서 한 발짝 벗어나 있던 필이, 부처님의 목소리로 말했다.

"여러분이 로리콘이란 건 확정이고~ 거기서 나아가 거유가 좋으냐 아니냐⋯⋯ 그 정도의 차이밖에 없는 거지요~? 요컨대 변태란 건, 확정이지요⋯⋯."

네 개의 마름모꼴이 떠 있는 눈동자는 소라와 또 한 사람——

베이그에게 향하고 있었다.

――드워프에 거유를 원하면, 필연적으로―― 로리 거유 애호가가 된다고.

로리 거유를 옳다고 보든 아니라고 보든, 너희는 같은 차원[수준]의 변태라고.

그런 서운하기 그지없는 단정에, 소라가 반론의 목소리를 높이려 했던―― 것과 동시.

――――돌연, 중력이 늘어났다.

그렇게 착각할 정도의 긴장감에 소라가 돌아보니―― 눈을 부릅뜬 베이그가 서 있었다.

이제야 불구대천의 원수가 있었음을 겨우 깨달았다는 듯이.

――마법으로 감정을 봉인해야만 살의를 억제할 수 있는, 필닐바렌에게.

――꿰뚫어 볼 듯한 안광으로, 베이그 드라우프니르가, 천천히 다가간다.

그리고…… 베이그는―― 그것이 태어났을 때부터 있었던 약속이었던 양.

아니, 태어나기 아득히 전부터 있었던 서약이라는 양―― 너무나도 당연하게, 필연적으로.

누구에게도―― 유일신 테토나 『맹약』에 대해서조차, 의문을 품게 만들지 않을 만큼 자연스럽게.

아아, 강의 흐름과도 같이 자연스럽게, 유유히 손을 뻗어――

······필의 가슴을, 주물렀다······

태연히. 전율하며. 그러면서도 의연히, 주물러댔다······.

아무도── 시간마저도 망연자실해 흐르는 것을 잊어버린 듯한 정적 속에.

얼어붙었던 시간 속에서, 단 한 사람만이 움직일 수 있노라 주장하듯!

쓰담쓰담······!

주물주물! 쓰담만지작티잉콕콕티요용──!!

이제는 가슴을 주무르는 의태어로는 있을 수 없는, 뛰어난 손재주로.

"이, 이럴 수가······ 뭐지 이놈은?! 모양 탄력 무게, 모두 이 몸의 이상형이라니?!"

──그렇다······『거유신수』를 쓸 것도 없이.
   ^{개념 오버라이트}

'처음부터 이상형이었 거유' 라 인정하고── 전율하여 눈을 까뒤집고 신음했다!!

──이런 바보 같은 일이, 라고. 누구보다도 바보인 자신은 제쳐놓고 몸을 떠는, 신의 영역에 발을 들인 변태는.
   ^{바 보}

그렇게 떨리는 손길로, 한바탕 풍만한 가슴을 탐닉한 끝에── 우뚝 멈추었다.

그리고 붉은 외눈을 빛내며, 대담무쌍하게 웃더니── 이어진 말.

"훗······ 이 몸의 '피' 가 외친다── 아직 아니라고······ 그래 봤자 가공하기 전의 '소재'로군."

──쩌적.

"야. 이쪽으로 와 봐, '소재'. 이 몸께서 확실하게 '진짜'로 만들어 주지. 감사하도록."

────쩌저적────

"모든 것은── 특히 습가는!! 이 몸의 손에 단련되기 위해 존재한다! 천연 습가 따위 생각 없이 멋대로 부풀어오른 미완성품── 네놈은 주무르는 보람이 있는 '소재' 다앗!!"

무언가가 격렬하게 균열을 일으키는 소리가, 또렷한 환청으로 들려오는 가운데.

"…………그건…… 혹시, 나에게 하는 말인가요……?"

기계음처럼 무감정한 목소리로 묻는 필.

그러나 베이그는──.

"누구냐 넌?! '소재'에 돋아난 푸성귀가 갑자기 말을 걸다니 사람 무섭게 만들래?!"

──지금. 처음으로, 가슴 이외의 것을 인식했다.

그렇게 말하는 경악에 찬 목소리에.

──────────마침내 무언가가 터져 나가는 소리를 듣고, 소라는 이해했다……

"아하── 그렇구나. 뭐가 이렇게 마음에 걸리나 했지……."

──오케이, 드워프의 사상…… '모든 것은 단련되기 위해 존재한다'…….

단련하지 않으면 다이아몬드도 단순한 돌. 단련하지 않으면 쇠도 단순한 모래.

'신의 영역'에 들어선 영장을 사용해 단련한 가슴이야말로 지고의 것이며.

그 이외의 것은 모두 소재── 미완성품이라고, 베이그는 말하는 것이다.

"『맹약』을 넘어 애무할 수 있다는 건── '선의' 밖에 없다는 증거, 라 보아야 할는지요?"

"그, 그렇고말고! 저분은 선의로 나를 구해 주셨는걸!! 그, 그러니까 피이도 참아!!"

지브릴의 감탄도, 필을 달래는 크라미의 목소리도 멀게만 들릴 뿐.

소라는 그저 자신의 결론을 곱씹고 있었다…….

티르는, 베이그를, '가슴 큰 여자밖에 사랑할 수 없게 되었다'고 말했지만── 아니다.

이놈은. 이 자식은. 베이그는! 가슴이 큰 여자밖에 사랑할 수 없는 게 아니다.

──────'큰 가슴 말고는 인정하지 않는'거다────!!

이리하여── 소라는 마침내── 자신의 안에서.

무엇이 깨졌는지, 그 소리의 정체를 깨달았으며── 그 순간.

"실례이오나 마스터? 아까부터 무엇을 그리 생각하시——이익?!"

지브릴은 수천 년만의 감각에 숨을 멈추며 날개를 떨었다.

자신의 마스터에게서는 있을 수 없는, 이마니티에게서 솟구친 기운에——

다시 말해—— '죽겠구나 '라는 확신에.

"자신의 취향을, 성적 기호를 건 주먹다짐. 좋다, 맞짱을 떠보자."

처음 만났을 때, 처음 했던 말대로—— 베이그는 물은 것이다.

—— '빈유 로리를 밝히는 시스콘이라니, 너 인마 취향이 끝장난 거 아니냐?' ……라고.

'악취미한 똥과는 친구가 될 수 없다' 는 말대로, 위에서 묻고 있는 것이다.

—— '그딴 마니악한 녀석하곤 친구 못 먹지?' ——라고!!

다시 말해—— 과거의 외상을 따지면서, 덤으로—— 현재의 취향을.

————가슴 취향을! 물었던 것이다————.

그렇다면 바라는 대로.

소라는 끓어오르는 영혼을 눈에 담고 선전 포고했다.

"——누구 취향이 똥 같은지 깨닫게 해 주지. 베이그 드라우프니르."

■ ■ ■

――이리하여 『중앙공업구역』을 걷는 일동의 선두를 나아가는 사내, 소라는.

개념공명을 정지시켜 원래 모습으로 돌아온―― 주로 시로에게 안도하며 생각했다.

그래. 사상과 주의, 취미기호는 개인의 자유. 존중해야지.

그러나――!!

"그것밖에 인정할 수 없다고! 강요한다면 나도 내 자유를 행사할 수밖에!!"

그렇다, 다시 말해――!!

" '닥쳐' 라고!! '엿이나 먹어' 라고!! 반항할 자유를 말이지?! 알아먹겠냐?!"

"――네……네옙!! 그렇지 말입니다아앗!"

그렇게 부르짖은 소라에게 대답한 것은.

감명을 받은 티르의 경례와 크라미의 비웃음이었다.

"……후…… 로리콘의 자유라……. 누가 병인지……."

"야, 너! 그렇게 안이하게 로리콘 딱지 붙이는 거―― 작금의 거유 파시즘에는 한사코 항의한다!!"

"사실이잖아? 시스콘에, 민둥산도 좋아하고…… 변명은?"

"아니라고 했지!! 그리고 몇 번이나 확인하겠는데. **수염☆** 얘기 아녀?!"

울부짖는 소라를 내버려둔 채── 잃어버린 것이 아직도 아쉬운지 가슴을 문지르며,

"……지브릴……은, 뭐…… 해……?"

"아, 예. 이제까지 마스터께서 '초면에 보여주신 반응'을 열거하고 있사온데."

서글프게 묻는 소라에게, 무언가를 책에 써넣으며 끙끙대던 지브릴이 대답했다.

"명확히 호의를 제시했던 상대는 멍멍이, 모기 짝퉁, 호로, 그리고 지금…… 헉!"

그리고 무언가를 깨달았는지 몸을, 목소리를 떨었다.

"하, 하하, 한편…… 딱히 호의를 제시하지 않으셨던 것은 저기 있는 귀길쭉이, 무녀, 세이렌과 여왕, 아즈릴 선배, 엑스마키나…… 소── '소인' …… 아아── 마스터어!!"

마침내 경악하여── 날개를 접고 용서를 청하듯 무릎을 꿇었다.

"이제까지 깨닫지 못하였던 무능함을 부디 용서하여 주시옵소서! 즉시──."

그리고 한순간 빛을 두르더니,

……쪼꼬만.

아이 같은 모습으로 오그라든 지브릴의 기도하는 듯한 호소.

"이제부터는 '어린 모습'으로 섬길 터이니, 다시 써 주시기를 부디……!"

"너희는 왜 자꾸 날 로리콘으로 만들려고 하는데?! 그렇게 생각하는 건 자유야. 하지만 강요할 거면 반항할 수밖에 없으니까 앞으로는 생각으로만 그치라고── 내가 뭐 틀린 말 했냐아!!"

소라는 절규하고, 이어서 울려 퍼진 비웃음에 머리를 쥐어뜯으며 돌아보았다.

"~~~그보~다! 너는 언제까지 그 가증스러운 가짜 거유를 쳐다보고 있을 건데?!"

"가짜? 나는 베이그의 주장에 일부 동의해. 천연을 넘어선다면── 그건 진짜보다도 우월한 거야!"

그렇다── 거유를 황홀하게 바라보며, 크라미는 단언했다.

──단 한 사람, 개념공명의 정지를 눈물로 거부했던 빈유는, 드높이 말을 이었다.

"네 기억 속에 있던 게임에서도 그랬잖아── *가짜가 진짜보다 뒤떨어진다는 법은 없어!!"

"하다못해 좀 제대로 된 주제에서 들먹여라!! 가짜 슴가 내걸고 으스대면서 할 소리냐?!"

설령 진짜에 육박하고 넘어선다 한들, 가짜 가슴은 가짜 가슴.

──'분별을 가지지 못한다면 뒤떨어지는' 거야──!!

하지만 그 말이 소라의 입에서 나오기도 전에──

"크라미, '친구' 에게~ 그런 태도는 뗵! 이에요~♡"

그렇게 울려 퍼진 해님처럼 따뜻한 말에── 정적이 찾아왔다.

─────.

---

* 게임 「Fate/stay night」. 원본은 "가짜가 진짜를 이기지 못한다는 법은 없어."

"어…… 치, 친구……? 나하고 소라가? 피이, 어, 어떻게 된 거 아니야?!"

조금 전까지의 살의도 부처님 얼굴도 온데간데없이, 숫제 으스스할 정도로 평소처럼 온화한.

그러나 귀를 의심할 만한 발언에, 크라미가 쭈뼛쭈뼛 친구의 제정신을 확인하고자 물었다.

베이그의 흥행을 참게 하는 바람에 친구를 망가뜨린 걸까 싶어 젖어드는 크라미의 눈―― 그러나 대답은.

"네에~? 소라 씨네하고는 알몸으로 교류했던 오랜 친구――

―― 맞지요오?"

――어디까지나 온화한 웃음으로, 소라에게 확인을 구하는 목소리로 돌아왔다.

그랬지. 한꺼번에 다 덤벼라. 친구도 참가 가능…… 그것이 규칙이었다.

어떤 기체든 좋고, 친구를 몇 명이든 끌고 와서 도전해도 좋다면.

당연히 필이 참가해도 상관없다는 뜻이리라. 아무튼――

"훗, 무슨 서운한 소리를. 베이그에게 이기기 위해서는 서로 힘을 합쳐야지. 마음의 벗이여 ♪"

"그럼요~ 절친으로서~ 소라 씨네가 이기도록 최선을 다하겠어요오 ♪"

―――― '우린 친구지요~?' 라고……

한 점의 티도 없는 미소를 나누는 소라와 필을 보고.

……"아하." 하며. 이제는 크라미도 눈치를 챘는지.

"그럼 소라 씨네를 위해 얼른! 인재를 모으고 각인술식 설계에 착수하도록 하죠~!"

그렇게 힘차고도 온화하게 떠나가는 필의 뒷모습을 따라가던 크라미는.

──멀어져 가다── 문득 돌아보더니, 소라와 시로에게 시선을 보냈다.

소라의 기억, 과거를 아는 그 시선은── 복잡한 빛을 띠었다.

그러나── 말로 해도 좋을지.

묻는 것조차 좋을지 망설이는 시선.

"……괜찮은 거지?"

뭐가. 어떻게. 라고는 말하지 않고 그저 눈으로만 확인을 구한 크라미는.

………….

소라와 시로의 미소에 살짝 고개를 끄덕이고, 더 이상은 돌아보지 않았다.

"……외람되오나 한 말씀 아뢰옵니다, 마스터. 정말로 괜찮사옵니까?"

두 사람의 뒷모습을 배웅하고, 보이지 않게 되었을 때를 노렸는지.

아직도 어린 모습인 채 무릎을 꿇고 있던 지브릴은—— 소라가 흘겨보는 것을 아는지 모르는지.

"이 승부에서 저 귀길쭉이의 도움은 필수라 사료되오나—— 반드시 배신하지 않을는지요."

"당연하지. 저건 '정정당당하게 배신할 것을 맹세합니다' 라는 선서인걸 ♪"

그 정도는 파악했다고, 소라는 뻔하디뻔한 확인을 구하는 지브릴에게 웃으며 즉답했다.

——그렇고말고. 사실 '코어가 부서지면 패배' 라는 규칙은.

자신 이외에 모든 이의 코어를 부수면 베이그의 『승리』…… 하지만.

베이그의 코어를 부수면—— 그것은 누구의 『승리』지……?

뻔하다—— '코어를 부순 자'.

다시 말해—— '베이그에게 승리한 자' 다. 그렇다면——

"애초에 이 게임에서 이기든 지든, 우리는 『약』을 넘겨야 하고 말이지?"

"……문제, 는…… 대금…… 전 재산, 나라를…… 지불할지 말지, 뿐……."

"그렇다면 우리보다도 먼저 베이그에게 『승리』하면—— 필과 크라미는 '아무것도 걸지 않고(노 리스크)' '대금만 모조리 챙기는(올 리턴)' 인, 이런 절호의 기회에—— 배신하지 않을 리가 없지 ♪"

……필이 '승리해서 무엇을 하고 싶은지' ……

어느 정도는—— 식은땀이 흐를 만큼 궁금하기는 하지만——.

"문제없어. 그 녀석들 가지고는 못 이겨. 내 말대로 협조하지 않으면 ♪"

그렇게 사악한 웃음을 지으며 단언하는 소라에게, 지브릴은 고개를 끄덕여 대답했다.

"……예. 각인술식은 드워프와 그 하위호환에 불과한 엘프만이 다룰 수 있사옵니다. 또한 영장을 만들 수 있는 것도 드워프뿐—— 신용할 수는 없사온지라. 승산 따위 전무하나이다."

그렇다. 이 게임은 최소한—— 각인술식을 사용한 기체, 영장이 필수다.

인재도 재료도 마음대로 쓸 수 있다지만—— 그래 봤자 적인 드워프 인재. 신용할 방법이 없다.

따라서 필과 크라미가 베이그에게 이기기란 불가능하다고 말하는 지브릴에게——.

"흐음. 기분 탓인지 '우리에게도 승산이 없다' 는 말처럼 들리는데?"

"솔직히…… 예. 소인의 미천한 지혜로는 '승리 불가' 로만 여겨지나이다."

소라가 비아냥거리자, 지브릴은 불경함을 사죄하며 앳된 모습을 더욱 움츠리고 대답했다.

가장 뛰어난 영장 기술자── 그렇기에 하덴펠의 두령.

아무도 영장으로는 넘어설 수 없고 이길 수 없다── 그렇기에 전권대리자…… 그렇다면.

마스터의 필패가 아니겠느냐고, 짧은 생각을 용서해 주십사 청하듯, 지브릴은 구태여 물었다.

"'적의 필승 게임'을…… 어찌 받아들이셨는지요……?"

그렇다── 애초에 『맹약』에 따른다면 게임의 결정권은 도전받은 소라와 시로에게 있다.

하물며 소라와 시로에게는 『약』이 있다── 그렇다. 베이그 자신이 인정한 대로.

가차 없이, 거부권 없이 하덴펠을 얻을 수 있는── 『약』이.

받아들일 이유가 전혀 없다. 하물며 이는 상대의 독무대── 게 임 어째서.

그런 질문을 받은 소라와 시로는, 나란히 한순간 눈을 내리깔고──.

"외상을 갚지 않은 우리가 '외상 사절'이라니── 뻔뻔한 것도 사실이고."

복잡한 표정으로 낯빛을 흐리며 그렇게 중얼거리는가 싶더니 느닷없이── 대담한 미소로 말을 이었다.

"암튼 뭐! 그래서── 왜 받아들였냐고? 뻔한 거 아니야?"

무패의 요령이란, 애초에 승산 없는 게임을 하지 않는 것……

그렇다면——

"——승산이 있으니까. 베이그의 필승 게임이 아니거든 ♪"

"……영장 제작, 도…… '베이그보다 더 좋은 적임자' ……있고, 말야♡"

그렇다…… 분명 '성가신 손님' —— 그러나 손님임에는 틀림이 없다.

다소 수고는 더 들겠지만——.

예정대로, 그저 승리해서.

예정대로, 하덴펠을 손에 넣겠다고 고하는 두 사람.

"두, 두령님 이상으로 영장을 잘 만드는 드워프가 있단 말입니까? 그, 그런 사람이——."

대체 어디에 있느냐고—— 경악해 외친 티르.

하지만…… 물끄러~~~~~엄…….

자신을 바라보는 두 사람의 시선을 깨닫고, 뒤에 누가 있나 찾고자 시선을 돌렸다가.

"웅? 어디 있지 말입니까……——잠깐, 어? ……농담, 하시는 거지 말입니다?"

하지만…… 물끄러~~~~~~~~~~~엄…….

그렇게 소라와 시로가 누구를 보는지는 알았다. 하지만——.

"으으으으의미를 모르겠지 말입다아?! 보, 본인은 못난이 두더지지 말입니다아?!"

의도는 모르겠다고 외치는—— 불안스럽고 심약하며, 눈물을 머금은 덧없는 눈동자.

자신은 열등하다고…… 확신에 가득 차 단언하는 눈은. 소라의 다음 말에──

"그래. 그래서 티르는 할 수 있어. 아니지? 티르 말고는 못해."

──────────큭, 하고 숨을 멈추며 크게 뜨였다.

그리고………… 쭈뼛쭈뼛.

그러나 똑바로, 까만 눈을 바라보는, 청백색 불꽃이 흔들리는 오리할콘 눈동자.

자신에게 가치는 없다, 아무것도 못한다고── 그렇게 말하는 것처럼 보이는 눈은.

"……닭만도 못한 본인이, 못난이 두더지가…… 뭘 할 수 있지, 말입니까……?"

역시 자각은 없는지──── 소라를 보며 묻는 말에── 소라와 시로는 대답했다.

"…… '예정조화의 힘^{블러프}' , 으로……! …… '각성 이벤트' …… 할 수, 있어……!!"
"까놓고 말해, 자칭 열등과 넘을 수 없는 강적! 이거 역천승 외길 루트 아냐?!"

그 순간── 티르는 절망의 눈물로 눈을 적시며, 온 힘을 다해 도망쳤다…….

방법을 찾지 못한 채 시간이 흘렀다
두 사람에게 좁아진 새장이 마침내
──아기새의 처분을 다그칠 때까지……

그래서 지금 당장 새장을 나가자고
'자신을 망가뜨린' 인형의 부정(속임수)에
아기새는 아이없이 스스로 망가졌다
가지만 붉게 물든 인형이 얻은 것은
──'거짓말쟁이' 딱지와……
아기새의 눈물과 머리 위의 절망뿐이었다

그 세계에는 하늘이 없었다

새장을 부수고 나간 곳은 다른 새장이었다
둘이서 함께── 아기새를 홀로 만들 뻔하고
둘이서 함께──자신과 같이 아기새를 속이고
새장을 부수고 자 어쩔래 하고

그렇게 다그치는 하늘(세계)에 그래도 하지만
그럼 어쩌면 좋았을까……?

변함없이 공장의 음향이 울려 퍼지는 하덴펠 수도.

베이그와의 해후로부터 약 이틀이 지난 지하도시에, 종이가 춤을 추고 있었다.

온 시내에 나붙었고, 곳곳에서 흩날리는 '종이 전단지' —— 거기에는.

옷을 디용디용 개폐당해 얼굴을 붉히는 소녀의 사진과 함께, 드워프 언어인 지정어로 이렇게 적혀 있었다…….

《길 잃은 드워프^{두더지}를 찾습니다.》

티르(84세) 여자아이입니다.

특징은 민둥산입니다.

발견하신 분은 『　공백　』에게 연락해라.

■ ■ ■

"그런고로…… 놀랍게도 플뤼겔^{지브릴}을 뿌리치고 도망친 티르를 찾고 있는데."

"……누, 구…… 행선지…… 짐작 가는…… 사람?"

"……………………………………… 어, 저기…… 그거 진심인가요오?"

그렇다── 장난이 아닌 진심으로 쫓아오는 지브릴을 뿌리친다는…….

그야말로 노도의 지옥불 게임을 멋지게 클리어한, 아무도 도달하지 못한 위업을 달성한 자.[게이머]

티르의 행방을 묻는 소라와 시로에게, 필은 파닥파닥 손을 내저으며 긴 귀를 의심했다.

공간전이가 자유로운 플뤼겔에게서 어떻게 하면 도망칠 수 있느냐는 말없는 절규를 내버려둔 채.

"……송구스럽사옵니다, 마스터. 불찰의 극치…… 미리 예상했어야 하였거늘."

지브릴은 고개를 조아린 채 주먹을, 목소리를 떨며 눈물과 함께── 사과했다.

"물론 '저세상' 까지는 쫓아갈 수 없나이다!! 그렇게까지 궁지에 몰아넣을 마음은……!! 두 분 마스터의 영장을 만들 자를 놓치고 승리를 가로막은 대죄를…… 소, 소인은 대체 어떻게 갚아야 좋을지……!"

"응, 사과할 포인트가 여전히 잘못됐네…… 그리고 안 죽었거든?!"[지브릴스럽네]

어, 아마도…… 아니 틀림없이──!!

속으로 자신을 타이르던 소라는 이틀 전을 떠올렸다.

그렇다…… 자칭 못난이 두더지. 날지 못하는 새가 날았던 순간을───────.

『여, 역시 본인이 있을 곳은—— 없지 말입니다아아아아아!!』

닥쳐드는 지브릴을 향해 울부짖은 티르의 영장, 해머에서 섬광이 넘쳐나고.

해머의 끝이 땅을 두드린 다음 순간—— 티르는, 날았다…….

그렇다……. 분명히 날았다……. 아니, 날았다기보다는……뭐랄까.

——————날려가버렸다…….

수도를 뒤흔드는 굉음과 충격…… '대폭발'을 남기고, 흔적도 없이.

대파된 해머의 잔해 외에는, 영장의 정령의 잔재조차 남기지 않고 사라진 티르————.

"그건 자폭이 아니야…… 티르는 그런 짓 안 하니까."

"……그러, 니까…… 도망쳤다……. 클리어 실적, 플래티넘 트로피…… 줘야, 해…….."

죽음을 확신하는 지브릴에게, 소라와 시로는, 오히려 생존의 확신을 다지며 말했다.

이는 어떤 '추측'의 확신도 의미했으나—— 일단은 접어두고.

필이 찾지 못하리란 것은 처음부터 알고 있었다.

지브릴조차 정령반응이 없다고 단언한다면—— 이미 수도에는 없다.

"그러니까 뭐, 행선지가 짚이는 곳이 있는 놈을 찾아서 물어보려 했던, 건데…….."

그러므로 이곳에 왔다고 하며.

감사실에서 내려다보이는 플랜트에서 '인간형 기계'를 만드는 드워프에게 물어보려고──.

　했지만 그 전에.

　소라는 눈을 흘겨뜨며, 의자에 앉아있는 엘프 소녀에게 시선을 되돌렸다.

　필은, 엘프의 방식인 것 같기는 하지만── 각인술식을 다룰수 있다. 그렇다면 베이그의 약속대로, 각인술식의 설계도만 넘겨주면 이에 따라 기체를 만들 수 있다── 자재도 인재도 빌릴 수 있다.

　……다만, 그 인재가 조금 지나치게 충직한 것 같았으며, 구체적으로는.

　"…… '물어봐도 되는지' 먼저 물어볼까── 일단은 그 의자에게."

　필이 유유히 다리를 꼬고 앉아 있는 '드워프_{의 자}'를 가리키며 물었다.

　"～～～～～! ～～, ～～!!"

　"응~? 의자 씨가아…… 누구의 허가를 받고~ 말을 하나요오?♡"

　소라와 시로는 그것이 지정어임은 알아도 그 의자가 무슨 말을 하는지는 이해할 수 없었지만.

　말 그대로 발길질로 인재_{드워프}를 부려먹는 필에게, 두 사람은 나란히 얼굴을 실룩거렸다.

분명 베이그는 인재도 빌려주겠다고—— 다시 말해 '일손을 빌리게 해 주겠다' 고 말했으나——

"그거 말이야…… 일손을 '빌린다' 는 범주를, 넘어선 거 아니야……?"

…… '주었다' 고는 말할 수 없지 않나?

아니 애초에 지금의 킥은 딱 잘라 말해 『맹약 위반』 아닌가? 하고 묻는 소라에게,

"빌린다고요? 제가아, 두더지 씨에게요오? 농담이 심하시네요♡"

필은 해님—— 작열사막의 태양 같은 미소로 대답하더니,

" '태어난 죄를 갚기 위해 무엇이든 하겠습니다 필 님' 이라고 【맹약에 맹세코】 바닥을 핥으며 말하니까~ 어쩔 수 없이〰〰 거들도록 허락해 주었던 거예요~ 감격의 눈물로 흐느끼고 있잖아요오 ♪"

이렇게…… 그녀의 표현을 빌자면 감동에서 유래되었다는 눈물을 흘리는 드워프에게 다시 발꿈치를 꽂으며 말했다.

——의역하자면, '게임으로 그렇게 맹세하고 따르게 만들었다' 는 것이다…….

아, 아무튼, 상당히 악랄하지만, 게임의 결과라면 진 드워프의 잘못.

게다가 이렇게 하면 감각으로 물건을 만든다는 드워프에게 충실하게 제조를 시킬 수도 있고.

영장의 소재는 드워프만이 가공할 수 있지만, 신용할 수는 없

다── 그렇기에 합리적이다.

하지만 아무리 필이라 해도, 감성의 종족 드워프를 이렇게 쉽게 함정에 빠뜨려 이길 수 있었을까?

"── '둘' 이라면…… 여유였지요오♡"

……그런 소라의 의문에 대답한 것은, 이렇게 대답한 필의 말이 아니라.

──뚜벅, 뚜벅……

"……? 어머어, 소라잖아……? 이틀만이네…… 후훗……."

힐 소리를 딱 울리며 들어온 크라미였다. 아니, 정확히는──.

"시찰──이란 건 명목이었을까? 입으로는 뭐라고 말해도 역시 '가슴이 커진 나' 를 그리워했던 거구나. 좋아, 무릎 꿇고 고개 숙이면서 애원하면 바라보는 정도는 허락해. 줄. 게…… 음~ 쪽♡"

엉덩이를 실룩실룩, 먼로 워크로 들어오며 키스를 던지는, 가짜 거유 크라미의 꼬락서니였다.

……고작해야 가짜 가슴을 가지고, 이렇게까지 기고만장할 수 있다니…….

그 반동의 요인을 생각해 보면 눈물이 흘러내릴 것만 같은 소라와는 달리,

"……빠, 빠야…… 가슴, 있으면…… 저렇게 자신감…… 생, 겨……?"

──그럼 시로도 해제하지 말았어야 하는 거 아닐까……

그렇게 미련 때문에 눈물을 짓고 갈등하는 시로에게, 부드럽게 미소지으며── 머리를 쓰다듬어 준 소라는,

"야, 크라미. 너── 그거 할 수 있어?"
그렇게 말하며, 스마트폰을 꺼냈다.
……꺼냈을 뿐이다. 내밀지도 않았다.
그러나 크라미는 대담하게 웃으며 소라의 손에서 스마트폰을 빼앗자마자── 망설임 없이.
──100년에 한 번 있을까 말까 하는 거만한 표정으로, 가슴 위에 얹었다…….
"알았겠지, 동생아…… 아무것도 달라지지 않아. 그래 봤자 가슴과 똑같이 '가짜' 자신감이야."
"뭐, 뭐어?! 네 기억 속에서 거유에게 스마트폰 내밀면서 '할 수 있어?' 라고 물어보면 이거밖에 없었거든?!"
소라의 쓴웃음과 시로의 셔터 소리로 순식간에 본색이 드러난 주장에.
"홋…… 잠깐 나 좀 볼까, 퀸 오브 더 빈유."
"──홋…… 누구 얘기를 하는 걸까, 아. 가. 야?"
"반응하지 말라고…… 자각이 있으신 거네…… 잘 들어."
그리고 황급히 다시 얼굴에 철판을 간 크라미에게, 소라는 진리를 설파했다.

"거유는 '할 수 있어?' 라는 질문을 받았을 때 가슴을 한정초

건으로 생각하지 않아!!!"

"————으쿠욱!!"

"난 스마트폰을 꺼냈을 뿐이라고?! 내가 촬영할 거라고는 생각도 안 해 봤지?! 모델 포즈를 취하라든가 여러 가지 있잖아?! 망설임도 없냐고! 너무 필사적이라 괴롭히기도 괴로워서 **내가 더 미안해!!**"

"…………미, 미안, 해…… 어쩐지, 시로, 때문……에…….."

"왜 너희가 울어?! 아니 잠깐—— 아, 아니거든?! 어, 어흠!"

마침내 참지 못하고 눈물샘이 터져버린 소라의 사죄에.

시로도, 크라미까지도 나란히 울음을 터뜨리고——.

"——후. 그래. 이번에는, 이 거유의 계곡만큼 넓은 품으로 지적을 받아들이지……."

다시 얼굴에 철판을 깐 크라미를 보며, 소라와 시로는 굳이 말로는 꺼내지 않고 생각했다.

정말로, 필 혼자서 드워프를 함정에 빠뜨리기란 곤란했을 것이다.

그러나 '이 둘'이라면—— 이 크라미와 함께라면 여유였으리라.

"한때는 빈유였다…… 그래, 과거를 부정해 봤자 소용이 없겠지…….."

그렇게 가슴을 펴고는 허리에 손을 얹으며 머리를 뒤로 쓸어넘기고 말한 크라미는.

자신 넘치는 멋진 여자——를 연기하는 '개그맨'이었으며,

그런 자각조차 거부하고 있었다.

감성의 종족이라면 그 자신감이 가슴과 마찬가지로 '제로'^{가 짜} 임을 쉽게 간파했을 터.

그렇기에——.

"하지만 멋진 여자는 말이지? 과거에 연연하지 않아…… 알겠니, 꼬마야?"

선정적으로—— 필사적으로 말을 잇는 크라미에게, 소라는 그저 확신을 품고 생각했다.

——이 수상한 봉을 내세워 방심한 상대를 게임에 끌어들이고.

실제 플레이어는 필이라면—— 기습도 이런 기습이 없다.

그렇게 해서, 필은 많은 드워프를 쉽게 거느릴 수 있었으리라 눈치를 챈 소라와 시로는——.

"그래…… 알았어. 모두가 상처 입기만 하는 슬픈 세계는, 끝을 내자."

"……크라미, 는…… 거유……. 시로, 알았, 으니까…… 응?"

"그 다정한 눈빛 좀 하지 말라고?! 아니 그보다 너흰 뭐 하러 온 건데! 그만 돌아가 진짜!!"

다시 철가면이 벗겨져 눈물을 머금은 크라미는 부드럽게 무시하고.

소라는 드워프^{의 자}에 앉아만 있던 엘프 소녀에게 시선을 돌려—— 물어보았다.

"근데 필, 너 말이야. 아직도 우리를 앞질러서 베이그한테 이길 생각하고 있어?"

"네에~? ……생트집이나 잡고, 너무하네요오~…… 나 상처 입어요♡"

그렇게, 말미에 '국어책 읽기' 라는 주석을 달아야 하는 만면의 미소로 상심을 호소하며 말을 거듭하는 필.

"친구의 승리에 공헌해야지~ 하고 이렇게 노력하고 있는데에, 어흐흑이에요오."

"뭐, 명분은 필요하겠지—— 그럼 우리가 이기면 친구로서 보답을 하고 싶은데, 뭐가 좋을까?"

'필이 이기면 뭘 바라느냐' 는 완곡한 질문.

보아하니 이 질문은 크라미도 여러 번 했는지, 불안스레 경청하는 눈치였으므로.

"괜찮아요~. 살해라든가 멸망이라든가, 그런 건 이미 바라지 않으니까요."

필은 오히려 크라미를 안심시키려든 듯 대답했다.

"그건 '넘어서는 안 될 선' 을~ 셋이나 넘었답니다……?"

그러나 흉악한 미소로 이어진 말은, 오히려 한층 불안을 부추겼다—— 말인즉슨.

"죽일 리가 없잖아요~? 오히려 살아 줘야지요♡"

"——참고삼아 묻지만, 넘어선 안 될 세 개의 선이란 건?"

"태어난 것과~—— 건드려선 안 될 것을 둘이나 만진 것, 이랍니다 ♪"

건드려선 안 될 것……이라는 말에, 두 개의 풍만한 그것을 보며 소라는 생각했다.

이렇게 말하는 그녀의 눈이야말로—— 필이 어떻게 이길 생각일지를 웅변해 주고 있다고…….

——그러나 이틀 동안이나 그것을 깨닫지 못하고 있는 것을 역시 의외로 여기며, 소라는 이틀 전의 말을 되풀이했다.

"뭐, 힘을 합쳐야 베이그에게 이길 수 있으니까, 구체적으로 생각해 봐."

"——헤에~?"

암암리에 '필 혼자서는 베이그에게 이기지 못한다'고 단언한 셈이므로.

무엇을 근거로? 라고 캐묻는 필의 눈빛에, 소라는 태평하게 대답했다.

"아니, 그야—— 영장을 드워프에게 만들게 한 시점에서 혼자 힘으론 무리잖아?"

"_____."

그 순간———— 공기가 쩌적 얼어붙었다.

"? 어? 뭔데? 무슨 얘기?"

그리고 고개를 갸웃하는 크라미의 곁에서, 필은 불쾌하게 낯을 일그러뜨리고.

——퍼억. 드워프에게 발꿈치를 꽂더니 말씨름을 시작했다.

"〜〜〜, 〜〜. 〜〜♡"

"～～～!! ～～! ～～?!"

"……저거 지정어지? 지브릴, 통역 부탁해도 되겠냐?"

그런 소라의 곁에서, 믿음직한 700언어 대응병기는 공손히 고개를 숙인 후 대답했다.

"우선은 저 귀길쭉이가 '티르가 어디 있는지 불어라.' 라고 위협하자 '정말로 짚이는 데가 없다.' 고 목숨을 구걸하는군요…… 아, '몰라도 불어라. 짚이는지 아닌지는 내가 판단한다.' 라고. 포기한 모양이옵니다 ♪"

──이리하여, 연민의 눈물이 쏟아질 것 같은 분위기 속에.

아는 사실을 모두 털어놓도록 명령받은 노년의 드워프^{의 자}는 띄엄 띄엄 말을 이었다.

『고것은 아무도 못 찾어……. 고것이 글케나 잘 따르는 두령님도 말여.』

지브릴의 동시통역 너머로, 소라 일행이 동정의 마음과 함께 귀를 기울인 그 말은──.

『옛날엔 두령님 꽁무니만 쫓아다니고, 두령님을 넘어서겠다느니 두령님 색시가 되겠다느니 혔는──.』

"……스토──옵……!!"

갑자기 떨어진 '타임' 에 일시 중단되었다.

"……지브릴…… 지금 그 부분, 플레이백^{다시 한 번}…… 좀 더, 자세히……!"

느닷없이 살벌한 표정으로 이야기에 달려든 시로에게, 지브릴의 통역 너머로 압도당해버렸는지.

[비매품]

노블엔진 특별부록 / 노 게임 · 노 라이프 10

© Yuu Kamiya 2018

Illustration : Yuu Kamiya

곤혹스러워한 드워프의 대답에————

『으, 음? '두령님을 넘어서는 영장을 만들면 결혼한다' 했던 '약속' 말여?』

————시로는 두 팔을 번쩍 들었다.

여느 때처럼 속삭이는 듯한 목소리로, 그러나—— **아자빠샤!!** 하고.

배경에 커다란 문자가 떠오를 법한 혼신의 승리포즈를 짓고, 단언했다.

"……빠야, 루트 확정! 커플링 완료! …… '소꿉친구 속성' !"

UC틱한 머릿속 BGM마저 들려올 것 같은 시로에게, 소라도 쓴웃음을 지으며 고개를 끄덕인다.

"그래, 이 오빠도 알겠네……. 정말 이건 확정이구만~…….."

티르의 그 눈과 베이그의 의도를 생각해 보면, 당연히 그렇겠지~ 하고…….

——어렸을 때, 결혼을 약속.

그러나 한편으로는 재능에 주눅이 든 낙오자가 스스로 거리를 둔 관계.

완전 『주인공 & 메인 히로인』이다…… 굳이 말하자면——.

"으음~ 하지만 시로…… 《삼촌×조카》라니 괜찮겠냐? 심지어 수염 아저씨랑 외견은 로리…… 너무 아슬아슬하지 않아? 윤리적으로도 이미지적으로도 상당히 폴리스 안건인데?"

"······빠야. '이문화'에····· 우리, 문화, 들이대면 NG······."

"아니, 그건 그렇지만! 다종족 연방이라면 어느 정도의 문화 교류는 말이지?!"

"······환영······《삼촌×조카》OK 문화······ 시로한테 유리······ 국내도입 시급."

"아, 마스터. 자기들끼리 이야기를 계속하고 있사온데······ 어떻게 하시겠나이까?"

"——어? 아. 미, 미안······ 계속해서 통역 부탁해."

그리고 이미 엔딩 이후의 걱정까지 꺼내놓은 소라와 시로에게, 지브릴은 다시 고개를 숙이고.

"에~······ 요약하오면—— 아무튼 옛날에는 매우 사이가 좋았다 하오며——."

그렇군. 서로 좋아했단 말이지. 그야말로 커플링 레벨로.

하나에서 열까지 이해한 소라와 시로는 고개를 끄덕였다—— 그러나 갑자기.

『근디 고것은 도망쳤어.』

이어진 드워프의 싸늘한 말에 시선의 온도를 낮추었다.

『열(熱)을 버리고, 자기의 가능성을 닫고, 아무것도 안 되는 물건으로 전락한겨.』

"호오~? 남의 가치를 멋대로 재단하다니, 참으로 건방진 의 자구만?"

──등에 필의 엉덩이를 얹고 엎드린 채 부들부들 떠는 수염 덥수룩이.

용케 그러고도 남을 얕잡아보는 소리를 할 수 있구나, 하고 소라는 비아냥거렸지만.

『이딴 건 부끄러운 것도 뭣도 아녀.』

땅에 두 손과 무릎을 꿇은 드워프(의자)는, 자신의 그 말대로.

『그냥 패배여. 결과도 아니고, 이상에 이르는 과정인데 뭣이가 부끄러워. 뭣이가 두려워.』

망설임 없이, 똑바로, 당당하게 소라를 바라보며 드워프(의자)는 말했다.

『드워프의 삶은 '단련' ── 승리도 패배도 결국에는 단련의 '담금질(양식)' 이여.』

그가 말함은 곧── 드워프. 천부적 강자의 정의였다──.

──이상적인 자신을 그려내라. 감성(상상)이 미치는 한계까지 뛰어난 자신을.

그리고 단련하라. 부끄러워하지 말고, 망설이지 말고, 굴하지 말고. 바로 그 이상에 이를 때까지.

그리하여 이른 후에는── 그곳이 한계가 아니었음을 알리라.

그리고 새로운 이상을 그려내 더더욱 단련하라! 제한 없이, 끝없이!!

이 세계의 모든 것은 단련되기 위해 존재하느니── '자신'은 바로 그 필두.

담금질을, 연마를, 정련을 거듭하여. 자신이 이상으로 삼은 자신을 끝없이 창조하라——.

　자신이 죽는 그 날까지, 영원히——

『바로 그 싫증내지 않는 '단련(鍛)' 이 바로 우리, 대장장이 신의 자식. 드워프의—— 유일한 '승리(結果)' 여.』

　그렇게…… 수염에 파묻힌 입술을 자랑스럽게 틀어올린 드워프(의 자) 사내는.

『맞어. 두령은 우리 중 누구도 상상하지 못하는 것을 창조하지. 쉽게는 도달할 수 없어.』

　마찬가지로 은색 수염에 묻힌 눈을, 싸늘하게 빛내며 이렇게 말을 거듭한다.

『비할 데 없는 천재. 고것은 물론이고, 우리 중 누구도, 두령한테는 영원히 도달하지 못할 수도 있는겨.』

　그리고 눈동자에 분노의 빛을 띄우며—— 고했다.

『근데 도달할치도 모르는겨. 그 가능성을 닫아버린 건——
도망친 고것 차신이여.』

　아무도 도달하지 못했던 무쌍의 천재에게, 베이그는 도달하고야 말았다.

　그렇다면 자신에게는 불가능하다고, 노력도 하지 않고 무엇을 근거로 단언할 수 있겠느냐고 설파하는 그를 보며—— 소라는 생각했다.

　——그래, 누가 뭐라 해도 정론이지. 화가 날 정도로.

『그려, 도달하지 못할 수도 있지. 단련해도 소용없다고……. 도망쳐서 아무것도 안 하면 당연히 도달하지 못하는겨.』

　따라서, 그렇기에—— 드워프. 감성의 괴물.

『도달하지 못할 이유를 찾아서 도망쳐봤자 거기 뭐가 있겠어. 승리는 고사하고, 패배조차 없는겨.』

　흑백 남매가 눈을 내리까는 모습을 비춘 눈동자는——하지만.

『도망치는 건 부끄러운겨. 고딴 것들이, 고것이 갈 길은 딱 하나—— 폐기물 처리장뿐인겨.』

　티르를 끝까지—— '그것' 이라 부르는 드워프에게——.
^의　^자

『이젠 살아있는 것도 뭣도 아니여…… 고건 그냥 쓰레——.』

　"야, 빌어먹을 의자!! 갑작스럽지만 이 녀석을 어떻게 생각하냐?!"

　——그 말을 끝까지 하게 놓아두지는 않겠다고, 소라는.

　"————헥?! 어, 잠깐, 뭔데?!"

　분노로 눈을 물들였던 크라미의 팔을 잡아 앞으로 내밀었다.

　정말로 갑작스러운 물음에, 노년의 드워프는 한순간 눈을 동그랗게 떴다가——.

『……으음, 역시 두령님—— 완벽하구면. 이리 말하는 내가 기꺼이 의자가 될 이유 중 하나란 말여. 까놓고 말해 왕가슴에 눈뜰 것 같——.』

"**아, 그러셔!!** 그럼 네놈의 의견은 전부 기각이다!! 계속 의자나 하고 있어!!"

되돌아온 답을 단칼에 잘라버리고 소라는 몸을 돌렸다.

"무슨~ 센스의 종족은 다 얼어죽었냐? 베이그도 이놈도 못들어주겠네!!"

……그렇다, 사실은 이미 깨닫고 있었다.

애초에 창조주(아빠)부터 수염 덥수룩이 여자를 만드는 막장 센스였으니 말이지?!

그 권속(차식들)의 센스——? 당연히 '난센스' 겠지, 응?!

"완벽?! 그딴 완벽을 좋아한다면 가슴만 말고 온몸을 도옹그렇게 만들지 그러냐? 잘 들어 멍청아!!"

그리고 소라는, 마지막으로 드워프(의자)를 노려보며, 날카롭게 내뱉었다.

"**완벽 따위로 만족하니까 너희 드워프는 아직도 '이딴 수준'에 머물고 있는 거다!!**"

——————————조용…….

그 발언의 진의를 묻는 모두의 시선.

그러나 아랑곳 않고 성큼성큼 걸어 가버리는 소라의 뒷모습을 황급히 따라가는 시로와, 또 한 사람——.

"지브릴, 사전 수정해 놔! 드워프의 센스는 매우 뛰어난——
『반면교재』다!! 앞으로 이것들이 '별은 둥글다' 고 지껄이면 제일 먼저 재검토할 것!! 100% 둥글지 않아!!"

왜냐고? 당연하지. 결코 잘못할 리 없는 종족의 의견이라면.

──결코 옳지도 않을 거라고 참고하기에는 최적의 의견 아니겠어──?

"부, 분부 받들겠나이다! 즈, 즉시 정정하겠나이다──!!"

그렇게 책에 펜을 놀리는 지브릴도 데리고, 플랜트를 나가며 소라는.

당장 한 가지를 증명해 주겠노라고── 조소를 머금고 속으로 말을 이었다.

──티르에게는 있을 곳이 없다. 아무도 발견하지 못했다── 그렇게 말했겠다?

거 보라고! ───── '틀렸잖아' !!

"지브릴, 티르의 위치는 알았어. 수도 바로 위, 상공으로 전이해 줘!!"

"아, 예!! 즈, 즉시── 자, 잠시 기다려 주시옵소서──!!"

황급히 책을 덮고 공간전이 준비에 들어가는 지브릴을 기다릴 동안에.

"여, 의자. 고맙다는 뜻에서 『이세계 공업』을 전수해 줄 테니까 가끔은 생각^{Thinking}에도 뇌를 좀 써봐라."

소라는 아연실색한 드워프^{의 자}에게 그렇게 조소 어린 말을 보내도록 지시했다.

연마? 단조? 헹! 공업 전문가라는 종족의 간판도 잘못됐군.

" '단련' 밖에 모르는 꼰대의 설법, 아주 우습더라? '용접' 이니 '단접' 이니——."

아예 차라리——

그렇게 이어지는 말과, 가운뎃손가락을 세운 잔상을 남기고 —— 소라와 시로는.

"한번 죄다 해체해버린 다음—— '주조' 해버리는 것도 좋겠네. 처음 들어봤지?!"

지브릴과 함께, 공간째 모습을 감추었다.

■ ■ ■

이리하여 크라미와 필, 그리고 정적만이 그 자리에 남았다.

엉덩이에 깔려 만족하고 있었음이 판명된 의자도—— 신속히 철거시키고.

둘만 남은 감사실의 무음에 휩싸여, 크라미는 많은 생각을 이어나갔다.

……드워프가 했던 말에 대해, 거유에 대해.

……수수께끼 같은 소라의 말에 대해, 거유에 대해.

우주에 대해, 거유에 대해…… 다시 말해 주로 거유에 대해 고뇌했다.

그렇다, 돌연 폭풍처럼 '가슴이 커진 자신' 을 부정하고 떠나갔던 자들과——.

"저기, 피이…… 나 거유 맞지?! 진짜 거유, 진짜 나 맞지?!"

그렇게 가슴과 마찬가지로 흔들리는 자신의 아이덴티티에 고뇌하고 있었다.

대체 뭐냐고. 완벽 따위라니. 완벽하면 됐잖아!!

자신은 거유. 개념적으로 거유── 의미내용이 거유라면 거유 이외에 대체 뭐란 말이야?!

그렇게 절친 가슴에게 구원을 청하는 비명에, 온화한 미소로 대답하는 얼굴은──.

"어떤 모습이어도, 크라미는 내가 정말 좋아하는, 진짜 크라미랍니다."

──크라미가 정말로 좋아하는 필의 얼굴이, 아니었다…….

모르는── 본 적도 없는, 눈물과 절망에 물든 미소로,

"────잠깐, ……큭, 피, 피이?!"

크라미의 가슴에 얼굴을 묻고 뺨을 부비며 심호흡까지 하는, 에로프였다.

돌변한 친구에게 가슴을 탐닉당해 혼란에 빠졌으나── 무엇보다도 이어진 말에.

"……소라 씨의 말대로── 저는, 이 게임에서 이길 수가 없어요."

이길 수 없다고 인정한── 처음으로 보는 친구의 '체념'에 가장 놀라, 눈을 크게 떴다.

"각인술식으로 제한된 게임…… 드워프의 독무대^{게임}…… 어떻

게 이기겠어요."

"으, 응—— 하지만 소라와 시로가 게임에 응했고…… 우리한테도 승산이, 있잖아?"

그렇다—— 베이그의 필승 게임으로만 보이는 이 게임.

그러나 소라가 게임에 응한 이상, 승산은 반드시 있다.

그렇다면 승리 조건은 베이그를 이길 영장을 만드는 것——이 아니다.

그런 영장은, 필은 고사하고—— 아무도 만들 수 없으니까.

그렇다면—— 소라네가 내다본 승산이란 무엇인가?

——뻔하다. 소라에게 던져진 질문—— '영혼'이다.

소라네가 무슨 질문을 받고 무슨 대답을 하든, 승리를 쟁취하는 데에는 상관이 없다.

요컨대 영혼을 두들겨 패고, 코어를 부수면 그만이다. 그뿐이다. 따라서——.

필의 영혼—— '드워프를 모조리 부정하는 확고한 의지'로.

베이그에게는 미치지 못하더라도, 나름대로 쓸만한 기체를 만들어, 두들겨 패면 된다.

그렇게…… 내다보았는데——

"후…… 단련(노력)? 어차피 하등동물의 망언, 가엾은 유해조수의 망상일 뿐이죠오……."

크라미의 가슴을 만지작거리며 필이 들려준 말은, 드워프의 철학을 코웃음치는 체념(진실).

"아무리 노력해도…… 하늘이 정한 차이는, 결코 뒤집을 수 없어요…….”

──불가능한 건 결코 불가능하다고……

그것은 누구보다도 이마니티가 통렬히 이해하고 있는 자명한 이치다. 왜냐하면──

──아무리 노력해도, 이마니티는 마법을 쓰지 못하니까…….

그러나 처음으로, 마침내 골수에 사무치도록 통감했다는 벗의 통곡을.

“종족적성의 차이는! 아무리 발버둥 쳐도…… 뒤집을 수 없는, 거예요……!!”

가슴을 주무르고 붙잡고 흔드는 벗의 말을 들으며, 크라미는 눈을 내리깔고── 생각했다.

“……그렇겠지……. 응. 아팠던 건 알아…… 근데…… 피이?”

……영장에 필요한 소재는, 드워프만이 가공할 수 있다.

하지만 공구와 신화로가 있으면, 드워프의 힘 따위 빌릴 필요는 없다고.

그렇게 말했던 피이가, ‘이건 어느 쪽이 위로 가야 하나요?’ 하고 크라미에게 묻는 참상을 연출하고는.

다중술식을 쓰지 않고서는 꼼짝도 하지 않는 거대 해머를 들었다가──.

“그 골절이 재능 문제야? 피이가 재주가 없는 게 아니라.”

“엘프는요~ 도구를 쓰지 않는 종족이라고요!! ……아팠다고요오.”

——물리적으로 골수까지 부서진 큰 부상에는 크라미까지 졸 도할 뻔했으나.

아무튼 피이의 주장에 따르면, 어디까지나 종족상의 재능^{손재주} 문제일 뿐.

"그, 그러니까 드워프를 거느려서 제조시켰던 거잖아요. 그런데 왜 이길 수 없다고——."

치료마법으로 부상은 치유했지만, 이대로는 게임 전에 목숨을 잃을 수도 있다.

그렇기에 생살여탈까지는 가지 않는 조건으로 자신도 도왔던 것 아니냐고——.

그 말은 삼킨 채, 크라미는 눈을 크게 뜨고 신음했다.

……왜 이 생각을 못했지——!! 하고, 크라미는.

마침내, '영장을 드워프에게 만들게 한 시점에서 혼자 힘으론 무리'라는 소라의 말을 이해했다.

——그런 피이가 하물며 '조종'은 어떻게 하겠어——!!!

……아무리 기체의 성능이 아니라 '영혼의 승부'라고 말해 봐도.

영혼을 맞부딪히지 못하면—— 다시 말해 맞히지 못한다면.

……일방적으로 두들겨 맞아 시합^{게임} 종료다…….

그렇다. 이런 간단한 생각도 못하다니—— 피이답지 않다, 고 책망할 수는 없었다.

소라의 기억이 있는 크라미도 생각하지 못한 그것은, 이 세계에서는 불가능한 일.

─────주먹다짐 싸움이었으므로…….

하물며 『　공백　』이 게임에 응했던─── 그 자체를 승산의 근거라 내다보았다.

하지만, 그렇다면…… 소라는 싸움으로 베이그에게 이길 수 있을까? 아니다.

폭력에는 무조건 굴하는…… 그것이 소라이며, 조건은 마찬가지…………

─────.

이리하여 정적이 드리워진 가운데…… 포요용 포요용……

크라미의 가슴에 얼굴을 묻고 만지작거리는 필의 흐느껴 우는 소리만이 울려 퍼졌다.

너무나도 얼빠진 실수에 사라져버린 승산─── 계산착오에 대한 자학과.

드워프 의자가 헉헉거리는 악몽에 마음이 꺾여버린 피이에게 그저 몸을 맡긴 채.

"……그, 그렇다면…… 소라는 어떻게 이길 생각이지……?"

이제는 본격적으로 알 수 없게 된 크라미의 물음─── 하지만.

문득 무언가가 깜빡거린 뇌리에서, 두통과 함께 울려 퍼진 목소리가 대답했다.

─────『내가? 이기긴 어떻게 이겨.』⋯⋯라고.

"──웃!! ──아⋯⋯윽."
"⋯⋯? 크라미⋯⋯?"

욱신거리는 머리를, 다시 교차하는 생각을 끌어안고 크라미 또한 스스로 대답했다.

──소라가? ──이기긴 어떻게 이겨.

그렇구나⋯⋯ 이 게임은, 기체의 성능이 아니라 '영혼의 승부'라고 했으니.

──그야말로 소라와 시로에게는 치명적으로 무조건 지는 게임일 터⋯⋯.

왜냐하면, 베이그의 질문에, 영혼에, 소라와 시로는 대답하지 못할 테니까.

──대답을, 어떻게 하겠어⋯⋯.

깜빡거리는⋯⋯ 이 기억을. 이 과거를──

청산──할 수, 있을 리⋯⋯가───────!!!

"크라미?! 저기, 크라미? 대답을 해요, 크라미?!"

피이의 목소리도, 몸을 흔들어대는 감촉조차도 어딘가 멀게 느껴졌으며⋯⋯

그러나 이 속에 붙들어야 할 무언가가 있다는 확신에, 크라미는 손으로 더듬듯 생각했다.

⋯⋯그렇다면 소라는 이길 수 없는 승부에 나섰어? 그럴 리가.

「이 몸을 함정에 빠뜨리다니. 게임은 끝. 이 몸의 패배——.」

……그렇다. 승산이 없는 승부는 하지 않는다. 철저하게 승부에서 기권했듯.

단 한 번의 패배도 없고…… 대신 단 한 번의 승리도 없었던 이 기억과 마찬가지로.

「자기 세계는 떼어먹고 튄, 빌어먹을 패배자——.」

……그렇다. 청산이 가능할 리도 없는 과거를 묻는 게임에.

그래도 나섰다면—— 이길 수 있는 것이다. 여느 때처럼——

아아…… 그것은.

분명 여느 때와 같이. 계곡에 쳐놓은 실 한 오라기 위를 걷는 듯 위험한 줄타기였으며.

한 걸음이라도 잘못 디디면 계곡 밑바닥인.

그렇기에 한 걸음도 틀리지 않고 갈 수밖에 없는…… 그런…… 승리법, 을——

"……그렇게까지 할 수 있으면서——
네놈들의 전장에서는 왜 도망쳤냐?"

————시끄러워…….

이 게임의 '동기'가 아니라, '승산'을 생각하는 거야——.

「근데 도달할지도 모르는겨. 그 가능성을 닫아버린 건——.」

————시끄러워. 시끄러워시끄러워!!

아는 척하는 얼굴로, 아는 척 지껄이지 말란 말이야!!

「도망치는 건 부끄러운겨. 그딴 것들이, 고것이 갈 길은——.」

——너희야말로 부끄러움으로부터 도망친 거잖아————!!!

누구의 감정인지도 확실하지 않은 노성을 마음속에 터뜨린 것을 마지막으로.

무언가가 이어진 듯한 감각과 함께—— 크라미의 시야는 훅, 어두워졌다…….

————————.

——그리고 정신이 들었을 때는…… 어둠 속.

분명 하늘이 보이는데도 하늘이 없는 세계.

손을 잡힌 감촉 이외에는 아무도 없는 세계에.

——팟……

스포트라이트처럼 일부만이 열린 하늘.

푸른 하늘 아래 떠오른 것은, 한 명의, 붉은 머리 소녀였다.

다시, 하나. 푸른 하늘이 열리자 나타난 것은 광륜을 얹고 날개를 가진 소녀.

셋, 넷…… 하늘이 열릴 때마다. 긴 귀와 꼬리를 가진 어린 소녀, 요염한 여우 여성.

그리고 다섯, 여섯, 차례대로—— 공간이 열릴 때마다 떠오르는 자들.

담피르, 플뤼겔, 세이렌, 올드데우스—— 엑스마키나……

그러한 이들이 나란히 푸른 하늘을 우러러보는 가운데,

아아……

자신의 머리 위에도 열린 푸른 하늘 아래.

손을 잡힌 감촉이, 온화하게 미소 짓는 벗의 것임을 깨닫고,

크라미는 웃었다.

　그렇구나…… 이것은—— 자신을 포함해, 소라와 시로가 그동안 이긴 사람들이다.

　그렇다면 유일하게—— 아직도 보이지 않는 어둠을 올려다보고 있는 저 그림자는…….

　희미하게만 보이는, 어둠 속에 서로 몸을 맞대고 있는 남자와 흰머리 소녀는.

　——아아, 그들만은…… 아직도, 하늘이 보이지 않는 거구나.

　그것은 누구보다도 뛰어난 것을 동경했던, 누구보다도 열등함을 자랑하는 자.

　어디에도 자기 자리가 없고—— 그렇다면 자리를 만들고자 바랐던 자.

　자신은^{혼자서는} 아무것도 할 수 없다고—— 확신에 가득 차 말하던 자.

　겁을 먹은 듯—— 불안스럽게 흔들리는—— 덧없는 눈으로 —— 하지만.

　——언제나 푸른 하늘을 희망하며, 검은 하늘을 바라던…….

　청백색 눈동자의, 소녀……와————

　…….

　………………?

　……………청, 백색…… 눈동자……?

아니, 아니다. 그것은 붉은 눈동자의 소녀와, 검은 눈동자의
사내였을 터……인데……

크라미가 두 명의 그림자── 서로 겹쳐져 보이는 그들에게
서 시선을 들고.

모두가 우러러보는 것을 향해 시선을 들었을 때……

──모든 것이 이어진 듯한 감각의 정체를 깨닫고 쓴웃음을
지었다.

아아── 왜 눈치 채지 못했을까…….

그렇겠네. 시로가 커플링 상대를 찾는 데 혈안이 되었던 이유
가 있었네…….

───────너무 똑같잖아── '이 녀석들' ……

───────…………

"…………미……. ……라미──!"

그렇게 부르는 목소리에, 수면을 향하는 거품처럼.

떠올라가는 의식 속에서 크라미는 생각했다.

──그래…… 그건 소라와 시로가 이긴 사람들이 아니라──.

소라와 시로가── '이긴 요인 그 자체' 이고…….

딱히 특별할 것도 없었네.

그 두 사람이, 자기네 힘으로 이겼던 적은, 없잖아…….

자신을 포함해, 언제나…… 알아서 진 사람들이지──.

창백하게 질린 얼굴로 눈물을 머금고 자신을 불러대는 벗에
게, 크라미는 미소로 대답했다.

억지로 열리던 푸른 하늘과, 흰 새를 떠올리며.

크라미는 소라와 시로의 승산을, 피이에게 전달하고자……
이렇게, 중얼거렸다.

"……요컨대, 평소대로 이긴다…… 그것뿐인 거야."

그렇다, 평소대로…… 다시 말해, 야바위와 궤변으로…….

■ ■ ■

그곳은 쇠를 두드리는 소리만이 공허하게 울려 퍼지는, 어두운 땅 밑바닥, 좁은 구멍 속이었다.

고철로 가득 차 비좁은—— 그러나 혼자 망치를 휘두르는 조그만 뒷모습에게는 넓디넓은 구멍.

문득 그 소리가 멎자, 그 순간 정적에 휩싸인 구멍에, 공허한 목소리가 울린다——.

"……여긴, 어떻게 아셨지 말입니까."

조그만 뒷모습—— 티르가 돌아보며 중얼거린, 허탈한 물음에.

어둡고 좁은, 지상동굴의 천장을—— 푸른 하늘이 조그맣게 엿보이는, 햇살이 스며드는 구멍을 가리키며.

여동생과 종자를 데려온, 그 손가락이 가리키는 듯한 눈동자의 청년—— 소라는 웃으며 대답했다.

" '하늘'. 안 보이는 거 싫어하지?"

············.

"······본인, 하늘이 좋지 말입니다······. 하늘을 날 수 있는 새가······ 좋지 말입니다."

이제 도망칠 마음은 없는지── 아니, 도망칠 곳은 어디에도 없다고 말하듯.

"본인한텐 불가능한 일을, 새는 당연하게 해내지 말입니다. 새가 헤엄치는 하늘에서 보이는 경치를, 공상하는 게 좋지 말입니다──. '본인도 날 수 있다면' 하고······ 꿈 정도는, 꾸었지 말입니다."

검은 하늘과 흰 새를── 체념한 눈으로 흘끔 본 티르는, 다시 등을 돌리고──.

"······아무것도 못하는 못난이 두더지의 간단하고 빠른 『영장』 제작강좌······이지 말입니다."

──드워프라면 누구나 할 수 있는 일이라고 했던 강좌를, 자학적으로 비아냥거리며.

티르는 이틀 전에 했던 말을. 이번에는 말이 아니라 실천으로 제시하듯 중얼거렸다.

"우선······ 기존의 각인술식을, 열심히 '쓰레기장을 뒤져서' 찾아내······ 모으지 말입니다."

그렇다. 티르가 혼자 망치를 휘두르는 소리가 울리는 이 구멍은.

하덴펠 최대의── 『폐기물 처리장』의 한구석──.

"다음으로는…… '뭘 만들 수 있을지' 필사적으로 각인의 의미를, 생각해 보지, 말입니다……."

상공에서 보인, 지상에 뚫린 구멍 밑바닥을 가득 메운 '쓰레기'를.

감각으로는 알지 못하는 각인이 새겨진 몇 개를 손에 들고, 체념한 웃음으로 바라보더니,

"하지만 역시 모르겠구나 하고, 평소대로 탄식해 본 다음, 하나, 또 하나 꼼꼼하게……."

——말과는 달리, 소라네에게는 역시 눈에 보이지도 않을 빠른 속도로 공구를 번뜩여——.

"이것도 아니고 저것도 아니고, 생각하고 모색해서…… 이상. '실패작 완성'이지 말입니다."

그리고—— 쓴웃음. 구멍을 가득 메운 쓰레기를, 또 하나 늘렸다고 하며.

"그 외에는 우연히 움직이는 영장(^{물건})이 나올 때까지 계속할 뿐…… 어때요. 간단하지 말입니다?"

그렇게 비아냥거리며 말하고, 완성된 것을 내팽개친다——다시 말해 이것이.

기존의 각인술식…… '폐자재(^{쓰레기})'를 뒤져서. 긁어모아. 잇고 붙여서.

——'실패(^{쓰레기})'를 산처럼 쌓아, 지층을 이루고 있는—— 이곳이.

결코 잘못할 리 없는 종족으로 태어나—— 그럼에도 계속 잘

못을 저질렀으며.

그저 단련을 거듭하는 종족처럼은—— 결코 살지 못하고.

수치와 좌절과 실패에 물들어, 동향(나라)에서 도망쳐, 고향(나라)에서 도망쳐, 재능(실촌)으로부터 도망쳐.

도망치고 도망치고 도망쳐. 그렇게 현실의 모든 것에서 도망친 끝에 있던 것. 도착한 곳.

의자의 말을 빌리자면 살아있는 것도 아니라는, 사회(세계)에 불필요한 요소—— 이곳이, 그 종착점…….

"환영하지 말입니다, '본인의 자리(쓰레기의 집)'에 오신 걸……. 용건은 뭐지 말입니까?"

어둡고 깊게 닫힌—— 고독한, 자리 아닌 자리(세계)에서 티르는 비웃음을 지으며—— 물었다.

"이래도 아직…… 본인에게, 영장을 만들라고, 하실 거지 말입니까?"

"…………."

그렇게 말하며 떨기만 하는 티르의 뒷모습에, 소라는 말없이 그저—— 한 걸음.

"부끄러워하지 말고 도망치지 말고 단련해라(살아라)? 같잖지 말입니다. 노력으로 천재를 넘어설 수 있다면, 냉큼 누가 좀 넘어서 보지 말입니다!! 아무도 못하는 주제에—— 뭐가 승리(결과)이지 말입니까?!"

──한 걸음. 또 한 걸음. 다가가는 소라의 기척에 겁먹은 듯.

"여, 열심히 헛수고나 하면 되지 말입니다. 본인은 사양할 거지 말입니다! 지고도 자랑스럽다느니, 머리가 이상하지 말입니다! 이기지 못할 노력을 해서 지러 가는 의미도 모르겠지 말입니다!!"

돌아보지 않은 채──돌아보지 못한 채. 변명을 늘어놓으며 떠는 티르의 뒷모습은──.

"노력은 보답받는다?! 꿈이 있는 이야기, 아주 좋지 말입니다. 하지만──그래 봤자 꿈이지 말입니다!!"

등 뒤로 다가온 소라의 기척에 마침내 그렇게 비명을 지른, 다음 순간.

요란하게 고개를 끄덕인 소라의 포효에 펄쩍 뛰어올랐다──그 말은 곧!

"바로 그렇───다아앗!!!"

············.

"구태여 말하지!! 노력 따위 보답받지 못하고 재능은 뛰어넘지 못해. 그게 현실이다!!"

"··················어. 에, 아⋯⋯ 네, 그렇, 지 말입⋯⋯니당?"

아연실색⋯⋯ 생각지도 못한 동의를 얻은 티르가 쭈뼛쭈뼛 돌아보고.

동그란 오리할콘 눈동자를 더욱 동그랗게 만드는 곤혹스러움은, 그저 내팽개친 채!

"우리가 원래 있던 세계. 게임이며 만화에서는 모두 이렇게 말하지── '노력은 보답받는다' 고, '노력으로 재능을 넘을 수 있다' 고── 어째서일까?! **꿈이 있는 픽션이니까!!** 현실에는 없는 이야기이니까!!"

소라가 괜시리 뜨겁게! 정열적으로 손짓 발짓을 하며.

주먹과 목소리를 떨며, 한층 득의양양하게 설파했던 말은── 그렇다!!

"이리도 자명하게! '인간은 서로 이해할 수 있다' 느니 '인간은 평등' 하다느니! 오락작품에서 신나게 떠들어대는 이 모든 것이 올 픽션!! 현실에 없기에 추구하는 꿈── 그게 오락이 아니면 뭐겠어?!"

──오락에서 그려낸 말 따위, 어차피 그저 꿈^(픽션)일 뿐이라고!

그것이 당연한 현실이라면, 애초에 오락도 될 수 없는 법이므로── 이를테면!!

…… '사람은 졸리는 법이다' , 라고.

주인공들이 뜨겁게 호소하는 오락작품은…… 없으리라. 왜일까?

당연하기 때문이다.

자기 집 베개에서 익숙하게 느꼈던 현실이기 때문이다.

누가 모르냐 멍청아. 내 돈 돌려줘!

말할 필요도 없는 현실을 일일이 호소하는 바보도 원하는 바보도 없기 때문이며—— 그것은!!

——오락에서 그렇게 묘사한다면, 역설적으로.

현실은 그렇지 않다는 증거가 아니면 무엇이겠는가. 따라서 ——!!

"'진실한 우정'! '순수한 사랑'! '인기 많은 남자'!! 이는 모두 픽션이라는 사실 또한 자명!!"

"…………어. 아…… 그, 건…… 아닐, 지도……?"

그리고 아직도 희망에 미련이 있는지, 자기도 모르게 끼어든 시로에게도 소라는 가차 없이!

"픽션이다!! 우정은 망가지고 사랑은 수렁에 빠지고! 인기 많은 남자는 칼침을 맞는 것이 현실——이라기보다, 픽션에 틀어박히든가 칼침을 맞든가 현실에서 퇴장해버려. 아무튼 그건 둘째치고——!!"

오히려 희망이 담긴 말로 일도양단하더니, 다시 티르의 눈을 들여다보며——.

"티르는 전면적으로 옳아. 못 이기는 승부? 같잖아—— 포기하는 게 당연하지."

——그렇게, 티르를 긍정하는 소라의 말에.

"가장 뛰어난 드워프와 단련(노력)으로 승부? 가장 열등한 놈이 이길 수 있겠냐고."

"…………윽…… 예. 그렇지 말입니다."

곤혹스러운 얼굴로 고개를 끄덕인, 덧없이 흔들리는 불꽃을 깃든 청백색 눈동자—— 소라가 잘 아는 그 눈은.

자신의 말이 긍정으로 돌아오자 풀이 죽었다는 자각은 없는 듯했다…….

　"노력으로 밑바닥이 천재에게 이길 수 있다면── '천재도 노력하면 끝장' 이잖아!!"

　"예! 그렇지 말입니다!! '노력하는 천재' 는 못 따라잡지 말입니다!!"

　그렇게 이어진 소라의 말에 격렬하게 고개를 끄덕이면서도.

　──소라를 보며 번뜩이는 불꽃도. 그렇게 기대하는 내심에도…….

　"몸 단련한다고 워비스트한테 팔씨름으로 이기겠냐?! 눈을 단련하면 정령이 보이냐?! 그딴 단련이 보답받을 거라고 진심으로 생각한다면── 근육 단련해서 고릴라한테 악력으로 이긴 다음에 와 보든가!! 같은 인간이니까 논리는 미안하지만 기각!! 같은 인간 같은 거 없거든?! 그딴 폭론이 통할 거라 생각하면 뭐, 같은 생물인데 왜! 단련하고 진화해서 반딧불이처럼 엉덩이 깜빡깜빡해 보든가!!"

　"예! 깜빡깜빡해 보든가 말입니다!! 쫌 귀여울 것 같기도 하지 말입니다!"

　"우등생의 잣대를 최하위한테 떠넘길 거면 '퍽큐' 라고 대답해 줄 뿐!!"

　"예! '뻐큐' 지 말입니다! ……뻐큐가 뭐지 말입니까?!"

　그런 감동적 연설에 눈물을 흘리며 경례하는 티르의 눈동자에── 처억.

등을 돌리고── 사악한 웃음으로 일그러진 소라의 얼굴을.

시로와 지브릴만이, 새삼스레, 놀라지도 않고 목격했다…….

──노력으로 천성의 강자를 넘어선다. ──같잖아.

아무리 노력해도 자신은── 천재가, 동생이 될 수 없다. 누구보다도 그것을 잘 안다── 그렇기에.

그런 정공법을, 누구보다도 비웃으며 살아왔음을…… 소라를 아는, 두 사람은 안다.

근본적인 이야기로── 애초에.

────왜 꼭 자기 힘으로 이겨야 해……?

그렇게 말하는 흉포한 웃음을 아는 두 사람은, 이어지는 소라의 『촌극』도 그저 묵묵히 바라보았다.

그것은 곧── 소라가 티르를 다시 휙 돌아보며 펼친── 일문일답!!

"그러면 묻겠다 티르! 워비스트에게 마법 금지 배틀로 이길 수 있을까?!"

"아니지 말입니다! 결코!! 아니지 말입니다!!"

"거듭 묻겠다 티르! 엑스마키나에게 체스로 이길 수 있을까?!"

"노~지 말입니다! 노~ 노~ 노~지 말입니다!

"그러면 묻겠다 티르! 최강의 영장 사용자, 베이그에게 이길 수 있을까?!"

Semper Fi Do or Die Gung-ho Gung-ho Gung-ho
"절대 확신! 목숨 걸고! 무리!! 무리!! 무리지 말입니다아!!"

소라의 물음에 군대조로 경례하는! 티르의 힘찬 즉답에──!

……디용— 디용— 디용—…….

"네, 전☆부 땡♪ 틀린 사람에게는, 기어오른 벌로~?!"

"……시로, 의…… 성희롱…… 앤드…… 사진이 늘어, 납니다~……."

얼빠진 소라와 시로의, 장난에 성공한 아이 같은 징그러운 미소가 대답해 주었다.

사흘만의 성희롱에 얼굴을 붉히는 것조차 잊고 멍하니 서 있던 티르는── 그러나 이어지는 말에,

"정답은 '모두 YES' …… 단순한 현실. 단순한 사실이지."

"─────────우우우!!"

자신을 꿰뚫어보는 두 쌍의 안광이── 누구였는지를.

가차 없이 떠올려, 벼락을 맞은 것처럼 몸을 떨며 굳어버렸다.

그렇다…… 노력으로는 넘어설 수 없는 천재── 상위종족을 모조리 꺾었던 것과 마찬가지로.

베이그에게도 이길 거라고. 아니, 과거의 승리와 똑같이, 이미 이겼다고 단언하는 불손함──.

다시 말해, 소라와 시로── 『 공백 』…… 단순한 이마니티의 몸으로.

천성적인 차이를── 하늘마저도 모조리 이겼던 사실의 산 증거가──.

"티르…… 너 누구 앞에서 가장 열등하다고 기어올랐는지,

분수나 알고 말했냐?"

"……이제까지 과거에 존재하지 않았던…… 말 그대로 미증유의 '열등함'피라미…… 그게, 시로네……."

그리고 그렇게 나무라는 (수수께끼의) 압박감마저 수반한 풍격을, 행간으로 말하는 목소리를.

티르와 지브릴은 목을 울리며, 분명히 느낀 듯~한 기분이 들었다…….

──자신의 분수를 파악하거라 약삭빠른 강자들아 으스대거라 오만하거라
──땅을 파고 아무리 고개를 조아린들 끝없는 바닥에는우리에게는 미치지 못함을 똑똑히 깨닫거라

"너는 고릴라에게 이길 수 있잖아?! 정령도 보이고, 무엇보다──!!"

……그렇게, 누구보다도 아래에서 올려다보듯, 모든 것을 우러러보는 두 사람은 장엄하게 부르짖었다!

"혼자 걸을 수 있고 혼자 말할 수 있어!! 그것만으로도 밑바닥보다 까마득히 뛰어난 강자란말이다사람이우습게보이냐!!"우리

"……혼자서는, 숨 쉬는 것도 보장할 수 없는, 시로네만 못해……? 분수를 알아, 계집애……."

"그, 그렇지 말입니다하지만그게! 보, 본인 84세── 분명 언니일 텐──."

"카아~!! 쬐끔 갈색 로리 오니 소녀^{스트라이크 속성이라고}라고 투정 들어주진 않을 거다? 왜 남의 히로인을 설득해야 하는지 이해도 안 가고 말이지?! 이제부터는 스파르타식이니 각오해!!"

티르의 반론은 한마디도 받아들이지 않겠다고 일방적으로 내뱉고.

가장 열등한 최약의 종족. 그 중에서도 엄선된 밑바닥의, 밑바닥의 밑바닥.

"진정으로 가장 열등한 우리 『   ^{공백}   』이. 어떻게 이기고──── 앞으로도 이겨 나갈 것인가…… 불손하게도 우리와 같이 열등함을 자랑하고 극에 달하고자 한다면── 좋지. 마음을 다해 들어봐라……."

진정으로 '진짜' 인. 최약이 무엇인가를 계몽하겠노라며── 소라는 사악하게 웃고.

노력으로는 결코 넘어설 수 없는 재능을 깨뜨리는 비오의. 심연의 극치를.

팔꿈치를 옆구리에 대고 두 팔을 펼치며 손바닥을 위로 향하는── 지배자의 포즈로 계시^말했다.

그것은────!!!

"──『속임수』를 써서 승리하는 것이다……!!

…………

"그렇고말고!! 기습하고 암습하고 이간질시키고 독살하고 자멸시키고, 함정에 빠뜨리고!!"

아아, 픽션에 이르기를 '악이 번영한 역사는 없었다' ……

그러나 유감스럽게도 현실은 '악이야말로 항상 번영하는' 법
──!!

"재능을 분석하고 고찰하고 이용하고 모방해── 요컨대 이
기면 장땡인 것이다OK?!"

"……………………어…… 으음, 이지 말입니……단."

오락작품이라면 토벌될 숙명을 가진 마왕과도 같은 사악한 웃
음으로 얼굴을 일그러뜨리며 소라는 단언하고.

이처럼 참 당당히 악의 찬미가를 불러대는 바람에 혼란에 빠
진 티르의 곁을 지나쳐──.

"그래, 속임수이지. 이걸 열심히 말로 꾸며보면──."

고철 무더기에서 무언가를 주워들더니, 소라는 느닷없이.

온화한 미소를 지으며, 이제까지 읊조리던 사악의 찬미가를
── 꾸몄다.

그것은 이를테면── 지혜라 불리는.

혹은 계산. 학습. 사색.

──그리고 마침내는 '논리'라 불리는.

온갖 전술전략── 학문체계의 선조이기까지 한 그것은──

"………… '창의력' ……이 되는 거야……."

그렇다── 그것은 약자의 존재방식, 가치관 그 자체이며──

아울러.

마찬가지로 열등함을 자랑하는 자칭 못난이 두더지가, 하염없이 쌓아왔던 것이었다.

그렇다── 정공법으로 타고난 강자를 넘어서기란 불가능하다. 그러므로──.

소라의 주변── 무수한, 그녀가 말했던 실패의 일부에 새겨진, 누가 봐도 기묘한 각인이 나타내듯.

"이를테면, 마침 티르가 했던 것처럼── 속임수를 거듭해 이기면 돼."

암중모색으로 발악하고. 강자의 원리를 생각하고 추측하고 관측하고 땜빵해.

시행착오로 발버둥 쳐서. 검증과 방황을 쌓은 방대한 무더기가 있기에.

마침내 도달할 수 있는 끝── 승리가 있노라고, 확신하며 소라는 웃음과 함께 말했다.

근본적인 이야기를 하자면── 애초에.

────왜 꼭 자기 힘으로 이겨야 하지……?

절대적 천성의 차이를 넘어서── 플뤼겔에게 이길 수 있다면──.

"이런 식으로, '다른 종족의 술식'을 써서 치브릴에게서 도망쳤듯 말이야♪"

"**아.** ──아, 아아── 아뇨 그것이! 그그그그것은 아니, 아니지 말입니다!!"

소라가 지브릴에게 던져준── 손에 들고 있던 물체의 정체를 마침내 깨달았는지.

공중에서 패스를 저지하고자 온 힘을 다해 황급히 땅을 박찬 티르의 다이빙도 허무하게──.

"허어……? 이것은…… '엘프의 각인술식' ……아니옵니까?"

"싫어어어어!! 싫지말입니다살려주시지말입니다보면안되지말입니다아!!"

지브릴은 너무나도 쉽게 전이하고, 티르는 고철 무더기에 처박혀 그저 애원했다.

……기존의 각인을, 그저 땜빵한다.

글쎄, 참으로 그럴듯하게 들렸을까?

집적회로보다도 복잡한 각인, 기계식 시계보다도 정밀한 기계를 땜빵?

──감성만으로 만들어진 것을?

──논리 따위 털끝만치도 없는 것을?

"그렇군요……. 그렇게나 싫어하시던 엘프의 논리체계를 쓰고 계셨다니."

"아~ 안 들리지 말입니다~ 죽고 싶……거짓말이지 말입니다. 죽기 싫지 말입니다~."

──그렇다. 논리체계가 있는 '기존의 각인술식' 을 사용해

땜빵하면 된다.

티르가 엘프의 마법을 발동 전에 감지할 정도로 박식했던 이유도 이제 설명이 된다.

그러나 그렇다 해도 어떻게 자신에게서 도망쳤는지를 묻는 지브릴의 시선에,

"야, 지브릴. 불구대천 원수의 술식까지도 쓸 수 있다면 말이지?"

"…… '다른 것' 도…… 쓰지 않을, 이유…… 없, 지……?"

——소라와 시로에게 마법은 전공이 아니다…… 이해 따위 불가능하다.

그러나 이 경우, 상황증거를 통해 추측하기란 특히 쉽다고, 두 사람은 나란히 쓴웃음을 지었다.

그도 그럴 것이 지브릴의 손을 벗어나 '저세상' 이외의 다른 곳으로 도망칠 방법 따위—— 그리 많지 않으므로.

이를테면—— 티르가 필의 것과 마찬가지로 '사용 전에 간파했던 술식'.

그리고 그 술식을 각인할 기회는 오직 잠륙함으로 이동할 때뿐이었으니——.

"지브릴이 처음에 편찬했던 하덴펠 수도 상공으로 날아가는 '공간천이술식' 이라든가 ♪"

그러므로—— 소라와 시로는 그곳으로 전이하도록 명령했음을 깨달았던 것이다.

하지만 그렇다면 그 말은——.

지브릴은 마침내 해명된 진실에 눈을 크게 떴다.

——플뤼겔의 술식을 각인한 영장으로.

티르는——『공간전이』해 도망쳤다……는 사실——.

"말도 안 됩니다!! 술식을 베낀다고 가능한 것이—— 아니. 애초에 설령 비(非) 유사 쉬프트를 설령 각인할수 있었다 해도 드워프의 정령량으로는 작동하지 않을 터—— 불가능하옵니다!!"

"그래. 그러니까 '증폭' 하겠지? 부스트를 안 하면 마법 하나쓰지 못하는 티르는♪"

소라의 말에 담긴 의미를 깨닫고 이번에는 지브릴이 말문이 막혔다.

그렇다—— 평범한 드워프에게는—— 무의미하며 불가능할 것이다.

그러나—— 평범하지 않은 드워프에게는, 전제이자 가능이며——.

"그리고 평범하지 않은 우리가 이기는 데에는 의미가 있는 속임수이지?"

이리하여 소라는 고철 무더기에서 솟은 엉덩이를 향해——'용건' 을 알렸다.

"야, 아무것도 못한다고 확신하며 으스대던 못난이 두더지."

누구보다도 뛰어난 드워프—— 베이그에게 이기려면.

누구보다도 열등한 드워프── 티르가 필요하다고…….

그렇다.

──부정을 <ruby>저지르지<rt>이렇게 하지</rt></ruby> 않고서는 아무것도 할 수 없다고.

자신만만하게 드높이 말하며, 쓸데없는 노력으로부터 도망치고도── 더불어,

"그러면서도── 왜 하늘을 올려다보며 영창을 만들고 있었어……?"

"─────────!!"

숨을 멈추며 펄쩍 뛴 엉덩이는<rt>티르</rt>── 망설이면서도, 고철 무더기 속에서 얼굴을 드러냈다.

그리고 갈등하다가, 조심조심, 소라의 눈을── 똑바로.

이틀 전과 같은 눈으로. 똑같이 바라보며. 똑같이 물었다.

"……본인, 두 분이 계신 그곳을, 자리로 삼아도, 되……지, 말입니까……?"

그렇다──.

"본인…… 못난이 두더지지 말입니다. 엘프의 <ruby>술식<rt>속임수</rt></ruby>을 쓰는 최저 최악의 죄에 손을 대지 않고선 아무것도 못하는, 센스도 용기도 근성도── 털도 없는 민둥산 두더지지 말입니다."

까만 눈을 바라보는── 불안스럽고 심약하며 겁을 먹은 듯한 덧없는 눈동자로.

그러나── 열등하다고…… 확신하고 단언한 눈동자가 그때, 물었던 것은──.

"그래도 두 분처럼 날 수 있을지—— 말입니다……?"

청백색 불꽃이 일렁이는 오리할콘 눈동자로—— 버리지 않을 거냐고, 가 아니라.

자신에게, 함께 있을 가치가 있느냐, 도 아니라.

무언가, 도움이 될 것이 있느냐고—— 마치 그렇게 묻는 것처럼 보였다.

티르 자신은 자각도 없이—— 하늘을 보며 물었던 것은——.

"본인—— '닭 이상의 무언가가 되는 게' …… 가능할지 말입니다……?!"

……두령을. 삼촌을. 천성을. 영장을—— 약속을.

도망치고 등을 돌렸던 모든 것에게—— 이길 수 있느냐고.

——두 사람(소라와 시로)처럼 될 수 있느냐고, 믿어도 되느냐고.

————사람의 몸으로 하늘을 나는(날지 못하는)—— 그런 새가 될 수 있느냐고…….

청백색—— 붉은 불꽃보다도 더욱 뜨겁게 일렁이는 눈동자에 깃든——.

인정할 수 없다는 '반역' 과—— 질 수 없다는 '불굴(의 지)' 로 타오르는 불꽃의 물음에.

소라는—— 그날, 자신을 가로막았던 베이그의 답을 떠올리고, 쓴웃음을 지었다.

——될 수 있다, 고. '맛있게 먹혀버리면' 된다고.

조르기만 하면 한 방에 절정(꼭대기)까지 날려 줄 거라고…….

"역시 드워프의 의견은 최고의 반면교재야. 왜냐하면── 반만 맞거든."

그렇게 비웃음을 지은 소라는, 구태여 베이그의 말을 인용해── 대답했다.

"될 수 없어."──라고…….

그리고 기대에서 순식간에 실의로 어두워진 눈에── .

"아니, 우리도 될 수 없거든? 닭은 닭. 속임수를 써서 날아 봤자 새는 될 수 없잖아── 하지만."

소라는 부드럽게 웃으며 손을 내밀고── 말을 이었다.

" '이기고 싶다' 고 희망한다면── 닭보다 높이, 같이 날려보내 줄게."

──동경과 공포. 기대와 불안에 흔들리는 눈, 후들거리는 손으로.

티르는 천상과 눈앞. 두 곳의 '하늘' 을 번갈아 보다가── 마침내.

마음을 굳게 먹고, 눈앞의 검은색 '하늘' 을 잡았다.

얼굴을 상기시킨 티르에게, 이제 망설임은 없었다── .

"다 덤비라지 말입니다!! 마, 맛은 보장하지 못하겠지만 **같이 가버리지 말입니다!!**"

"알았다고. 내가 잘못 말했어!! '숫총각이니까 무리' 라는 말도 맞으니까 벗지 말라고. 그보다 '맛있게 먹힌다.' 는 건 포함시키지 마. 왜 이리 **힘이 세**?! 누가 애 좀 같이 말려라, 응?!"

그러면 정정당당하게 자신의 몸을── 받으라고──!!

망설임 없이 새빨개진 얼굴로 옷을 벗어젖히는 티르에게 당황해 원군을 요청하는 소라―― 그러나.

　"……괜찮아…… 커플링 확정 완료……. 어차피, 이벤트 캔슬 당해…… 최악의…… 경우에도, *끄트머리만이라면*…… '전례', 가…… 생겨……. 시로, 한테는…… 유리……. 용서……!"

　"……라고 시로 님께서 말씀하시는지라, 소인도 줄어든 모습으로 대기하겠나이다……. 으헤, 으헤헤~……."

　호시탐탐, 이미 미래를 내다본 두 어린 소녀에게 어이없이 버림받고 말았다…….

■　■　■

――――…………

　"저, 정말로 이걸 꺼내지 말입니까?! 역사적 재산이지 말입니다?!"

　"아앙? '어둠의 유산' 이라고 해야겠지. 이 도시의 모든 것을 빌려준다는 규칙 아니었어?"

　"……그렇다면…… 당연히, 그거랑 이거랑, 빌려도…… 올 오케이~……."

　"베이그에게 이기기 위해 유용하게 써먹고! 덤으로 처분까지 할 수 있으니! 일석이조 아니냐?!"

　"그건 빌리는 게 아니지 말입니다?! 돌려줄 마음이 없으면 '먹튀' 지 말입니다~!!"

"그러면 마스터. 이를 모두 귀길쭉이가 있는 플랜트로 전이시
켜서————."

□ □ □

————그리하여…… 언제부터였을까.

소라는 문득, 기분 좋은 온기와, 어딘가 멀게만 느껴지는 시로
의 목소리를 들었다…….

"……빠야…… 계속 생각, 했던…… 해답, 겨우…… 찾
았……는데?"

——이제 막 깬 걸까? 아니면, 아직도 자고 있는 걸까…….

어둠 속에서, 확연하지 않은 의식 속을 떠도는 감각으로——
이어진 시로의 목소리에.

"……'삼촌(베이그) × 조카(티르)'…… 가능…… 플래그 확정……이,
지……?"

막연하게. 본의는 아니지만. '그렇다'고 사실을 받아들인 소
라. 그러나.

"……'오빠(빠야) × 여동생(시로)'도…… 위 머스트 고~(진도를 빼야)……. 하지만,
건전 가이드라인…… 어려웠어."

기뻐하는 시로의 목소리에—— 어째서인지, 무언가가 연결
되는 긴장감이 내달렸다.

"……하지만, 티르가, 힌트……였어……. 해답, 찾았어……!"

그리고———— 소라는, 느닷없이.

"······이렇게 하면······ 보이, 고!! 만져도······ 건전해^{세 이 프}······!"

"잠깐만 여긴 시로의 스커트 안쪽?! 어두운 데다 암것도 안 보이는데, 지금이거뭔상황?!"

──꾸욱. 꾸우욱······!

피부에 와 닿는 온기^배와 어둠^{스커트}에서 황급히 얼굴을 떼었다.

그러나 어둠을 벗어나 보인 경치는 여전히 애매하게 흔들리기만 하고──.

"··········흐우~······ 빠야······ 시로, 거······ 어때? 흥분, 했······──."

"──자암깐 시로?! ······야, 설마 이거, 술이냐······? 둘 다 미성년자인데······!"

갑자기 의식을 잃은── 누가 봐도 취해 발그레해진 얼굴의 시로를 황급히 안아 말리고.

──진짜 이거 어떻게 된 상황이지?

그렇게 외치려던 소라는, 정리가 되지 않는 생각으로 그렇게 신음하는 것이 고작이었다.

······둘러보니 그곳은──《주점》인 듯했다.

자리에서 일어나 있던 시로가 소라에게 스커트를 뒤집어씌운 곳은, 바 카운터인 듯하고.

아무리 봐도 맥주── 드워프니까 에일인가? 아무튼 거품이 묻은 잔이 둘.

스팀펑크 풍의 판타지 게임에 나올 법한, 드워프로 북적이는 주점.

그러나 그 소란스러운 소리도 광경도, 지독히 멀게만 느껴졌
으며…… 몽롱해진 의식에 대답해 준 목소리는———.

『안심하라고, 내가 만든 영유(靈油)니까. 술처럼 멋없는 건 취
급 안 해.』

곁의 카운터 자리, 같은 잔을 기울이는 낯선 노년의 사내에게
서 들려왔다.

——그것은 어디에나 있을 법하면서—— 어디에도 없을 것
같은 사내.

그러나 어째서인지, 본 적이 있는 기분이 드는 눈동자를 가진
사내에게, 소라는 깊은 의구심을 품었다.

——이놈은 누구야? 아니, 뭐랄까……

『인간 애들이 먹기에는 정령이 쫌 과다한 것 같다만, 맛있지?』

품에서 잠들어 새근새근 숨소리를 내는 시로 말고는 아무런
현실감이 없는 이것은……

……뭐, 지………….

『그래서? 얘기는 계속 해야지. 안 들려줄 거냐?』

……계속……? 무슨 이야기를, 하고 있었더라…….

아니 그보다…… 여긴…… 난, 뭘 하고…… 있었지…….

『너희 세계 이야기 말이야. 더 들려줄 거지?』

………………아아……

그래…… 그런 얘기를, 하고 있었던, 가……?

현실감과 함께 의문도 멀어져가는 감각에, 어째서인지 수긍
하고, 소라는 잔을 기울였다.

"글쿠나~…… 아~ 어디까지 얘기했더라…… '빌어먹을 세계' 란 말은 했던가?"

『그래. 그건 이미 들었지.』

"바보 같은 낯짝을 한 나 같은 놈들이 넘쳐나는 '악몽적 디스토피아' 란 말은?"

『그것도 세 번쯤 들었지.』

"아, 그래. 그럼 그다음은 없어. 전부 말했네……. 진짜 맛있다 이거…… 한 잔 더 주라."

그렇게—— 두 마디 말로 다 정리할 수 있는 세계라고 단언하는 소라에게.

빈 잔에다 영유인지 뭔지를 따라준 사내는 말했다——.

『'하지만 드워프(이 것 들)보다는 그나마 기대할 수 있다' 고 했던, 그다음 얘기 말이야.』

————거기까지 말했던가, 내가……?

그렇다면 정말 취했나 보다. 이거, 역시 술……인가…….

하지만 졸음에 가물거리는 의식에 떠오른 위화감도——

"……카아~…… 그렇~다니깐 바보들뿐이야. 실패밖에 안 하고. 잘못된 길을 일부러 선택해서 간다고 하면 그나마 구제할 길이 있을 텐데, 진짜 쓸모없는 인류(생 물 이)가 만든 세계야(규 칙 이 야)……."

잔을 기울이자마자 내용물을 비우고. 소라는 그 말을 남긴 채 카운터에 엎드렸다.

여전히 품속의 체온(시 로) 말고는 무엇 하나 확실한 것이 없는 상황에서, 막연하게—— 생각했다…….

……그렇지. 하염없이 틀리기만 했던—— 어리석은 생물이.
실패와 착오와 과오만으로 쌓은, 사랑스러운 원래 세계.
너무나도 많이 잘못하는 바람에, 잘못한다는 것에 겁을 먹고.
——이제는 잘못해서는 안 된다고.
잘못된 반성을 하는…… 웃을 수 없는 세계(개그)였다.

　　　　잘못일지도 모르는 의견(방법)으로
　　　　　　　　　잘못이 아닐지도 모르는 의견(것)까지
　　　잘못하기 전에 제거(고치려)하려 드는 어리석은 세계(규칙)

—— '뭐가 잘못인가'…….
그걸 알면 처음부터 틀리지도 않을 텐데…… 그렇지?

"그래…… 하지만 분명. 그래서…… 드워프(댁들)보다는 그나~마
기대할 수 있을 것 같아."
　그렇게 쓴웃음을 지으며, 소라는 카운터에서 고개를 들고 생
각했다.
"……적어도, 이런 땅굴 속에서—— '정체되지는(틀어박히지는)' 않을 테니
까."
　태고 시절의 대전 당시부터 하늘을 나는 전함, 대륙마저 부수
는 폭탄을 만들었던 자들이.
　——6천 년을 거치고도 아직까지 이런 꼬락서니라면 말이
지…….

참으로 아이러니한 일이지만, 아무래도 지나치게 똑똑해지는 것도 생각해 볼 일인 것 같다.

센스 그대로. 상상하는 것을 그대로 창조한다── 그건……그래 봤자.

──────상상의 범주를 벗어나지 못한다는 거잖아───────?

『……'빌어먹을 세계' ……라고 하지 않았어?』

기대, 확신마저 머금은 소라의 웃음에 사내는 의아하다는 듯 그렇게 물었으나,

"응~? 아…… 그 세계, 그 규칙은, 그야 뭐, 엿이나 먹어라 싶지……. 하지만 그건 세계 이야기잖아? 이 문자가 눈에 안 들어오냐아~?! ……딸꾹…….."

그렇게 자신의 셔츠──『I ♡ 인류』라는 글씨를 보여주며 대답한 정령과잉섭취자에게,

『나는 인류를 사랑한다……. 사랑을 선전하고 돌아다니는 건, 좀 쪽팔리지 않나?』

……새삼 그런 말을 들으면 창피하니까 관두라는 딴죽과 함께.

쓴웃음으로 대답한 소라는, 겸연쩍은 듯 붉어진 얼굴과 함께 눈을 돌리고──.

"인류는 변함이 없어. 분~명 또 잘못할 거고…… 세계와 함께, 몇 번이고 잘못할 거야."

또 다시 글러먹은 경위로 그렇게 될지도 모르지만──.

그런 생각과 함께 머릿속으로 떠올려본다.

……원래 세계. 지구의── 6천 년 후…….

서기 8,000년을 넘어…… '81세기' 라…… 흐음~…….

너무 멀어서 이제는 상상도 안 가지만, 뭐, 적어도.

그 책이 꽂힐 서가_{세계가}는 절대 『사이언스 픽션_{장르}』이 아닐 것이다.

스페이스 오페라거나, 포스트아포칼립스도 이미 넘어선 문명 재흥 이후의 대 스펙터클이겠지.

……그리고…… 뭐, 인류니까── 후자 쪽일 가능성이 더 클 것 같지만.

이쪽 인류── 이마니티와 마찬가지로, 그렇게 쉽게 멸망하거나 하지도 않을 것이다──.

그렇다면.

먼 훗날의 인류를 생각하며, 소라는 그 가능성 중 하나를 큰 목소리로 웃으며 말했다.

"지구는 물론이고 태양계── 아니지? 깜빡 잘못해서 우주까지 망가뜨리고~."

그렇게 부득불 신천지를 찾아── 이 세계_{디스보드}로.

" '세계간 항행' 으로 '여기까지 와버렸네♡' 할지도── 하하!! 그럴듯한데~ ♪"

──이 세계_{디스보드}의, 온갖 종족을, 아득한 저편에 내팽개쳐둔 채.

좋은 의미에서든 나쁜 의미에서든 아무도── 인류조차 상상하지 못했던 장소에 있을 것이라고.

확신하고 웃으면서 그대로…… 멀어져 가는 소라의 의식에는⋯⋯⋯⋯.

　따라서 웃는 듯한, 웃음소리가⋯⋯ 울려 퍼지고 있었다──.

　【으앗하하하──!! 스케일 크구만. 최고잖아 진짜. 너 마음에 들었다.】

　⋯⋯⋯⋯멀어져 가는 사내의 모습에, 목소리에, 소라는.

　【그렇고말고. 세계 따위 다 먹어치우면 되지. 부수고 녹여서 연료로 삼고 가공해서.】

　이 자식은 누구지⋯⋯? 그렇게 떠오른 생각을 정정했다.

　── '이것' 은── '무엇이지' ⋯⋯? 라고⋯⋯.

　【너희 신이 무슨 생각을 했는진 모르겠다만. 부모를 넘어서는 게 자식의 할 일이잖냐. 우주를 부순다. 좋지. 부모가 상상도 못 한 로망으로 다시 만들어서 들이대는 게 효도란 거야.】

　어디에도 있을 법한── 그러나 어디에도 없을 법한, 남자 같은 존재.

　하지만 어디선가 보았던 기분이 든 그 눈을, 소라는 어디서 보았는지── 떠올렸다.

　──신화로⋯⋯.

　신의 불기둥과 같은 눈⋯⋯ 아니── 같은 존재가── 이어서 한 말에──

　【그런고로. 어떻게 해야 그런 애가 자라날지. 쪼끔 육아의 요령을 말해 주지 않을래?】

　────하, 아하하하하!! ──내가 알겠냐⋯⋯.

　그런 거나 물어보는 똑똑한 양반이니까.

이딴 드워프가 생기는 거 아냐~? '애아빠' ————.

□ □ □

————그리고…… 언제부터였을까.

"…………터…… 마스터?! 부디 대답을——부디! 마스터!!"

소라는 문득, 자신을 불러대는 비통한 목소리를 듣고 무거운 눈꺼풀을 들었다…….

"아아, 마스터! 무사하셨사옵니까! 창졸간에 폭발을 막기는 했사오나 만에 하나 무슨 일이 있었다면 어쩌나 하여!!"

호박색 눈—— 십자와 눈물이 떠오른, 안도감에 일그러지려 하는 그 웃음을 보고, 소라는————.

……대체…… 무슨 일이 일어났던 거야. 여긴 어디지……?

그렇게, 서서히 제자리를 잡아가는 의식 속에서, 그러나 혼란에서는 벗어나지 못한 채, 주위를 둘러보았다.

그리고—— 눈에 들어온 참상에.

"……아, 그렇~구나…… 그게 임사체험이란 거구나아…… 레어한 경험을 했네……."

마찬가지로 눈을 뜨고 주위를 둘러보던 시로와, 서로를 끌어안고.

겨우 떠오른 모든 일들. 식은땀과—— 뻣뻣하게 굳은 웃음을 흘렸다.

──그것은 필의 감사실에서 한눈에 보이는 플랜트──였다.

들자하니, 지브릴이 막아 형태도 없이 사라지는 것으로 그친 그것은.

'속임수'── 다시 말해 『과학』이라는 것에서는 기본 중의 기본.

소라와 시로의, 가벼운 『실험』이 낳은 결과였으니──.

그렇다.

"그것 보시지 말입니다아아!! 대. 실. 패! 이지 말입니다아아!!"

오열 중인 티르가, 소라와 시로에게 지시를 받은 실험이었다.

다시 말해── 전시 중이던 『수폭』에서 꺼낸 『신수』에.

마찬가지로 전시 중이던 초대 두령 로니 드라우프니르의 『거유신수』와 완천히 똑같은 각인을 새기는 일.

……토대가 되는 『신수』의 개념이 다르므로.

같은 개찬각인을 새겨도 무의미하다고. 전방위에서 날아든 목소리는 화려하게 무시하고.

뭐든 시험하고 볼 일이라며. 소라와 시로의 가벼운 분위기에 따랐던 실험.

그리고 그 실험이 초래한 '대폭발'에────.

"실패? 실패는 무슨 실패야, '대성공' 이잖아!! 하하아!!"

"……상상한 결과…… '상상 밖의 결과' 라는, 결과…… 좋았어……."

"이게 성공이라면 본인은 평생 성공만 했지 말입니다!"

기분 좋게 웃으며 대답하는 소라와 시로에게 티르는 눈물을 머금고 대들었으나——.

"바로 그거야. 티르는 지금—— 단 두 사람만이 도달할 수 있었던 신의 영역을 열었던 거라고."

그렇다—— 필도 크라미도, 평정을 되찾은 지브릴조차도.

믿을 수 없다는 듯 눈을 크게 뜨고 바라보는, 폭발이 아닌 부차결과에——.

소라는 웃으며 생각했다.

——누가 그랬더라. '실패는 성공의 어머니'라고…… 응, 같잖네.

실패하지 않는 종족에게는 그것조차도 익숙하지 않겠지만.

"티르의 과거 모든 실패는—— 지금, 이 순간, 모두 성공으로 바뀌었어."

—— '성공' 따위—— 단순한 방황의 부산물.

'실패'에 억지로 가져다 붙인 결과론일 뿐이다.

"뭐가 잘못됐고…… 뭐가 실패였는지, 아무도 모르는 거야."

그렇다—— 정말로 잘못하고 있었는지. 정말로 실패였는지.

——정말로…… 도망치고 있었는지조차…… 아무도…….

"그걸 어중간하게 알아버리는 게 드워프고—— 그러니까 베이그는 치는 거지."

그렇게 대담하게 단언하더니, 느닷없이——

"——그러~면? '베이그를 이기려면 힘을 합쳐야만 하겠지, 마음의 벗'?"

그렇게── 증거를 들이대 '승산'[이길 방법] 을 보여주며, 두 사람을 다시금 돌아보았다.

이틀 전에 한 것과 똑같은 같은 말을, 다만 한껏 비아냥거리는 웃음과 함께 고하는 소라에게──.

"……………크라미?"

벌레를 씹은 듯 억지로 미소를 지으며 크라미에게 눈짓을 하는 필에게.

"소라의 말이 맞아, 피이. 우리는 고사하고…… 소라네만 있어도 이길 수 없어."

크라미는 어딘가 해탈한 듯한 쓴웃음으로 단언하고── 두 사람은 마지못해 마주보고 고개를 끄덕였다.

"좋아요……. '친구로서~ 소라 씨네의 승리에 최선을 다하겠어요' ♪"

"그 대신, 이기면 답례는 받을 거야. '친구로서' ── 알았지?"

마찬가지로 이틀 전에 나누었던 약속과, 소라의 말을 인용하여── '거래는 성립됐다' 고 대답한다.

그리고 만족스럽게 고개를 끄덕인 소라가,

"그럼 지브릴. 가볍~게 베이그한테 전이해서 날짜를 좀 통달해 줘."

흉포하게 웃으며 이어진 말에, 지브릴은 공손히 고개를 숙이고 허공으로 사라졌다. 그 내용은──

"──나흘 후, 정오에 개시. 장소, 기체, 참가자는── 10분 전까지 비밀 ♪"

승부를 할 거라면 상대의 독무대가 아니라 자신들의 독무대에서 해야 하는 법——.

—— '주도권'을 넘겨주다니, 아무리 그래도 우릴 너무 우습게 봤지, 베이그?

그렇게 중얼거리며…….

■ ■ ■

……한편 그 무렵…… 에르키아 수도의 아득한 북서쪽에 있는 역참 마을.

조그만 『약국』의 문——《영업정지 처분》이라 적힌 팻말이 붙은 문 안쪽.

가게 안에는, 카운터 너머에서 웃으며 종업원에게 다가가는 붉은 머리 소녀가 있었다—— 그렇다.

"자아, 소라가 있는 곳으로 안내해 줘요♡"

크라미와 필이 3주 동안 찾아 헤매고도 발견하지 못했던 소라네의 위치를.

겨우 사흘도 걸리지 않아 밝혀낸 스테프가, 웃으며 이미르아인에게 다가서고 있었다…….

"……【질문】: 본 좌표를 특정한 방법이 불명. ……여기 어떻게 알아냈어?"

반박을 용납하지 않는 미소에 무언가를 느끼고, 엑스마키나이면서도 압도당해 그렇게 묻는 이미르아인.

　그러나 스테프는 더욱 웃음을 짙게 머금고 대답했다.

　"간단하지요~ 고금동서 행정부서 중에서도 가장 우수한 인재부서에 한마디 했을 뿐이랍니다."

　──그렇다. 어째서인지 항상 유능한 인재가 모여드는 국정기관── 다시 말해.

　"세무국에 '지폐를 다루는 무허가 점포가 있다' 고……. 바로 다음 날 여기를 밝혀내던걸요 ♪"

　이상. 그 후에는 영장을 발부받아 마차를 타고 이동하는 시간이 들었을 뿐이라고 한다.

　어디까지나 부드럽게, 온화한 미소로 말하는 소녀에게, 이미르아인은──.

　"────지, 【질문】: 지폐로 한정 착안한 이유가 불명."

　자신도 모르게 한 걸음 물러서며, 에러와 경고에 흔들리는 연산기로 거듭 물었으나.

　"쿠데타 후 일주일도 안 되어 지폐통화 발행. 2주도 안 되어 유통? 있을 수 없는 일이지요."

　조금 냉정하게 생각해 보면 알 수 있는 이야기라고 즉답 및 단정하고.

　웃으며 대답을 거듭하는 목소리.

　"마치 쿠데타 전부터 점찍어두고 있었던 것 같잖아요. 아니면? 소라네가 호로의 화보집을 낼 때 대량인쇄기를 대대적으로 선전하면서 점찍어두게 만들었다고 하는 편이 옳을까요 ♪"

마침내 할 말을 잃은 이미르아인을 내버려둔 채, 돌변하여.

"하지만—— 소라와 시로는 돈벌이에 관심이 없어요."

미소를 지우고는, 역시 단정하는 어조로.

누구보다도 두 사람을 잘 안다고 주장하는 듯한 목소리는, 서서히 열기를 띠더니——.

"그럼 모으는 것은 지폐겠지요. 다른 것도 아니고, 두 사람이 쿠데타를 일으키게 한 《상공연합회》가 발행하는 '지폐'[장치]—— 시로나, 아니면 그야말로 엑스마키나[당신] 말고는 해독할 수 없는 '암호'[읽을]! 가장 먼저 지폐에 대응하면 경쟁자가 난립하기 전까지 제한시간이 생기겠지만—— 그래도 한 점에 집중해 모을 수 있는 '정보'[장치]!!"

그리고—— 다시 돌변하여.

"그 정보가 『약』의 정체예요. 자세한 내용을 가르쳐 주셔야겠네요♡"

다시금 단언하는 미소에—— '꼴깍'.

엑스마키나[이미르아인]의 몸으로는 분비될 리도 없는 액체, 마른침을 삼키는 착각이 들었다.

——다른 이도 아닌 주인님과 동생님이, 정치를 모두 맡긴—— 신임받는 이라는 사실.

그 무게를 새삼스레 깨달은 이미르아인은 눈앞의 미소를 『위협[게파르]』이라 정의했다.

해당 명칭불명 여성은—— 특히 정치 및 경제에 관해서는.

——누가 뭐라 해도 초일류…… '진짜'였다—— 아니…….

'【정정】: 논리적으로 자명한 사실. 본 기체의 고찰에 심각한 결함이 있었음. 그뿐!'

그렇다, 왜냐하면 그녀는——.

다종족 연방이라는 전대미문의 구상을, 거의 한 몸에 맡고 있었으니까.

다른 이도 아닌 『^두 ^분』의 '척추'—— 누가 뭐라 해도 초일류 Player일 것이 당연한 노릇……!!

'【에러】: 하지만 그렇게 인식할 수 없음. 어째서?! 그렇게 보이지 않는데! 명칭불명인데!'

그러나 모순과 갈등, 에러가 소용돌이치는 이미르아인의 내심 따위 관심도 없다는 양.

"다시 한 번 말하겠어요. 소라가 있는 곳으로 안내하세요♡"

웃으며—— 그러나 차분한 눈으로 고하는 목소리에.

"……【거부】: 본 기체는 주인님의 빈자리를 지킨다. 아내의 임무 수행 중. 주인님의, 아내…… 부끄."

그러나 이미르아인은 위협이라 고하는 생각을 묵살하고 저항했다.

우선 첫째로, 주인님의 명령은 절대적. 완수한다. 그리고 둘째로——.

"요구가 아니라 명령이에요── 내가 '마지막 수단' 을 쓰게 하지 말아주겠어요?"

"【조소】: 명칭불명 여성에게는 본 기체에 대한 강제수단이 존재하지 않음. 【부디】: 써 보시길──."

이미르아인은 그렇게 확신을 고했으나──.

이어진 말에 『위협』이라 정의했던 사고의 근거^{마음}를 깨달았다. 그것은 곧──.

"소라를 좋아한다고 인정할 건데요?! 그래도 좋다는 거죠오오?!"

"【철회】【정정】【사죄】【승복】: 명령을 승인. 주인님의 소재지로 연행. 즉시 실행한다. 세이프티 모드 해제. 【레젠】: 『슈라포크리펜』…… 【애원】: 그러니까…… 하지 마.^{회르아우프}"

──근거는 없다.

그러나 원래부터 마음에 근거 따위 불필요하다고 단언하고.

이미르아인은 가차 없는 협박이라 인식한 말에, 무조건 항복했다.

어째서인지는 모른 채. 그러나── 자기 자신을 속이고 있는, 이 연적이.

더 이상 자기 자신을 속이지 않을 때── 이 사랑에는── 이길 수 있을 것 같지가 않았다.

——주인님은 고사하고, 동생님도 함락될 위험^{예 감}만을 가슴에 안고.

이리하여 이미르아인은, 무시무시한 연적을 데리고 공간을 도약했다.

⏻ 제4장 감정론 Verdict Day

――그리고

텅빈 인형과 날지 못하는 흰 새는
맞잡은 손을 떼어놓으려 하는 『새장』으로부터
손을 잡고 도망쳐 그 하늘을 올려다봤다

나는 소라 텅 빈 하늘 너의 하늘

어디든 갈 수 있다고 속이는 그 하늘을
아기새의 날개로도 날 수 없는 하늘을
하지만 그래도 날 수 있다면 하고
인형은 자신에게 무엇이 있을지 생각했다

이름 그대로 하늘을 만들어 보겠노라고
온갖 새장을 부수고 깨뜨려
끝없이 항전하겠노라 고하는 인형에게

그것은 처음으로 만난 날
아기새가 고한 인형의 이름
이중의 의미로 야유하는 그 이름을
삼중의 의미로 돌려주겠노라고 맹세했다

그러니까―― 너는 어디로 가고 싶어?

그 말을 듣고, 아기새는 부탁했다……

그리하여 지정한 날…… 게임 개시 시각까지 약 한 시간이 남은 가운데.

　소라는 딱딱한 좌석과 무릎 위의 감촉 이외에는 판별할 수도 없는 어둠 속, 등 뒤에서——.

　"확장영장…… 접속! 기동시키지, 말입니다……?!"

　티르가 고함과 함께 해머를 휘둘러, 발밑을 내려치는 소리를 들었다.

　——부탁이니 무사히 기동해다오.

　일동이 속으로 그렇게 기도한—— 직후.

　각인을 따라 달려나가는 정령의 빛이 좁은 어둠—— 세 사람이 탑승한 '조종실^{콕핏}'을 비추고.

　이어서 '기체'의 시야가 콕핏 전면에 비쳤다.

　——그곳은 아득한 옛날에 유기되었던 지하 폐허도시.

　영구한 신의 불 외에는 모든 것이 멈춰버린 공장 터를 고철이 가득 메운 『폐기물 처리장』.

　불필요한 것들이 버려지는 곳—— 다시 말해 '지정 장소'였으며——.

　또한.

　그곳에 서 있던 것은 거대한 인간형 기계. 두 손에 중후한 개틀링을 장비한 그 기체가.

야차 같은 자세에서 왼손을 돌려 8시 방향으로 발포하는 모습에——.

"좋았으! 문제없이 움직인다, 티르! 시로는 어때?!"

"……올, 그린…… 사격, 은…… 맡, 겨……."

좁은 콕핏의 단좌에 앉은 소라와 시로는 각자 양 옆의 조종간을 쥐고 서로 확인했다.

소라가 오른쪽, 시로가 왼쪽 조종간—— 촉매를 오리할콘 장갑으로 쥐고, 자신의 몸을 움직이는 것처럼 생각하며 이미지를 떠올리자, 그대로 '멋있는 포즈'를 취하는 기체.

두 사람은 만족스럽게 고개를 끄덕였다.

자신의 몸과도 같이—— 아니, 둘이서 하나의 기체를.

자신의 몸보다도 가볍게 조종한 두 사람의 웃음——.

그러나 그 뒤에서는…….

"그린이 아니지 말입니다……. 지금 그거 가지고 화면 새빨개졌지 말입니다~."

복좌에 앉아, 해머의 자루를 쥔 티르가 비장하게 호소했다.

그저 기동해서 동작을 확인한 것만으로도 에러 표시로 물든 새빨간 화면.

"정말 괜찮은 건지 말입니다?! 소라 공, 시로 공——은 그렇다 쳐도 본인과 셋이 두령님과 싸우는데—— 나흘짜리 벼락치기가 잘 통하란 보장이 없지 말입니다?! 그야 40년을 들여도 보장은 없지 말입니다만?! 보, 본인 죽기 싫지 말입니다……."

그렇다…… 영장으로 싸우는 전투. 여기서 입은 대미지는 모두 '코어'── 핵매에 수렴된다.

다시 말해 소라와 시로가 쥔 조종간, 티르의 해머가 부서지면 패배하는 게임.

서로의 기체를 부수는 것은 불가능한 초 안전 배틀 게임──이지만……

──영장과 영장의 충돌과는 무관한 대미지까지는.

구체적으로는 '폭발' 등── 치 멋대로 파괴되는 것까지는 보장할 수 없다……

그렇기에.

무사히 기동했다는── 개막 전 패배가 없었다는 사실에 안도했던 것이지만.

지금도 언제 폭발해도 '당연하지 말입니다.' 하고 고개를 끄덕일 수밖에 없다는 티르의 호소에.

《──정말로 지브릴 없이 잘 될까요?》

돌아온 대답은, 소라와 시로, 티르가 모는 기체의 시야 저 멀리.

폐공장 중 하나──의 꼭대기에서 때를 기다리며 서 있던 기체에서 온 통신이었다.

시야를 확대해야 겨우 윤곽이 보이지만, 분명 혼자서만 장르가 달랐다.

거대 로봇보다는, 어딘가 유적에서 수호자 보스라도 하고 있으면 어울릴 것 같은 강철의 거인.
^{아이언골렘}

세련되면서도 소박한 조형을 꽃으로 장식했으며, 몸에는 몇 줄기나 되는 정령광의 궤적이 지나간다.
^{라인}

아무튼 크라미와 필이 탑승한 그 골렘의 통신에——

"응…… 지브릴은 이 게임, 참가할 수 없어—— 이미 알고 있었고."

소라는 애초에 예정대로라고 쓴웃음을 지으며 대답할 뿐이다.

그도 그럴 것이—— 하늘이 내린 재능의 차이는 절대적이니까. 그렇다, 과도한 재능 또한.

구체적으로 말해, 동기화하면 정령량이 지나치게 많아 오리할콘이 증발하는—— 그런 엉터리 재능의 경우.

게임 참가권조차 만족하지 못해, 티르의 아지트에서 죽치고 있을 수밖에 없는 지브릴을 생각하며,

"그보다—— 그쪽이야말로 정말, 크라미가 조종해도 잘할 수 있겠지……?"

그렇게, 소라는 '또 하나의 재능' 쪽을 더욱 염려하며, 난감해하는 쓴웃음으로 물어보았다.

기체 테스트 때—— 시험 삼아 조종해 본 필이 기체의 두 팔다리를 같은 방향으로 내밀고, 심지어는 다리가 꼬여 머리부터 지면에 처박힌, 상상을 초월하는 '재능'을 말이다.
^{둔함}

……생각을 전하면 자신의 몸처럼 움직이는 기체인데, 어떻게 하면 그렇게 되는지.

이제는 천부적인 재능이 아니라 종족적으로 도구를 쓰지 못하는 '저주' 가 아닐까 의심되었으나──.

《……이쪽도 알고 있었던 바야. 피이보다는 그나마 내가 잘 모르는걸.》

《저는~ '이쪽' 에서 서포트할 거랍니다. 적재적소지요~ ♪》

그 목소리가 들려온 곳은, 기체의 등 부분에 탑재된 초규격 사양의 정체불명 유닛── 목제로 여겨지는 기이한 거포.

다시 말해 크라미가 조종을, 필이 사격을 맡은 것이지만── 그것은.

《……마지막으로 확인하겠어, 소라. 우리가── 진짜 이길 작정으로 가도 되는 거지?》

《소라 씨네야말로~ ──거래대로 싸울 수 있나요오……?》

──똑같은 인간인 『 두 사람 』과 조건은 마찬가지가 아니냐고.

어딘가 복잡한 감정을 내비치며 다짐을 받는 크라미와, 날카롭게 속내를 떠보려 하는 필의 목소리.

──그러나.

"안심해, 이쪽도 게임을 하는 이상은── 즐길 거니까 ♪"

"……확~실, 히…… 만족할, 때, 까진…… '놀' 거야…… ♪"

소라와 시로는, 어디까지나 태평하게, 헤실헤실 웃으며 그렇게 대답했으며──.

이어서 중얼거렸다.

"오히려 베이그를 상대로 싸울 수 있는 놈은―― 아마 『　　』^{공 백}
밖에 없을걸."

―― '트릭이 밝혀질 때까지는' 이라는 보충 설명은 마음속에
만 담은 채.

두 사람의 의구심을 무시하고, 소라와 시로는 개시 시각을 기
다리며 나란히 눈을 감았다――――.

……오리할콘 장갑 너머로 쥔 조종간―― 소라와 시로, 그리
고―― 티르.

세 사람의 영혼을 동기시킨 세 개의 코어를 이어…… 하나의
기체를 움직인다.

마음으로 손을 맞잡은 듯한, 감정이 나란히 서는 감각에, 소라
는 생각했다――.

――나쁘지 않아…… 시로가 내 위에서 자고 있을 때의 감각
이야.

심장 고동이, 호흡이, 감정까지도 살짝 겹쳐지는…… 즉, 평
소와 같은 감각이다.

촉매로 이을 것도 없이, 기분 좋은 긴장과 심장 고동까지도 동
기화된 소라와 시로.

――그러나.

유일하게, 같이 이어져 있어야 할 티르만은――――

"……게임 개시 시각…… 600초 전…… 이지, 말입니다."

불안스레 중얼거리고.

그 목소리에 대답하듯, 장치가 발사되었다.

가느다란 구멍이 뚫린 천장에 달라붙은 것은, 무수한 영상기^{카 메 라}와 전이용 앵커였다.

대회장도, 이쪽의 기체도, 개시 10분 전까지는 모두 비밀로 하겠다는 이쪽의 지정에 따라.

게임을 하덴펠 전체 중계방송하기 위해 베이그가 주문한 기재였다.

세계 제2위의 영토를 보유한 대국의 모든 모니터에 쏠리는 드워프의 시선을 느끼며.

──소라와 시로와 티르. 그리고 크라미와 필.

2기의 기체와 5인의 마음이, 신화로의 연소음만 메아리치는 정적 속에서──

게임 개시 시각과 대전 상대의 도착을 기다리고 있자── 마침내.

『레에에에에엣츠 퐈아아아아뤼이이이이이이──────!!!』

그것은── 통신이 아니라 외부 스피커에서 폭음으로 쩌렁쩌렁 터져나온 고함을 이끌고.

앵커를 통한 데미쉬프트의 푸른 입자광과 함께 대회장 하늘

높이 나타났다.

　그리고 포탄과도 같이, 고철과 잔해를 피워올리며 착지한, 유려한 은색 기체는.

　6일 전에 보았던 기체와 어느 한 점만이 달랐으나, 그럼에도 ——.

　『야야 중계!! BGM〔테마송〕 틀었냐?! 이긴 다음 실황해설〔하이라이트〕 준비도 다 됐고오?!』

　등 부분에서 왼손으로 뽑아든 규격 외의 『거대 검』을 무수한 카메라에 들이대며.

　온 하덴펠을 향해 승리선언을 했다.

　——왜냐고 묻는 드워프가 있을 리 만무했다. 그야——.

“이 몸께서—— 하덴펠의 ‘대’ 두령님께서 등장하셨다—— 아아아!!!”

　그것은 가장 뛰어난 드워프—— 한 시대에 둘도 없는 천재이자, 그가 만든 영장〔걸작〕이기에.

　…………

　카메라 너머에서 어떤 갈채와 BGM이 울려 퍼지는지 소라네는 알 리 없었지만.

　《…………응~ 근데? 여기가 대회장이라? 뭐 딱히 어디든 상관은 없다만……?》

　허무한 메아리와 침묵의 노 리액션으로 호응하는 현장을 보고.

약간 토라진 듯 통신으로 전환하더니—— 기체의 머리 부분을 먼 곳으로 향하고—— 돌연.

《그딴 허접한 기체로, 이 몸에게 이길 생각이었냐—— 지금 장난하냐아?!》

그렇게 실망의 기색을 드러내며 나무라는 베이그의 통신에, 대회장 내의 모두가—— 인정했다.

—— '그래…… 장난하는 걸로 보이겠지' 라고…….

베이그의 기체 앞에서는 필조차 자신의 기체가 열등함을 자조하지 않을 수 없었으며.

심지어—— 소라와 시로와 티르. 세 사람이 모는 기체는——.

《……그쪽은 심지어 '빌려왔군'? 날 우습게 보는 거라면 당장 밟아버린다?》

——그렇다…… '빌려왔다'.

두령부에 전시되어 있었던 6천 년 전의—— 초대 두령, 로니 드라우프니르의 기체였다.

과거의 유물. 그야말로 골동품이었으며—— 심지어 어깨의 『거유신수』는 철거한 상태였다.

경시도 실망도 당연. 베이그의 기체보다도 뒤떨어진다는 데에는 그 누구의 반론도 없었다.

그렇다—— 반론은 없다…… 반론은. 그러나!

"너~한테만은 그딴 소리 듣고 싶지 않거드은~~!! 장난은 누가 치고 있는지 모르겠네?!"

딴죽은 걸 수 있다――!!

콕핏의 시로와 티르―― 아니, 대회장 내의 크라미와 필은 물론.

중계를 보고 있던 장외자_{지브릴}도 똑같이 품었을 생각을 대변해, 소라는 부르짖었다.

"이제는 생명체인지 아닌지도 따지지 않냐?! 『거유로봇』 끌고 와서 폼 재는 소리를 하고 앉았다니, 제정신이야 너?!"

……출러어엉…….

가증스럽게도 튼실하게 흔들리는―― 얼마 전에 보았던 기체와는 다른 어느 한 점.

갖다 붙인 듯한 '거유'에 모두가 낯을 찡그리며 '혐오'를 호소했다―― 그러나.

《카아~…… 그 원석의 영감을 받아 새로운 이상형_{한계} 너머에 이른 이 예술을 못 알아보다니…… 너 뭐냐? 그거냐? 아트도 모르는 쫌생이냐?》

"아트가 승가_{승가} 흔들리냐?! 아 쫌! 올리지 마, 모으지 마, 출렁대지 마아아!!"

개의치 않고 자신의 기체를 과시하는 베이그_{승가}의 모습에 소라는 견디지 못하고 머리를 감싸쥐었다.

"……저기 말야. 게임 장르도 그렇지만, 마니악해지면 불만이 나오게 마련이야……. 너무 마니악해서 바늘 끝보다도 좁아진 네놈의 시야를 넓히고 일반인 눈높이로―― **하다못해 기체까지 여성형으로 만들 수는 없었냐?!"**

뭐가 그리 화가 나는가 하면, 그것이 버ㅇ 온 같은 여성형 로봇이라면 모를까.

유려한 기체에, 두둥 달아놓기만 한 흔들리는 쇳덩어리라는 점이다.

……왜 흔들려? 액체금속이라도 저렇게 흔들리진 않잖아!!

《그럼 어쩌라고. 난 이 기체로 싸운다고 했잖아?! 다시 만들면 규칙 위반이잖아?! 조형을 미세조정 정도는 성능에 영향도 없을 거라고 생각했던 건데── 이 몸도 창자가 끊어지는 심정이란 말이다아?!》

"그냥 끊어져 죽어버리든가!! 왜 싸우는 기체에 슴가 다는 걸 고집해?!"

그렇게 통신 너머로 오가는, 듣기에도 괴로운 실랑이와는 전혀 무관하게.

"……게임 개시 시각…… 60초 전…… 이지, 말입니다……."

여전히 불안이 심해지는 기색으로 중얼거린 티르의 말에 맞춘 것처럼.

──정오의 전조를 알리는 신화로의 증기음이, 대회장에 울려 퍼졌다.

《……그럼 뭐── 규칙도 판돈도 변경 없이──.》

어느 쪽에 반응했는지는 몰라도, 베이그의 기체가 팔을 척 내밀며 말을 이었다.

《이 몸이 네놈들 전원의 코어를 부수거나, 네놈들이 이 몸의

코어를 부수면 결판이지……. 근데 '참가자'는 이게 전부냐? 난입도 있다면 지금 말하지 그래?》

지브릴이 없다는 것을 '왠지 그냥' 알아차리고 대담하게 묻는 베이그.

그러나 소라와 시로, 티르 또한 기체의 팔을 내밀며 대답했다.

"아~ 우린 친구가 적어서 말이지. 여기에 있는 이 멤버가 전부야. 난입은 없고."

"……영장, 각인술식 이외의, 마법, 금지…… 어차피 못 씀…… 문제없음."

《친구가 저렇게 말하는걸요~. 문제는 많지만, 그래도~ 참아야겠지요오~ ♪》

불만과 미련을 줄줄 흘리며 필도 동의하는 가운데, 베이그는 슬쩍 쓴웃음을 지었다.

입술을 일그러뜨린 듯한 그 목소리가, 그야말로 본론이라는 양 무겁게 울려 퍼진다.

"그럼 주먹을 나눠볼까아? 네놈의 '영혼' —— 이 몸이 인정하게 해 보라고."

그리고 각자 세 대의 기체와 콕핏 안에 있는 6명이 손을 내밀고 목소리를 울린다.

——【맹약에 맹세코】라 화창한 그 목소리에——.

《하! 빌어먹을 조카, 너도 맹세하냐……. 도망치면 끝장이라 이거야?》

"…………큭."

티르의 가녀린 목소리를 알아들은 베이그가 유쾌하게 웃으며 말을 이었다.

《미리 말해두지만. 약속은 약속이니까. 이 몸이 봐줄 거라 기대하진 마라.》

──……꽈악…….

떨면서 붙든 해머── 핵매 너머로 흘러간 티르의 마음이 소라와 시로에게 살짝 전해졌다.

……그것은 날 수 없는 몸으로 '하늘'에 도전하는 자가 품는, 당연한 감정.

하늘에 몸을 내던지는── '공포와 불안'이 주는 손떨림.

──그러나 그것은.

두 사람 또한 티르와 같은 마음── 같은 감정임을 깨닫고, 살짝 가라앉았다.
<small>소라와 시로</small>

그것은…… 티르와 같은 '공포'에── 극한까지 날카로워지는 집중력과.

티르와 마찬가지로── 불안하기에 '기대'가 가득한 낌새.

《……야, 빌어먹을 것들. 판돈 좀 더 얹자. 어딜 찔러서 빌어먹을 조카의 '의욕 스위치'를 눌렀는지 쫌 말해 주시지? 나한테 깨지고── 의식 돌아온 다음에라도 좋으니까.》
<small>칩</small>

그렇게 말하며 흉포하게 웃는 베이그.

──그러나 이에 대한 대답은 정오를 알리는 작열의 업화.

게임 개막을 알리는 『신화로』가 나팔을 불어젖힌 것과 동시에——.

진짜와 가짜가 뒤섞인 쇳덩어리들이, 신의 불길보다도 높은 폭음을 이끌고 충돌했다.

. . .

——게임 개시를 알리는, 신의 불길이 치솟는 소리와 동시에.

크라미와 필이 탑승한 골렘은 즉시 몸을 돌려 폐허로 몸을 숨겼으며.

소라 일행이 조종하는 기체 또한 망설이지 않고 후퇴를 선택했다.

베이그의 기체 스펙은 불명. 그러나 이쪽을 웃도는 것은 확실.

하물며 조종자는 드워프의 정점 베이그. 애초에 접근전은 말도 안 된다.

그렇기에 소라 일행은 기관포^{투사무기}를 사용해 중장거리전에 임한 것이다.

——그러나.

《음~ 그럼 탐색전 삼아…… 날 우습게 여기는 건지 확인해 보실까. 암만 그래도 이건 좀 피해 줘라, 응?》

400미터 저편에 유유히 선 채, 도망치도록 내버려두는 기체의 통신을 들은—— 직후.

——날아든 '무언가' 가 눈에 비쳤다고 뇌가 인식하기도 전에.

소라도 시로도, 티르조차도······ 다음 순간에 인식할 수 있었던 것은──단 한 가지.

기억이 몇 초 빠진 것처럼 맥락도 없이. 너무나도 갑작스럽게.

400미터 저편에 있었어야 할──'눈앞의' 베이그 기체와, 하늘로 치켜 올라가 빛을 뿜어내는 거대 검이.

섬뜩──······.

자신의 기체를 세로로 쪼개버리리라는 확신에 소름이 돋은 피부의 감각뿐이었다······.

────.

······투척한 거대 검을 앵커 삼아 눈앞으로 《데미쉬프트》했음을.

베이그 기체의 왼손이 칼자루를 고쳐 쥐는 모습을 보고── 소라는 간신히 이해했다.

그러나 이해했다 한들, 이제 회피행동은 고사하고 미동조차 할 수 없었다.

소라는 말 그대로 전심전력── 영혼을 긁어모은 단칼이 자신의 기체를 포착하는 모습을 그저 바라보아야만 했다······.

기체를 소라 일행의 목숨(영혼)과 함께 잘라버리고도 남는 칼놀림······ 원래는 즉사를 의미했던 참격은.

『맹약』과 규칙에 따라 소라와 시로, 티르의 코어에 수렴되었다── 다시 말해서.

『끄으아───────아아아아아아아아아아아아아아아아아악───?!?!?!』

동기화된 핵매를 엄습하는 충격에, 소라 일행은 비명을 질렀
다————.

————…………

정신이 들고 보니, 소라는 시원한 바람이 부는 언덕에서.

"……마스터. 왜—— 어찌…… '도망치는' 것이옵니까……?"

서글프게 말하며 가슴의 두 봉우리를 흔드는 지브릴을 보고 있었다.

"소인의 몸은 마스터의 것이거늘…… 한 번도 만져 주시지 않았나이다."

——어…… 도망쳤달까. 오히려 필사적으로, 참고 있었는데.

"어째서이옵니까? 저 따위의 몸은 사용하실 가치조차 없는 것이온지요?"

——아니…… 왜긴. 그, 그야 여동생—— 시로도 있고 말이지.

눈을 촉촉히 적시는 가슴의 유혹을 거부할 구실을 찾아 이리저리 흔들리는 시선…… 그러나.

곁에서 웃음 짓는 시로—— 거유 소녀는 『GO』라며 엄지를 내밀고 웃음을 짓는다.

"남자로서 스스로에게 자신감이 없으시니, 소인의 '습가'로부터 도망치시는 것이 아니외까."

——어……어라? 나…… 도망쳤……던가아……?

"마스터…… 습가는 무섭지 않사옵니다. 두려워 말고 부디 용기를 내시어서……"

——아…… 도망친 것 같다는 생각이 들기 시작하는데요…….

소라는 풍만한 거유를 '만져 달라' 고 부탁하는 기도에 호응하고자, 팔을 뻗었다.

이걸 거부하면 오히려 남자로서 부끄러워해야 할 일이므로.

거유 여동생이 OK라고 한다면, 애초에 사양할 이유가 있을 리도 없으므로!!

이리하여, 아아…… '행복' 에 형태가 있다면 이런 감촉이리라고!

『……빠야…… 가짜 가슴……이야, 눈……을…… 떠──?!』

부자연스럽게 부드러운 행복을 손에 담고 주물러대던 소라는, 멀리서 울려 퍼진 목소리를 들었다.

그렇다…… 어딘가 멀리서── 곁에 있는 '가짜 거유 여동생' 이 아닌 다른 곳에서 들려오는 목소리에────!!

그래. ──그래 봤자 가짜…… '진짜 시로' 만은 못하다──!!

그렇게 확고한 의지로 환각에서 벗어나, 시로(진짜)가 기다리는 콕핏로 의식을 되돌린 소라는──

"근데으허어어억시로?! 여동생(11세)의 거유 주무르는 오빠는 만장일치로 유죄판결──!"

환각에서 탐닉했던 행복이 무릎 위 거유화한(감촉) 시로의 것이었다는 자신의 죄에 통곡했다.

그러나 황급히 떼려 하는 소라의 손을── 놓치지 않겠다!! 며 시로는 덥썩 붙들고.

형기를 더욱 가산하고 싶은지, 소라의 손 위에서 자신의 거유를 주무르며── 고했다.

"……가짜가 더 뛰어나! 가짜 슴가는…… 가슴뽕……!! 그럼…… 주무르고 만져도…… 뭘 해도…… 괜찮아(세이프)! 가슴, 채운 '풍선(아웃)' …… 만지는, 거…… 문제?!"

"…………."

"…………어라? 듣고 보니……? 하고 수긍할 뻔했던 소라는,

"…………으응♡"

"소, 소라 공…… 시로, 공!! 조, 조종을…… 동기화가 풀리고 있지, 말입니다!!"

시로의 교성을 차단해 준 목소리──(없었던 것으로 해 준) 마찬가지로 거유화한 티르에게 감사하며,

"냉정해져, 시로!! 여동생의 가슴에 풍선을 채우고 '괜~찮아~ 이건 풍선이니까 으헤헤.' 라고 주물러대는 오빠는 일단 머리가 어떻게 된 거고! 세간에서는 큰일 날 안건이란다?!"

크게 금이 간 조종간을 쥔 소라가, 고함을 지르며 되돌린 시야에 비친 광경──.

멀리 떨어친 베이그의 기체가 만들어낸 참상에, 시로와 티르 또한 새파랗게 질려 목을 꼴깍 울렸다.

──공백 기체의 가슴 부분을 포착할 뻔하고 휘둘러졌던 베이그의 검.

검의 『거유신수』── 개념공명기까지 기동시켰던 칼놀림은, 대회장의 고철 무더기를 갈랐다.

그러나 세 사람이 전율한 대상은 위력이 아니라, 그야말로 그

참상을 낳은── 당사자.

 구체적으로는, 시로나 티르와 마찬가지로── 베이그(ベイグ) 기체의 발밑에 굴러다니는 석상.

 버려진 것으로 보이는 소녀상까지도 거유로 만든 변태──.

《쳇, 이 몸의 이상적인 거유(巨乳)를 거부하다니, 차별주의자 같으니…… 동정남이 뭐 잘났다고.》

 "석상까지 거유가 아니면 인정하지 못하는 차별주의의 극치인 네놈은 변태남이고 말이지?!"

 즉, 베이그에게 식겁한 일동을 대표한 소라가 바로 소리쳤다.

──알고는 있었지만, 참으로 무시무시한 게임……!

 세 사람은 나란히 전율했다.

 ……대미지는 코어 핵매에 수렴된다── 그렇다, 오리할콘 영혼을 동기화한 코어에.

 다시 말해 문자 그대로 영장(靈魂)을 휘둘러 서로를 공격해, 상대의 영혼이 자신을 능가하면 조금 전과 같은 침식이 발생한다.

 그리고 마음이 꺾이면── 조종간에 생긴 균열이 나타내듯, 코어도 파괴된다(꺾인다)…….

 아아…… 그야말로 『취향의 육박전(靈魂)』이 아닌가……!!

 기체는 부서지지 않고 안전. 그러나 자칫하면 석상도 가리지 않는 거유 지상주의에 물들 것이다!!

 ……죽는 게 나을지, 조금 고민되는 수준이었다……!!

《……하…… 이건 말이 안 되지……?》

그런 공포에 경계심을 드러내고 긴장하는 소라 일행의 기체에는 아랑곳하지 않고.

대치한 베이그의 기체는 진심으로 즐겁다는 듯, 이 한순간에 일어난 불가능에 대해 묻고 있었다. 그것은 곧——.

《일단, 빌어먹을 조카의 정령량이 '이 몸과 호각'이라니…… 말이 안 돼.》

그렇다—— 소라 일행이 모는 기체는 유일하게 베이그와 비견될 만한 옛 재능의 걸작.

초대 두령 로니 드라우프니르의 기체. 『거유신수』 없이도 베이그가 아니면 몰 수 없는 물건. 하물며.

《그런 거대 질량을 데미쉬프트 하고—— 그러고도 이 화력? 말이 안 되지?》

그렇다—— 바로 지금 막 베이그의 기체가 했던 것처럼.

소라 일행도 빛나는 참격이 기체를 가르기 직전, 베이그 기체의 후방으로 데미쉬프트를 시전해 회피했다.

그리고 전이 직후—— 두 팔의 개틀링이 불을 뿜어, 포탄의 비로 다음 공격을 견제했다.

그 탄막이 엄폐물이었던 폐허와 함께 베이그의 기체를 뚫어 발을 묶었다.

베이그와 같은 차원의 정령량이 아니고서는 불가능할 대화력의 포화에——.

《근데, 뭣보다도 말이 안 되는 건——》

그보다 불가능한 점이라며, 즐겁게. 그러나 흉포한 음성으로.

《반응하지 못한 상태에서 피하고 이 몸의 다음 공격을 요격하다니—— 무슨 수를 쓴 거냐?》

그렇다. 소라도 시로도, 물론 티르도 베이그 기체의 기동에는 반응하지 못했다.

하물며 참격을 완전히는 피하지 못해 몇 초—— 의식마저 환각에 사로잡혀 있었다.

그러면, 그 일련의 모든 것.

——반응도 의식도 못한 상태에서 기동한 트릭을 묻는 통신에——.

"하하, 게임에서 '말이 안 된다'고 했냐? 그럼 당연히 '속임수' 밖에 더 있겠어? ♪"

"……이 속임수…… 트릭…… 밝힐 수 있음…… 밝혀, 봐 ♪"

"저기요! 두 분 식은땀 삐질삐질 흘리면서 말하지 않는 게 좋지 말입니다?!"

여유로움을 가장한 소라와 시로의 도발을 쓸데없는 발언으로 망쳐버린 티르와.

《하!! 좋다 이거야……. 너무 쉽게 트릭 까발려서 나를 실망하게 만들지 마라?》

그렇게 대담하게 말하며 자세를 잡은 베이그 기체로 인해, 주위의 공기가 다시금 긴장감을 띠었다.

그렇다…… 베이그가 따졌던 '말이 안 돼'에.

── '회피할 수 있었던 것'은 포함되지 않았다…….

말 그대로 탐색전. 회피해 마땅한 일격임을 이해할 수밖에 없는 긴장감.

이제부터는 진짜로 가겠다고. 다시 공격을 가하고자 베이그의 기체가 땅을──.

《──근데 그 전에.》

박차나 싶더니, 일말의 망설임도 없이──.

《안 들킬 줄 알았냐, '빌어먹을 소재^{습가}── 내가 우습게 보이냐아?! 아앙?!》

──오히려 어떻게 알아냈는지.

베이그는 느닷없이 기체의 왼쪽 주먹을 휘두르며 외쳤다.

────7,000미터 이상 저편에서 마법── 빛에 육박하는 속도로 날아든 포탄.

게임 개시 직후에 숨었던 크라미와 필의 기체가 짊어지고 있었던── 거포.

오버드 웨펀에서 터져 나온, 방심한 찰나의 저격. 인식조차 불가능해야 할 마탄이었으나.

역시 '왠지 그냥'이었겠지만── 베이그는 보였던 그 탄도를, 주먹으로 요격했다.

──포탄을 요격하는 철권. 충돌── 섬광. 그리고 충격파로.

주위 일대의 폐허가 쓰러져 나가는 가운데 홀로 유유히 서 있는 기체^{베이그}에게서 흘러나온──.

《……아, 그렇구나아~…… 이 몸은…… **살 가치도 없는 구더기였구나아…….**》

그 우울한 통신이, 모두의 귀에 들렸다…… 그러나 그것도 한 순간———.

《———으허억! 위험했잖아, 이 썩어빠진 소재야! 뭔 짓이래, 하마터면 정신 나갈 뻔했잖아, 아앙?!》

이어진 두 번째 포격을 간신히 회피할 정도로는 회복해.

명확하게 공포와 조바심을 담아 부르짖는 베이그에게 대답하는 통신.

《뭐긴요오? 영혼을 서로 겨룬다면서요——— 나의 취향을 날렸을 뿐인걸요오♡》

다시 모습을 나타낸 기체, 필의 통신에 소라 일행은 새삼 전율했다.

그렇다——— 이것이…… 이 가공할 게임…….

그야말로 '취향의 육박전' 이었으며——— 이처럼……!!

순간적으로 베이그를 우울증에 빠뜨렸던 『영혼』이 고한 말은———.

《두더지 같은 건——————『생리적으로 무리♡』랍니다 ♪》

———가타부타 순도 100퍼센트 직구로 모조리 부정하는———

'생리적 혐오' 였다…….

베이그가 구체적으로 무엇을 보고 무엇을 생각했는지——— 소라 일행은 알 수 없었으나.

《너 혼자 주제가 다른 거 아냐?! 졌다간 이 몸이 정신적으로 죽을 수도 있잖아 짜샤?!》

《마침 잘됐네요오? 제가 이기면~ 어차피 그렇게 명령할 거니까요오♡》

스스로를 자기혐오에 빠뜨린 강렬하기 그지없는 영혼에 전율하며 부르짖었으나──── 문득.

────주위를 흘끔 살피고, 머리 위를 우러러본 베이그는.

《……하. 뭐── 역시 그런 거였구만?》

모습을 감춘 소라 일행의 기체, 일방적으로 자신의 위치를 파악하고 있는 필에게.

《……하긴, 기체는 어떤 거든, 몇 대는 상관없고── 대회장에 손을 대면 안 된다는 규칙도 없었지……? 그러니까 대회장도 시합 직전까지 비밀로 했을 테고── 아앙?》

이처럼 속임수 중 하나를 쉽게 간파한 통신에, 소라 일행은 등줄기를 부르르 떨었다.

──미리 데미쉬프트 앵커를 박아났기에 초격을 회피할 수 있었음을.

마찬가지로 대회장 내에 숨긴 '개틀링 탄약' 을 보급하던 소라 일행은.

《대회장 자체가 네놈들의 기체──『사냥터』라고 해야 하나? 하…….》

하지만 '왠지 그냥' 으로 그 정도는 간파하리라 이미 예상한 바.

그렇기에 소라 일행이 등줄기를 떨었던 것은 트릭 하나가 밝혀져서가 아니라.

《……이 몸을 '사냥감'으로 생각하다니—— 너무 기어오르는 거 아니냐…… 이것들아.》

이처럼 흉포하게 이를 드러낸 얼굴이 또렷한 환영으로 보였기 때문이었다————.

■ ■ ■

그렇다—— '대회장에 손대서는 안 된다'는 규칙은 없었다.

그리고 전국에 중계되는 대회장의 영상—— 적의 위치를 친절하게 가르쳐 주는 영상을.

콕핏에서 '참가자가 보아서는 안 된다'는 규칙 또한—— 마찬가지.

이리하여 소라 일행의 기체와 베이그의 기체가 본격적으로 교전에 나선 모습을.

동력을 멈추고 정령반응을 지운 채, 폐허 뒤에 잠복한 골렘 속에서.

크라미와 필은—— 심각한 표정으로 관찰하고 있었다.

——원래 기체 스펙으로도 조종기술로도 승산은 없었다.

그렇기에 기체에 새긴 각인술식은—— 기체 스펙업과는 전혀 상관이 없었으며.

오버드 웨폰—— 오로지 화력에 특화된 《저격포》만을 돌리기 위해 모든 것을 쏟아부었다.

필이 전심전력을 걸고 편찬한 각인술식으로, 극한까지 포탄을 가속시키는 마포(魔砲).

그리고 베이그를 압도할 수 있다고 단언한, 필의 강렬한 '영혼' …… 혐오.

이 두 가지 『비밀병기』는 실제로—— 멋지게 베이그를 침식시켰다.

그렇다. 소라 일행과의 '거래' 대로, 이쪽에도 충분한 승산이 있다.

모두 예상했던 바. 그렇기에 크라미와 필은 화면을 향해 속으로 독설을 퍼붓고 있었다.

———— '저 엉터리 같은 놈들' 이라고…….

그렇다, 엉터리였다. 예상은 했을지언정 이해할 수는 없는 부조리였다. 이를테면——.

《으하아!! 탄환의 위력은 대단하다만—— 가볍구만, '영혼' 이!!》

번개처럼 천장에 꽂은 앵커를 향해 데미쉬프트하는 기체.

이어서 《거대 검》을 무수한 《곡도》로 바꾸어 무수한 곡선 궤도를 그리며.

폐허를 누비듯 날아, 그곳으로 종횡무진 데미쉬프트 하는—— 베이그.

혹은, 이를테면——.

《기체에는 닿아도 마음에는 안 닿는다고!! 영혼의 목소리는 어디 있나?!》

시인이 불가능한 속도로 날아드는 무수한 《곡도》를 회피하는 기체.

어느 것이 앵커인지 알아내는 것도, 데미쉬프트 후의 반응도 불가능할 공격을──.

《획일적 거유 말고는 인정하지 않겠다고 자꾸 빼빽거리면, 영혼의 목소리보다도 먼저 딴죽 걸고 싶어지거든?!》

《……빠야……! 딴죽, 보다도…… 쉬프트……!》

──어떻게든 알아내고. 어떻게든 반응했으며. 심지어.

등 뒤에 나타나리라 알았던 것처럼, 포탄의 비를 퍼부으며 울부짖는── 소라와 시로.

──어떻게 맞히고 있지?

크라미와 필의 저격── 아광속의 마탄조차 베이그가 방심했기에 명중했으며, 두 번째부터는 빗나가고 있거늘──.

《너희 그거 아냐?! 습가의 취향은 자신의 크기에 비례하는 법이다, 이 소심한 자식아!!》

《아~ 그러셔! 그럼 네놈은 자신감 과잉이겠네!! '좀스러운 놈' 아, 겸손할 줄 알아라!!》

《뭐야?! 이 몸은 BIG하시단 말이다, 짜샤아!! 작은 건 네놈이겠지!!》

《그릇 얘기다! 너 지금 거시기 작다고 한 거냐?! 자자자작지 않거든?!》

베이그의 기체가 회피할 수 없는 자세를 취한 한순간을 당연하다는 듯이 꿰뚫어보며 사격하고.

심지어 소라 일행의 기체가 등진 건물 뒤 사각에서 건물과 함께 일도양단하는 참격을——

《헹!! 그럴때 '크다' 고 말 못하는 게 작다는 증거다!!》

《……빠야……! ……정론, 에…… 귀, 기울이면…… 안 돼.》

《정론이라고 긍정하지 마, 시로!! 오빠의 진짜도 모르면서——알아도 문제다만?!》

——대체 지금 그걸 어떻게 피했지?

보일 리가 없다. 반응조차 불가능해야 한다.

아무리 소라와 시로라 해도 몸은 평범한 인간——!!

하물며——!!

무너지는 건물 속을 누비며 육박하는 베이그 기체의 주먹——회피가 한순간 늦어져.

직격당한 후에 전이한 기체에서 날아든 통신이야말로 도저히 이해할 수 없다고, 크라미는 마침내 신음했다.

그 내용은————!

《～～아자아 문제없어어!! 겟아웃히얼, 거유지상주의자!!》

《보, 본인도! 아, 아직 할 수 있지…… 괜찮지, 말입니다아!!》

——어떻게, 버틸 수 있는데.

어떻게 하면, 그렇게까지, '거유를 거부할 수' 있어——?!

자신 같았으면—— 첫 일격에 코어가 산산이 부서졌을 텐데——!!

이처럼, 무엇보다도 거유의 유혹에 버티고 있다는 불가능에, 크라미는 내심 절규했다.

있을 수 없어. 이상해. 이게 평범한 이마니티? 평범한 인간?!
저건 절대로 인간이 아니다── 평범한 사람이라면────!

《……빠야…… 왜, 시로의 가슴, 부정, 해……?》

《────────네? 뭐, 시로?》

그렇다…… 평범한 사람이라면── 이렇게 되는 것이다.

유혹을 견뎌내지 못했던 시로의 서글픈 통신이 크라미의 생각에 대답했다.

──그래…… 하마터면 잊어버릴 뻔했어.

크라미가 미소 짓자, 그것만으로도 그녀의 뜻을 알아차리고 필이 기체를 순식간에 재기동했다.

그래…… 소라와 시로는 단순한 인간. 망설일 줄도, 실패할 줄도 아는, 평범한 인간이지…….

크라미는, 오빠에게 '궁극의 질문'을 들이대는 시로의 목소리에, 그렇다. 안도하고 있었다.

《……빠야는, 로리콘이니까, 그렇지……? 절벽이, 좋은, 거지……? 하지만, 시로, 성장해서 가슴이 커지면── 싫어할, 거야? 시로…… 버릴, 거야……?!》

──'어른이 되면 어떡할 거냐' ……고.

그러한 로리콘의 숙명적 문제. 궁극의 질문을 던졌으나──.

《그. 러. 니. 까! 로리콘 아니라고 했지?! 그리고!! 시로가 거유가 되든 할머니가 되든 아예 남자가 되든!! 오빠가 시로를 싫어하겠냐——**아악, 울지 마?!**》

곤혹스러워하는 소라와 달리, 크라미는 시로의 마음이 손에 잡힐 듯이 이해되었다.

——그래. 시로는 베이그의 영혼에 당해서 일시적으로 동조하고 있을 뿐.

그 말은 본의가 아니다. 그러나—— 본심이 전혀 없는 말도 아니다…….

이를 눈치챘기에 소라는 당혹스러워하는 것이다. 그리고,

《잠, 깐—— 두, 두령님이! 두령님이 오지 말입니다아아아?!》

혼란에 빠진 소라 일행의 기체에 추가타를 가하려는 베이그의 기체를 조준하고—— 생각했다.

그래……. 어차피 가짜 가슴. 어디까지나 가슴뽕과 마찬가지.

——아무리 넣어도, 없는(강해저도) 자가(악한) 있는(강한) 자가 되지는 않아……. 그렇기에!!

어차피 열등감을 씻을 수 없다면.

가슴이 크든 작든 본질은 마찬가지라면————!!!

"그렇다면—— 당연히 가슴이 있는 쪽이 더 좋은 거잖아?!"

한순간에 시로를 이해하고 방아쇠를 당긴 크라미의 손가락

은, 소라의 이해를 넘어섰다.

──8,204미터. 정령반응조차 없애고 몸을 숨긴 기체의──

엄폐물（건물）과 함께 관통하는 저격.

빛에 가까운 속도로 날아드는, 알 수도 없고 피할 수도 없는 마탄── 그러나. 이번에도.

《──흐하아!! 똑같은 수가 두 번 통할 거라 꿈꾸고 있냐아?! 빌어먹을 소재가（승가）!!》

크라미를 제외하고는 유일하게 알아차린── 아니. 이번에도 '왠지 그냥' 이었겠지만.

발사보다도 빠르게 탄도를 읽은 베이그의 기체가, 방아쇠를 당기기 전에 도약해── 회피했다.

피할 수 없는 것을 피한다는, 모순을 알리는 통신. 그러나 이에 대답하는 필의 목소리에도 놀라움은 없었으니──

"네, 그럼요오~? 그야 이건~ 처음 쓰는 수거든요오~♡"

'알 수 없는 것은 몰랐던' 베이그를 조롱하는 웃음으로 대답한── 것과 동시에.

《으허어억누구허락받고인간님의생존권에있는거냐너?! 꺼져라 사악한 검은 악마여!》

《……히익?! 어, 얼른 신문지…… 슬리퍼── 사, 살충제!》

《역시 본인이 옳았지 말입니다! 두령님 바퀴벌레보다도 징그럽지 말입니다~~!!》

베이그가 회피한 탄환이 꿰뚫은 곳── 소라네의 기체에 꽂힌 필의 영혼에.

소라와 시로, 티르까지도 순식간에 침식당해 비명과 함께 개틀링의 폭음을 터뜨렸다.

……일시적으로 필의 영혼, 다시 말해 사상에 물들어버린 소라 일행…….

그들의 탄환을 뒤집어써── 필의 탄환과 다를 바 없는 공포와, 무엇보다도──.

《너 이쉑── 이, 이 썩어빠진 소재^{슴가}가?! 넌 이 몸을 대체 얼마나 미워하는 거야?!》

조카에게 검은색 해충보다도 징그럽다는 소리를 듣고 상심을 호소하는 사내의 비명은.

그저 꿋꿋하게! 무시하고, 크라미는 다시 잠복하고자 기수를 돌렸다.

──무슨 야바위를 써서 소라 일행이 베이그와 상대하고 있는가?

뭐가 됐든 그것은 자신들이 흉내 낼 수 없는 일. 뭐가 됐든 상관없다.

소라 일행이 '거래' 대로 움직여 준다면── 이쪽도 호응해 줄 뿐!

다시 말해── 그것까지도 이용해 이길 뿐이다──!!

"챙길 것만 챙겨가겠어! 내 희망^{가슴}을 위해 희생해, 소라……!!"

■ ■ ■

크라미의 비극적인 눈물과 목소리를 끌고, 폐허의 어둠 속으로 사라진 골렘의 영상을.

대회장에서 조금 떨어진 어스름한 구멍 밑바닥에서── 싸늘한 눈으로 바라보는 소녀가 있었다.

"……어~ 그러면…… 우리, 정리해 볼까요?"

그 소녀는 지브릴이 무릎을 끌어안은 채 쪼그려 앉아 모니터를 바라보던 티르의 아지트에.

게임 개시 직후 이미르아인에게 이끌려 나타난 스테프였다.

지브릴에게서 일련의 사정설명을 듣고.

모니터 화면을 뚫어져라 보는 이미르아인을 내버려 둔 채.

"소라네는 타국이 전 재산을 털어서라도 사야 할 『약(독)』── 다시 말해 상황을 만들었단 말이죠."

"이 고철은 '집을 지켜라' 라는 마스터의 명령도 지키지 못했다는 말이옵니까."

"다시 말해 전혀 할 필요도 없는 게임인데── 그래도 받아들였다고요?"

"【눈물】: 명칭불명 여성의 협박. 치명적 위협(크리티컬 쓰렛). 본 기체의 최우선사항은 주인님의 신변. 따라서 해당 위협의 회피. 주인님의 명령보다도 우선. 플뤼겔도 동의할 터. ……본 기체 잘못한 거 없어."

"——저기, 누구 내 얘기 좀 들으라고요!! 그리고 이름 있거든
요?!"

이렇게, 상황정리를 전혀 들을 마음이 없는 두 사람에게 목소
리를 높이고.

스테프는 (중략)이라고 속으로 중얼거리더니 가장 중요한 부
분—— 다시 말해.

할 필요도 없는 게임을 하고 있는 이유를 확인하는—— 절규
를 질렀다.

**"외상은 친구만 받아주니까?! 그래서 거유 싫어하는 사람이
랑 친구는 될 수 없다고 도발을 당해서?! 거유가 좋으니 마느니
떠드는 게임——?! 하든가〜〜 말든가요오오?!"**

……국민이 들으면 쿠데타가 아니라 이번에야말로 시민혁명
이 일어날 것 같다.

아니, 이미 누구보다도 스테프 자신이 일으킬까 하는 생각도
들기 시작했지만!

지브릴과 이미르아인은 그저 나란히 연민의 눈으로 대답했다.

"도라이양, 언제 봐도 든든할 정도로 얄팍하게 표면밖에 보지
못하는군요…….."

"【난해】: 명칭불명 여성은 정치 및 경제에서는 천재적. 동 카
테고리의 게임에 한해 극단적으로 무능. 이해불능. 【각설】: 주
인님에 대한 몰이해는 파악. 사랑받을 자격 없음. 이 연애에서
물러날 것을 추천."

"사, 사퇴고 자시고 나는── 아니 그러니까 이름 있거든요?! 스──."

얼버무리고자 이름을 대려 했지만, 이를 가로막은 지브릴의 말에 스테프는 흠칫 숨을 멈추었다.

"두 분 마스터께서 처한 현실은 원래 세계── '과거 청산'[외상] 이옵니다."

"──────!!!"

──소라와 시로의, 과거.[디스보드] 이 세계에 오기 이전…… 원래 세계의 두 사람.

마음에 둔 적이 없다고 하면 거짓말일 것이다. 왜냐하면.

스테프는 상상해 보았다.

이를테면 자신이 느닷없이 이세계에 내팽개쳐진다면 어떤 생각을 할까…… 하고.

……돌아가고 싶을 것이다. 미련, 향수 정도는 있을 것이다.

하지만 그 두 사람에게는 그것이 전혀 없다── 말하려고도 하지 않는다.

그러므로 스테프도 물어서는 안 된다고 계속 생각해 왔다…… 왜냐하면.

올드데우스조차[신] 가지고 놀았던, 둘이서 하나인 남매는……

마음만 먹으면 분명── 뭐든 할 수 있을 두 사람이,

구태여 말하지 않는 과거라면──……

"심지어 '왜 도망쳤느냐.' 하는 어리석은 질문이었으니. 도발에 응했을 뿐이옵니다."

"――어, 어리석……나요?"

실례되는 억측을 끊어준 지브릴의 말에 내심 감사하며.

어리석다고 단언하는 이유를 묻는 스테프에게, 그것이야말로 어리석은 질문이라는 양――.

"애초에―― '과거를 청산' 하려면 무엇을 해야 하옵니까?"

"【진리】: 엑스마키나의 과거. 죄. 청산. 없었던 일이 되진 않아. ……해선 안 돼."

"소인들이 서로를 죽이고자 싸웠던 대전. 과오였을지도 모르는 과거가 있었기에, 현재가 있는 것이옵니다."

"【동의】: 과거를 받아들인다. 그리고 희망한다. 우리가 두 주인님에게서 학습한 것."

――그렇게…… 담담히 이어지는 말을.

스테프는 가슴에 치밀어오르는 무언가에, 눈물이 떨어지려는 것을 열심히 참으며 들었다.

――플뤼겔과 엑스마키나…… 과거에는, 무엇과도 바꿀 수 없는 존재를 서로에게 잃었던 자들.

맹약 후의 세계를 살아가는 스테프 따위는 감히 헤아려보는 것조차 실례가 될 만큼 장절한 과거…….

그런 두 종족이, 지금도 서로 반목하고 대립하면서도――.

과거를 받아들이고, 인정하고―― 용서하고…… 같은 희망을 보고 있다는 사실에.

"그렇다면 두 분 마스터께서 과거로부터 도망친 이유? 이보다도 어리석은 질문이 어디 있겠나이까."

"【단정】: 두 주인님이 패배한 채 수긍할 확률. 구태여 명시. 산출—— '제로'."

——그러므로.

——바라건대.

두 종자가 나란히 이은 말.

"소인의 모든 과거는 두 분 마스터와 만나기 위해 있었다고 단언할 수 있는 지금과 마찬가지로."

"【선언】: 두 주인님은 본 기체들과 만나기 위해 도망쳤다. 그런 과거가 되는 거야. 그렇게 만들고 말 거야."

——기도하는 듯한 그 말에, 스테프의 뺨에는 마침내 한 줄기 눈물이 흘러내렸다.

그리고—— 다시금 지브릴이 모니터를 가리켰다.

"그러기 위해서라도—— 이 게임은. 지극히 중대한 게임이 되는 것이옵니다."

《그만 솔직해지시지!! 네놈은 자신이 없으니까 거유(슴 가)에서 도망친 거잖아?! 아앙?!》

《시꺼!! 가슴 마니아(게 이 머)를 자청할 거면 거유 말고 인정하지 못하는 풍조는 갖다 버려(코어 게임)!!》

"…………이렇게~ 거유가 좋니 싫니 하는 논쟁이요……?"

감동의 눈물도 순식간에 바싹 말라버릴 만큼 분위기 싸해지는 발언의 응수.

그러나.

"【탄식】: ……해설. 본 게임에서 주인님의 주장. 거유의 옳고 그름이 아님."

"도라이양? 마스터께서 한 번이라도 '거유가 싫다'고 말씀하셨습니까?"

——그러고 보니!

두 사람의 말에 스테프는 화면에 시선을 되돌렸다.

——베이그나 필의 영혼에 침식당한 반응은 특징적이다.

하지만—— 소라와 시로의 영혼을 받은 반응은? 아니, 애초에……!

"그랬, 어요……!! 애초에 소라는—— '딱히 거유를 싫어하진 않았어요'!!"

그렇다, 소라는 로리콘. 이제는 유일신의 존재보다도 의심할 여지는 없다고.

스테프도 잊을 뻔했던, 잊을 수 없는 소라와의 첫 만남——!!

"저 남자! 나의!! 그게, 가……가슴을! 주물러뎄다고요!!"

두근거리는 고동과 얼굴의 열기는 분노 탓이라고 해석하며 스테프는 외쳤다.

그렇다…… 스테프가 아는 저 남자는—— 솔직히 까놓고 말해 뭐든 좋을 것이다.

당당히 목욕탕을 도촬해 반찬으로 삼겠다는 망언을 서슴지 않는 남자니 새삼스러울 것도 없다!

그렇다면── 사실은 무슨 말을 하는 거냐고 묻는 스테프의 시선.

그러나──.

"⋯⋯⋯⋯허어? 도라이양, 그 말은 금시초문입니다만?"

"【확인】: '나야말로 거유'라는 과시라 추정. 또한──."

──직후.

붉어졌던 얼굴을 순식간에 창백하게 만드는 두 목소리가 무감정하게 이어졌다.

"마스터께서 사용해 주신 적이 있다고⋯⋯ '빈정대는' 것이옵니까♡"

"【명령】: '자학풍 자랑'의 신속한 상세 내용 제시 요구. 거부는 권장하지 않음. 아프게 할 거야."

──소인조차.

──본 기체조차.

아직 써 주지 않았거늘⋯⋯? 이라면서.

말과 시선에 물리적으로 꿰뚫리는 착각이 들어 반쯤 기절한 스테프는.

"【보류】: ⋯⋯본 안건이야말로 문제. 주인님은 자신에 대해 많은 것을 말하지 않음."

"그러므로 이 게임에서 중요한 것은 마스터의 과거^{外傷}보다도──"

현재이옵니다.”

　그렇게 말을 이은 두 쌍의 날카로운 눈이 암암리에 말하는 것을 분명히 들은 기분이었다.

　……정말로 깨닫지 못한 거냐, 스테파니 도라.

　그런 소라가. 그런 남자가―― 이만한 여성진에 에워싸였음에도.

　자발적으로. 자신의 의지로. 스스로 나서서.

　――가슴을, 주무른 것은.

　――――너 하나뿐이란 말이다――――라고!!!!

　“……로리콘임은 확정사항이고, 이제는 가슴만 남았다고 판단했사오나…….”

　“【재고】: 이레귤러 데이터 추가. 주인님의 취향. 적합개체 중 비유녀자 확인. 재해석 개시.”

　지브릴은 책에 붓을 놀리고, 이미르아인은 째깍째깍 머리를 울리는 그 모습에.

　――그렇구나…….

　스테프는 목을 꼴깍 울렸다.

　소라가 정말로, 여자는 뭐가 됐든 좋다고 한다면, 왜 아무에게도 손대지 않았을까!

　아니. 이제 와서는 왜―― 스테프 한 사람이었는가 하는――

　현재 취향을 더더욱 생각해 봐야 한다는 말!

"아무튼 마스터의 이상이 무엇인지. 그것을 말하고 있는 영혼 —— 다시 말해 '현재(대답).'"

【중대】: 엑스마키나 잔존 클러스터도 판별에 이르지 못했던 주인님의 취향이 판명될 것임."

——빈유를 좋아한다면, 즉시 자신을 빈유로 다시 만들겠노라고.

——로리 취향임이 확실시된다면 영원히 로리가 되겠노라고 결의를 밝히는 두 사람이.

그렇다—— 자신들과 만나기 위한 과거였다고 단언케 할 미래를 위해——!!

마침내 신화가 될 날을 대비할 때는 오늘이라고 확신을 고하는 모습에, 스테프는 생각했다.

——아마 판명되지 않을걸요, 라고…….

아니, 일련의 사항을 머릿속에서 총괄해 보고, 스테프의 의구심은 확신으로 바뀌었다.

소라는 역시 뭐든 좋은 것이다—— 아니. 그저—— 아무래도 좋은 것이다, 라고.

하지만, 그렇다면—— 과거를 청산할 수는 없으며(없앰). 정당화해서도 안 된다.

과연. 두 사람의 선언대로, 언젠가 자신들과 만나기 위한 과거로 만든다 하더라도.

그렇다면—— 오늘은? 두 사람은 어떤 영혼[대딤]을 제시해 승리할까…….

그렇게, 스테프는 살짝 목을 울리며, 두 사람과 함께 진지한 눈빛으로 화면을 바라보았다.

——실제로는.

왜 자신만 가슴을 주물렀는지.

여기에만 관심이 쏠리고 있다는 자각도 없이, 아아…… 진지하기 그지없는 눈으로——…………

■ ■ ■

그러나—— 스테프가 바라보는 화면 안에서.

대회장을 달리는 기체 속—— 콕핏 내부에서는.

티르야말로 누구보다도 의문에 허덕이고 있었다.

베이그와 맞서는 두 사람의 뒷모습을 멀게 느끼며—— '대체 어떻게'……라고.

……상상한 적도 없었던 영장의 사용법을 보고, 막연히 생각하고 있었다…….

《헹, 이제야 겨우 알겠구만……? 말도 안 되는 것들의 트릭이!!》

콕핏에 울려 퍼진 통신과 여기에 담긴 흉포한 홍소에도…… 아아……

베이그의 정령량도, 필의 술식편찬 능력도 없는 티르가.

베이그를 따라잡을 만한 탄속, 심지어 기체의 발을 묶어놓을 만한 탄막을——

《이 말이 안 되는 화력^{위 력}. 촉매를 일부러 폭주시켜서 소모품으로 쓰는 거구만?!》

그렇다—— 소라와 시로의 조종으로 개틀링 탄환의 비를 맞고 있는 베이그가 간파한 그 내용은.

"뭐야, 그 트릭 얘기였어?! 오히려 이렇게 하는 게 보통이지~ 상식적으로!!"

"…… '마법으로 탄환 가속' 이니 뭐니…… 뉴턴의 운동 제3법칙…… 너무, 무시해……."

그렇게 웃으며 대답하는 두 사람의 표현을 빌리자면, 그것은 이세계에서 사용하는 '대포' 의 상식이라고 한다.

…… 영장으로 부스트하지 않고서는, 정령량이 부족한 티르는 마법 하나 제대로 쓰지 못한다. 하지만 그 부스터조차 제어하지 못해 폭발하고 만다며 탄식했다.

그런 그녀에게, 두 사람은 이렇게 말하며 웃었다.

——왜 제어하려고 그래.

——폭발한다고? 좋네. 폭발시키면 되지.

이리하여 '약협' 속의—— 의도적인 파탄과 폭발에 의해 발사된 탄두체는.

음속의 24배—— 베이그조차 눈으로 인식하기 어려운 탄환으로 변해 날아들었다—— 그러나…….

《하아, 미안하구만? 그럼—— 가장 말이 안 되는 거.》

그렇게, 베이그가 비아냥거리듯 통신을 날림과 동시에.

이제까지 비할 데 없이 정확하게 베이그의 기체를 포착했던 탄환이—— 처음으로 하늘을 뚫고.

티르조차 볼 수 없을 만한 거동으로 번뜩인 베이그 기체의 참격을——.

《그쪽—— 반응하지 못하는 상태에서 대처하는 '진짜 트릭'을 까발려도 될까?》

두 사람이 모는 기체는 데미쉬프트로 쉽게 회피하고 거리를 벌렸다.

간발의 차이로 이쪽의 포격을 피하는 베이그의 기체에, 다시 회피하고 반격하며 교차하고——.

소라와 시로의 등이 하염없이 멀어져 가는 감각에 티르는 다시 표정을 어둡게 물들이며 생각했다.

——어떻게 이걸 피할 수 있지?

——어떻게 탄을 맞힐 수 있지?

보일 리가 없는데. 반응하지도 못할 텐데.

아무리 소라와 시로라 해도 몸은 이마니티^{평범한 인간}인데——.

하지만 그런 스스로의 물음에, 티르는 대답할 수 있었다. 대답을 모두 알고 있으니까.

——피하는 것이 아니다.

베이그의 공격이 꿰뚫은 미래^{장소}에, 단순히 기체도^{두 사람} 없을 뿐이다.

──명중시키는 것이 아니다.

기체가 탄환을 날리는 미래(장소)에, 단순히 베이그가 있을 뿐이다.

궤변이나 말장난에 가까운 그것은── 그야말로『속임수』일 것이다.

거동도 반응도 한발 늦는다. 그렇기에 티르는 두 사람의 요구대로──.

《──너 이 자식들…… '움직이기 전에 움직이고' 있었구만──?》

그렇다── 모순된 확신에 따라, 대담한 목소리가 밝힌 대로(왠지 그냥).

티르는── '선행입력' 이 가능하도록 조종간을 만들었다.

선행입력…… 요컨대 '커맨드' 다.

다시 말해, 베이그가 처음에 펼쳤던 일격을 회피한 트릭은.

──베이그가 공격한다고 선언했던 그 한순간 전에, 이미.

전이해서 회피, 미래(베이그의)의 위치를 향해 반전, 발포까지 커맨드 입력을 마쳐놓은 것이었다…… 그뿐이다.

그러나 지금도 속속, 계속해서 다음 미래까지 입력해 천재(예지)와 맞붙고 있으니, 그것은.

절대적인 강자(베이그)의 감성에만 보이는 미래와는, 다른 미래를.

한 수 웃도는 미래를 보고 있다는── 아니. 그때마다 다시 만들어내고 있다는 뜻.

──그게 그냥 속임수? 이게 그냥 약자(인간)……?

소라와 시로(두 사람)에게 보이는 것이. 자신에게는 보이지 않는다. 상상도 할 수 없다. 무엇보다──.

《그럼 읽힐 걸 전체로 움직이면 그만이라는 소리지이──?!》

"스스럼 없는 천재 이론 감사!! 쳇── 이제부터가 진짜다, 시로! 할 수 있겠냐?!"

"……응……! 입력 캔슬…… 빠야, 근성으로…… 피해!"

시로의 계산과 소라의 활약. 예측과 유도, 전술과 전략에 의한 선행입력.

그런 것들을 총동원해 '계속해서 선수를 잡아 나가서', 간신히 대처할 수 있었던 거동이었는데.

트릭이 들켜 후수로 밀려나면── 대처할 수 없게 될 것이 뻔하다.

하지만 티르는 무엇보다도──.

코어에서 전해지는 소라와 시로의 감정을 이해할 수 없어, 그저 두 사람의 등을 바라보고만 있었다…….

──극한의 긴장과 초조함 속에서도, 어디까지나 즐겁게.

이를 아득히 웃도는── 철처하게 놀겠다는 '향락'에 타오르는 소라와 시로의 마음에.

……문득.

티르는 두 사람의 등이 사라지고 멀어져 가는 감각을 느꼈다.

그리고 마침내, 좁았던 콕핏 속에서.

──푸르고, 높은…… '하늘'의 환영을 보았다.

그것은 어렸을 적에 보았던…… 그 하늘이었다.

언제부터였을까…… 보이지 않게 되었던, 바로 그 하늘……

이었다…….

같은 콕핏, 같은 핵매, 같은 기체를 모는 두 사람이 없는…… 하늘에……

티르는 마침내 눈을 내리깔고…… 체념의 웃음과 함께……
실망(이 해)했다.

──자신은 소라의 말대로, 밑바닥조차 아니었음을…….

두 사람은 역시 날 수 있었다…… 까만 하늘을 춤추는, 하얀 새였다…….

이런 일이 가능한, 이렇게나 높은 경지를 갈 수 있는 것이 약자라고 한다면.

역시 재능은 넘어설 수 없다…… 최약이라는 재능 또한.

──자신에게는, 꼭대기도 밑바닥도 똑같이…… 너무나도 먼 곳이었다.

《그럼, 남은 '말이 안 돼' 는── 딱 하나밖에 없구만…….》

그렇게 울려 퍼진 목소리도. 그에 이어진── 코어에 퍼진 균열의 감촉도, 그저 멀게만……

마침내 소라와 시로의 조종을 따라잡은 철권에 얻어맞아 땅에 떨어진 기체도──.

"아아아아…… 꼴사납, 게……. 거유 지상주의는 절대 인정 못해에에."

"……빠, 빠야…… 시, 시로…… 정말, 로…… 가슴…… 안돼?!"

그렇게 거유 사상에 저항하는 소라와 시로의 목소리도.

이쪽을 내려다보는 베이그의 기체를 비추는, 콕핏의 영상도, 질문을 던지는 목소리도 전부…… 멀게만……

《……그렇게 할 수 있으면서, 네놈들…… 왜 도망쳤냐…….》

……나무라는 것도 책망하는 것도 아닌, 실망조차 아닌 투명한 물음.

그러나 티르가 대답할 수 있을 리도 없었으며, 아무도──

그 순간.

《──그것들 집요하구만…… 이거 지금 진지한 장면이라고. 분위기 파악 좀 해라, 분위기…….》

이번에도 '왠지 그냥' ── 베이그는 아광속으로 밀려드는 포탄을 예감^{확인}했다.

떠올리기만 해도 우울해지는 영혼, 그렇기에 회피가 필수인 짜증 나는 영혼에 투덜거리며.

유유히, 겨우 한 걸음…… 옆으로 미끄러──.

《게다가 네놈들은 완전히 외부인 아냐^{상관없는 놈들}……. 영혼도 이미 다 알───────아앗?!》

──지려 했던 베이그의 기체에──.

음속도, 광속도, 모든 것을 뒤로 할 정도의 가차 없는── 무한속도로.

공간마저 초월해, 폐허를 무너뜨리는 충격파를 이끌며 도달해.

베이그의 기체 가슴 부분을 완벽하게 포착하고 수백 미터를 굴려버린 직격탄은━━.

《……아♡ 그렇~구만.『데미쉬프트 탄환』이란 말이지…….
그러고 보니 엘프 님은 앵커 없이도 데미쉬프트를 할 수 있었으
니깐……. 크윽, 바퀴벌레 같은 이 몸은 불가능한 발상━━ 그
게아니지이이것들아아!!》

━━그럼에도 베이그의 마음을 꺾지는 못했는지.

《~~자식들아, 작작 좀 하라고! 진짜 아작을 내버린다 머저
리 천치들아!!》

한순간의 우울중에서 벗어나, 두 번째로 날아든 탄환을 회피
한 베이그의 분노가 하늘을 찔렀다.

하지만 그 틈에 간신히 일어난 소라 일행의 기체를 흘끔 보고.

《…………아아…… 그렇구만……? 네놈들은 '미끼[디코이]' 였어.》

━━그렇게, 마치.

《네놈들의 영혼을 들으려면, 우선 저쪽을 부숴야겠는걸.》

그렇게, 모든 것을 내다본 듯한 목소리로, 웃음과 함께.

《좋아. 그럼 이걸로 놀아주지. 1분 있다가 돌아오마.》

소라 일행의 기체를 엄습하는 무수한 《곡도》와 푸른 빛을 남
기고, 베이그의 기체는 도약했다.

■ ■ ■

그리고 아득히 멀리, 무수한 꽃으로 장식된 골렘은 이미 숨지
도 않은 채.

하늘 아닌 천장을 찌르듯 솟은 신화로를 등지고, 파일럿——

크라미는 혀를 한 번 차며 생각했다.

——『데미쉬프트 탄환』…… 그것은 세 번째『비밀병기』였다.

그것도, 확실하게 해치우지 못하면 궁지에 몰려버리는 종류의—— 위험한 비밀병기였다.

당연한 노릇이다. 회피가 거의 불가능한 탄환을 쏠 수 있다는 사실을 적이 인식하면.

그 순간 최우선 타깃은 이쪽으로 바뀔 테고…… 또한——.

——이렇게 되지.

칼날이 날아들자마자 허공에서 출현한 은색의 유려한 기체.

스펙도 테크닉도 웃도는 적과 연결된 통신.

《……여어, 빌어먹을 소재들. 1분 안에 돌아가기로 약속했으니까, 미안하지만—— 당장 뒈져라.》

크라미는 쓴웃음을 짓고, 자신의 등 뒤에 탄 동승자에게 물어봤다.

"……피이? 저걸 상대로 일대일 승부…… 얼마나 싸울 수 있을까?"

"승부가 되지 않지요오~ 거래한 대로 '체크메이트' 인걸요오……."

억울하지만, 엄연한 사실. 원통하다고 대답하는 친구에게 크라미도 고개를 끄덕였다.

그렇다—— 체크메이트다. 알고 있던 바다.

접근을 허용하면 필패인 엉터리 같은 적—— 그것이 저 은색 기체, 저 괴물이다.

그렇기에—— '자신들이 패배할 때까지 소라 일행이 양동작전을 맡아 준다'……

——그것이 협력조건. 그것이 『거래』였다.

그리고 소라 일행은—— 믿을 수 없게도, 정말 거래대로 해 주었다.

승산은 사라졌으며, 자신들은 패배—— 그리고 그것이 소라 일행의 승리 요인이 된다……!!

…………그러나.

"피이…… 이젠 괜찮으니까……. 난, 이제 나 자신에게 거짓말을 하지 않을 테니까……."

이성과는 다른 그런 말이, 크라미의 입을 가르고 나왔다.

그도 그럴 것이—— '이길 작정으로 싸워도 된다'고 말했던 저 녀석들은, 저렇게나 재미있게 즐겼고————.

그렇다면. 그렇다. 이쪽도, 미련 따위 없다————!!

"피이한테도 이제는 거짓말 하지 않겠어. 나는—— 피이를 무서워하지 않아……."

그도 그럴 것이—— 어떤 자신이라 해도, 너무나 좋아하는 진짜 자신이라고 말해 준 그녀는.

"어떤 피이라도…… 내가 너무나 좋아하는 피이인걸!! 그러니까—— 진짜로 대답해 줘!!"

눈을 크게 뜨고, 만면의 미소를 머금은 그녀는── 아직도─
───!

"─── '진심' 으로 싸우면── 더 싸울 수 있겠지──?!"
"당. 연. 하지요!! '히든카드 제시'──시작이에요!!"

조금 이른 선언과 동시에── 네 번째 『비밀병기』가 두 사람의 몸을 휩쓸었다.

……그렇다…… 크라미를 두려워하게 만들지 않고자.

감정봉인── 둘이나 되는 술식에 할애했던 피이의 여력이 해방되고──.

《───────우웃?!》

동시에── 눈앞의 기체에서 폭발과도 같이 팽창한 감정에, 베이그는 순식간에 여유를 잃고 반사적으로 거리를 두며 자세를 잡았다.

……그 동작이, 크라미와 필의 온몸에 떠오른 '각인술식' 으로──.

체내시간이 가속되어, 저격포를 드로우 샷 자세로 겨눈 골렘에 탄 두 사람에게는, 지독히도 완만하게 보였다.

──해방되어 소용돌이친 감정은 해의가 아니었다.

살의도 아니거니와, 하물며 적의조차 아니었다.

그것은 넘어서는 안 될 선을── 절대 넘어서는 안 될 '세 번째 선' 을 넘어버린 존재에게 피이가 선사하는, 하염없이 순수한 감정.

──이제는 간단히 꺾이지 않으리라 확신하고, 크라미는 굳게 쥔 자신의 영혼을 생각했다.

그렇다, 사실은 알고 있었던…… 그저 거짓말을 했던 자신의 본심을(영혼)……

그것은 곧.

……애초에── '진짜 가슴' 이란 무엇인가…….

……지방이나 공기를 채워넣어도, 그래 봤자 가슴뽕── 가짜 가슴이라면. 그렇다면.

'진짜 거유' …… 그 가슴에는 무엇이 담겨 있단 말인가.

개념으로 채워도 거유(진짜)가 될 수는 없는, 빈유(자신)에게는 없는 무언가가 담겨 있단 말인가──?

간단한 이야기였다. 소라도, 거유가 되지 못한다고는 한마디도 하지 않았다.

오히려── 매일 풍유약을 먹으면 너도 거유라고 대놓고 단언했다.

될 수 있는 것이다. 거유가. 가짜 거유는. 그것을 자랑스러워하지 않는다면──

"──나의 조신한 가슴에는 말이지── 나의 '영혼' 이 담겨 있는 거야……!"

그렇다…… 가슴에는 영혼(자신)이 담겨 있는 것이다.

꿈이. 야망이. 거유를 추구하고 거유에 도전하고 발버둥 치는 ── 한 걸음 한 걸음이. 오기와 긍지가──!!

그렇게 자긍심과 함께 부르짖은 크라미에게, 해님 같은 미소로 필은 고개를 끄덕였다.

아아── 지금이라면…… 크라미도 알 수 있었다.

개념공명기──『거유신수』로 모두가 거유가 되었을 때.

────소라가 그렇게까지 화를 냈던 이유는.

……그저, 단순히──

"나의 크라미에게 멋대로 손을 대고는, 심지어 가짜라 부르기까지……."

어떻게 할까? 뻔하다── 그것이 두 사람의 내면에서 소용돌이치는 감정이었다.

──죽일 이유는 없다. 죽이기는 왜 죽여. 살아 줘야 하는데.

"……저지른 죄에 자각이 없다면~…… 뼈에 새겨 주는^{가 르 쳐 주 는} 수밖에요오……."

이놈에게 어울리는 것은 죽음이 아니다. 이해다. 즉──.

"……대체 무엇에 손을 댔는지──『반성』해야겠죠?"

── '바닥에 머리 박고 사과해. 그래, 너. 너 말야 짜샤.'

그렇게 말하는 압력의 정체는, 역시 이해하지 못했으나──

필의 전심전력마저 넘어서는 정령량에 빛이 뒤틀려 새빨갛게 물든 골렘을 보고.

베이그는, 그저── '왠지 그냥', 기체의 무게중심을 낮추며
──.

《……여, 1분 만에 돌아가기는 무리겠다…… 미안하지만 지 각할 거야.》

소라 일행에게 통신 한 통을 보내고.

마찬가지로 전심전력을 다해 응해야 한다고 알리는 센스에 따라, 빈틈없는 자세를 잡았다.

아아…… 각인술식과 영장에 관해서는 타의 추종을 불허하는 종족.

드워프—— 베이그 드라우프니르는, 물론.

당대의 정점. 무쌍의 강자지만——.

절대 잊지 말지어다. 특히 고도술식 편찬에서 타의 추종을 불 허하는 것은,

엘프—— 필 닐바렌도 마찬가지일지니.

정점에는 이르지 못할지언정, 손꼽히는 강자임에는 틀림이 없었으니.

——이리하여 대치하고, 정령과 향락의 소용돌이를 일으킨 두 기체는.

서로의 업보를, 서로의 카드를, 그리고 서로의 피를—— 영혼 안의 무언가를 걸고 자세를 잡았으며.

오랜 태고 시절의 맹세를 다하듯—— 미친 듯이 날뛰는 파괴 를 일으키며 맹약의 보호 아래 교차했다.

■ ■ ■

한편, 그 무렵── 그런 투쟁이 시작된 지옥은 내버려 둔 채.

소라의 의식은 낙원^{유토피아}을 떠돌며, 사랑과 평화를 구가하고 있었다…….

아아…… 시로, 티르, 지브릴, 이미르아인, 그리고 스테프는 말할 필요도 없고.

이즈나와 호로까지도, 풍만한 가슴을 수줍게 만져 달라 애원하고 있으니── 아아.

의심의 여지없는 유토피아에서, 미소녀들이 일제히, 달콤하게 속삭이는 듯한 목소리로.

──『응~? 뭐가 불만이야?』라고 묻는 모습에……

소라는『불만? 없는데?』하고 즉답했다.

불만이 있을 리가 없다고, 거유^{행복}에 감싸이면서 생각했다…….

그야 거유는 훌륭한걸. 일일이 말할 필요도 없지.

만지면 기분이 좋다거나. 성적 매력이 있다거나── 그런 저차원의 자명함은 말할 가치조차 없다.

초콜릿이 왜 맛있느냐는 질문에 '달아서'라고 대답하면 다들 머리를 절레절레 흔들겠지.

그렇다면 비터 초콜릿은 맛없느냐고. 단 게 좋으면 설탕이나 먹으라고 하리라.

거유의 매력이 어디에 있느냐── 구태여 한마디로 답한다면.

소라는──『기호성(記號性)에 있다』고 대답하리라…….

그렇다. 거유는 기호적인 것이다…… 까놓고 말해, 만져도 용납되겠다는 느낌이 들잖아?

거유를 만질 때의 의태어를 붙여보자.

──뽀요용. 출렁. 물컹── 왠지 모르게 세이프 아냐?

그러나 마찬가지로 빈유를 만질 때 의 의태어를 붙여보자.

──꼬옥. 비비적비비적. 몰캉── 가차 없이 범죄 같잖아?

고로 불만은 없다고!! 소라는 거유 미소녀들에 안겨 단언했다.

그야 난── 몇 번이고 말하지만…… 가슴을 정말 좋아……

하, 고…………?

──────………….

"**흐으아악?!** 어, 흐에?! 무, 무슨 일이 일어났던 거지 말입니까아?!"

그리고── 느닷없이 대회장 전체를 뒤흔드는 충격에 소라는 간신히 현실로 끌려왔다.

정확하게는, 충격에 흔들린 티르의── 가장 솔직하게는 올누드에 가까운 배의.

등에 맨들맨들하게 느껴진 고반발성 충격이 소라의 의식을 마하로 되돌려놓고──.

"**──으흐어어어억?! 위험했다아아아아──────!!!**"

음속을 넘어 밀려드는 《곡도》── 조금 전에 스친 하나를 간신히 회피하고, 이어서.

야단났다고── 머리 위에 그려진 궤적을 보며 소라는 초조함에 혀를 찼다.

——부메랑 같은 궤적을 그리며 하늘을 춤추고 덤벼드는 무수한 베이그의 선물.

자동 추적인지, 베이그를 상대하는 것보다는 훨씬 대처하기 쉬웠지만——.

"……아…… 미성년자, 여도…… 거유라면—— 불행한 사고로…… 넘어갈 수 있어……!"

빛이 없는 눈으로 중얼거리는 시로와, 당장에라도 부서질 것 같은 코어가 나타내듯.

조금 전의 스친 하나가 가져다준 이 상황에, 시로가 헛소리로 묻듯——.

"……예방선도, 쳐놓을게……. 싫어하는, 척해서……. 빠야…… 거유 시로…… 그렇게, 싫어……?"

직격이라도 맞았다간 코어가—— 다시 말해, 마음이 꺾일 거라고.

새삼 확신한 소라는 한껏 부드러운 목소리로 무릎 위의 시로를 안으며 말했다.

"시로. 몇 번이고 말하지만…… 어떤 모습이 되든 시로는 오빠가 너무나도 좋아하는 시로야."

아직도 환각에 빠져, 시로는 뺨을 붉게 물들이고 있었지만.

이어지는 오빠의 목소리에——

"하지만 베이그의 사상에 굴복하면 거유 시로 말고는 부정하게 된단 말이다!!"

"————————아. 어······? ······아, 히익······?!"

아연실색 제정신을 차리고, 낯을 창백하게 물들이며 절망에
저항하듯 조종간을 고쳐 잡았다.

——그렇고말고······ 거유 시로? 까놓고 말해 좋지.

처음부터 완전무결한 미인이었다. 소재가 너무 좋지 않은가.
당연하다.

그러나 저 빌어먹을 자식은. 시로를 제멋대로 자기 취향에 맞
춰 주물러놓고.

하필이면 한다는 소리가 거유 말고는 다 가짜라니.

이제까지의, 과거의, 현재의——.

——진정한. 나의. 자랑스러운.

————————시로의. 모든 것을 부정했겠다————————!!!

누가 꺾일 줄 아냐! 누가 빌어먹을 취향인지 이해하게 할 때까
지 꺾일까보냐!!

다시 밀려드는 곡도 하나에 개틀링와 남매가 나란히 기염을
토했지만——.

"······이, 젠······ 틀렸······지, 말입니다······!"

곡도를 격추한 포문의 폭음에 섞여—— 소라와 시로 이상으로.

"······본인, 기체도, 해머도, 한계이지 말입니다······."

당장에라도 부서질 것처럼. 티르와 해머와 기체가 나란히 비
명을 질렀다.

……원래부터 무리해서 움직였던 기체였다.

언제 파탄이 나도—— 그야말로 기동하자마자 폭발해도 이상할 것이 없었으나——.

"……두 분은, 역시 날 수 있었지 말입니다……. 새였지 말입니다……."

그보다도 먼저 꺾여버릴 듯한—— 아니 이미 꺾여버린, 눈물 젖은 목소리는.

"좀 더 좋은 기체였다면, 두령님한테…… 이겼을…… 텐데…… 역시——."

자신에게 있을 자리는 없었다……고 이어졌으나.

——구우웅…….

곡도 하나를 더 격추시켰지만 왼쪽 팔과 함께 폭발한 개틀링의 폭음이 지워버렸다.

"하하!! 여섯 개 남았다!! ——아, 미안한데 못 들었어, 티르. 뭐라고?!"

"……빠야, 가…… 거유 지상주의에, 빠진, 거…… 자기, 때문이래……."

"우째?! 티르 때문이라면 아까 충격 덕에 진짜 로리에 눈뜬 거—— 아야?!"

그렇게 너스레를 떠는 소라에게 팔꿈치를 먹이는 시로——두 사람의 대담한 웃음이, 암암리에.

——안 들린 것으로 하겠다고 말하는 모습에, 티르는 눈동자를 떨었다.

"야, 티르. 너 피곤하냐?! 사람이 하늘을 어떻게 날아?! 속임수야, 그냥 속임수!!"

그렇다. 그래 봤자 평범한 인간. 평범한 약자. 평범한—— 속임수.

설령 『창의력』이라는 말로 치장한들,

" '비행기' 가 하늘을 날아도 그건 인간이 아니라 비행기가 나는 것뿐이지?!"

"……그…… 비행기, 조차…… 만든 건—— 시로네가 아니고……?!"

————!

티르가 숨을 멈춘 것은, 곡도를 격추한 오른팔의 개틀링도 파손되려는 전조를 보였기 때문일까.

아니면, 소라와 시로가 흉흉하게 웃으며 비아냥거린 말을 이해했기 때문일까——.

——아아, 그것은. 그렇게까지 하지 않고서는 이길 수 없다는, 약자의 꼼수였다.

소라와 시로가 구사하고, 강자와 맞붙은 온갖 속임수—— 전략이자 전술.

수학에 의한 예측, 지식에 따른 유도, 온갖 학문, 논리체계—— 그 모든 것.

"남에게 빌린 것을 땜빵해서 써먹고 있을 뿐이야!!"

──자랑스러운 바보들이. 사랑스러운 머저리들이. 다시 말해 인류가, 하염없이.

잘못과 착오를 거듭하는── 드워프의 '단련(삶)' 과는 정반대에 있는 '방황(삶)' 으로.

끊임없이, 꼴사납게, 그래도 발버둥 쳐 온 그 삶── 방황으로부터.

──우연히.

무언가가 딱 맞아떨어져서.

무언가 실수로 생겨난── 기적 같은, 방황의 부산물들을.

땜빵으로 움직이고 있는 인류 또한, '그러나(두 사람)' 라고── '그러고도' 라고 외친다──!!

"그러고도 아직 이길 수가 없어── 그러니까……!!"

"……좀 더, 좀 더 긁어, 모아서……!"

드워프의 한계를. 엘프의 의지를.

그리고──.

이어진 말에, 티르의 눈이 크게 뜨였다.

청백색 눈동자에 비친 것은, 다섯 개의 곡도가 가져오는 종말의 확신(절망)이었으리라.

음속을 초월한 은색 궤적을 허공에 새기며 밀려드는── 피할 수 없는 궤도이기에.

개틀링는 오른팔과 함께 대파. 기체도 한계── 데미쉬프트도, 이제는 불가능하다.

그렇기에.

흉흉하게 웃은 소라와 시로에게 호응하듯.

폭음이 쩌렁쩌렁 울려 퍼진 다음 순간————.

"티르의 방황(실)을 빌린 날개에 실어서—— 날고 있는 거잖아."

"——————————아……."

……그렇게…… 대회장의 '하늘' 을—— .

높이높이 날아오른 기체와, 소라의 웃음소리에—— 다시.

눈을 크게 뜬 티르의, 그러나 한순간 전과는 다른 감정이, 코어를 타고 흘렀다.

——제어하지 못해서 폭발한다고? 좋네. ——폭발시키면 되지, 라고.

두 다리의 반동에 의해 눈 아래로 멀어져가는, 다섯 개의 곡도에 조준을 맞춘 두 사람에 대한 감정.

그리고 콕핏 속에서 푸르고 높은 '하늘' 의 환영을 본, 티르 자신에 대한 감정이었다——.

그곳은—— 망설이고, 고민하고, 체념하며 올려다보았던.

——푸르고, 높은…… 그 하늘이었다…….

우연히 주운 논리, 가치조차 알지 못해 쌓아놓았던 방황(것), 실패(착오)의 무더기(쓰레기)가.

——무언가의 실수였던 것처럼, 딱 맞아떨어져서.

어린 시절 보았고, 보이지 않게 되었던 그 하늘에—— 지금, 바로 지금 있노라고.

상상조차 하지 못했던 『하늘』^{높은 경지}…… 그토록 애태웠던 장소를.
지금———.

셋이서, 함께 날고 있음을—— 마침내 깨달은 티르에게.

"자…… 언제까지 참고 있을 거야?"

눈 아래의 《곡도》를 꿰뚫는 포화에 지지 않겠노라, 소라는 입
가를 틀어올리며 외쳤다.

"———————웃어!!

지금이 꿈에서만 봤던 최고의 순간이잖아?! 티르는, 지금!!^너

상상의 한계를 넘은 장소에 있어———^{하늘}

응? 경치가 어때?!"^{기분이}

………… '헉' …….

떨어지는 기체에, 티르는 복잡한 쓴웃음을 지었다————.

————그리고.

팔다리가 한꺼번에 대파되어, 땅에 엎드린 채 움직이지 못하
는 쇳덩어리로 변해버린 무미건조한 기체.

《…………하아…… 아~ 진짜! 뭐, 덕분에 충분히 즐겼어!》

고철로 전락한, 인간형이었던 기계로 보낸 크라미의 언짢은
목소리에.

《거래대로, 이젠 알아서 해!! 우에엥~ 피이~ 나 억울해~.》

……하하…… 크라미하고 필 쪽도, 상당히 버텨 줬구나…….

그렇게 콕핏 안에서 나란히 쓴웃음을 지은 소라와 시로에게.

"그래…… 우리도 뭐~ 충분히 즐겼지. 생각보다 잘 버렸고 말이야♪"

"……응…… 그럼 다음…… 이제부터, 는…… 티르, 가 놀, 차례……♪"

"………………어? ……예? 본인……이, 뭐를 말입니까?"

그렇게 게임 컨트롤러라도 넘겨주듯 말을 건네는 바람에, 멍청한 표정을 지은 티르에게.

"우리는 못 이겨. 무슨 기체가 됐든…… 못 이긴다고."

"……질문…… 과거의 청산…… 시로네, 는…… 대답, 못 해……."

한순간── 눈을 내리깔고 말한 두 사람은.

그러나 이내.

진심으로 즐거워하는 웃음과 함께 티르의 눈을 들여다보며, 말을 이었다…… 그것은.

청백색── 적열보다도 더욱 뜨거우나 덧없이 흔들리던 눈을.

'반역'(인정할 수 없다)── '불굴'(질 수 없다) …… 그런 수동적인 자세로 타오르던 불꽃에(의지).

마침내 '타도하고 싶다'(이기고) 고…… 이제는 흔들림 없는 의지가 타오르는(짓든) 눈에──.

"하지만 티르라면…… 지금이라면 대답할 수 있어. 그렇지?"

"……티르, 는…… '왜 도망쳤어' ……?"

"────!"

그렇다…… 베이그의 물음이 향했던, 세 번째 사람.

진정한 메인 히로인── 조카라면.

그렇게 말했던 것이다.

그러나 티르 또한, 그 말의 진의를 캐듯, 소라의 눈을 보았다.

"티르. 설령 비행기를 만들어 하늘을 날아도 새는 될 수 없어."

──그렇게 말하는 까만 눈동자가.

"하지만── '새는 비행기를 만들지 못해'…… 왠지 알아?"

──푸른색보다도 더욱 위. 아득히 높은 곳의 끝에 존재하는 우주의 색이 대담하게 웃더니.

"누구보다도 뒤떨어지기에 보이는 '승리'가 있다는 걸 가르쳐 주자고."

"……새보다도 더 높이…… 함, 께…… 날아가, 버리자 ♪"

조르는 대로, 갈 데까지 가자고 청하는 두 사람에게.

──티르는 고개를 숙이고 웃었다.

"후, 후후후이지 말입니다. 덤비라지 말입니다. 본인한테 맡기지 말입니다아!!"

──누구보다도 열등하기에 도달할 수 있는 승리를 제시한다면.

"본인보다도 열등한 영장 기술자는, 이 세상에 없지 말입니다~~!!"

──자신을 제쳐놓고 달리 도달할 자는 없다!!

그렇게 흥미와 갈망, 그리고 절대적 자신감을 담아 외쳤다──

그 말은 곧!

"왜냐하면 본인———— 민둥산이지 말입니다아앗!!!"

"아 진짜~ 얼추 알긴 하지만 굳이 말할게? 수연!! 얘기지?!"

혹시나 몰라…… 해서 외친 소라의 목소리는 이제 아무도 듣지 않고…….

시위를 떠난 화살과도 같이, 이제는 아무도 말릴 수 없을 것 같은 티르는,

퍼억!

콕핏을 아무렇게나 걷어차 활짝 열어젖힌 해치로, 뛰쳐나가더니.

——맹렬한 속도로, 금이 간 해머를 수리하기 시작했다…….

——그리하여
인형은 아기새가 바라던 하늘로 도망쳤다
어둡고 좁은 두 사람의 새장으로
그렇다……
'인형이 안 다치고 진심으로 웃는 하늘'
아무도 짓밟지 않고 아무도 상처 주지 않고
아무것도 강요하지 않고 바뀔 필요도 없고
모두 바뀌어 날 수 있는 세계——

불가능하다고 아기새도 알았으리라
그저 '싸우겠노라'고 고한 인형이
상처 입어 만든 하늘은 필요없다고
아기새가 청하자
인형은 같은 꿈으로 도망쳤다

——만들 방법을 찾을 때까지, 라고
서로 진심으로 웃을 수 없는 새장에서
인형은 생각했다
그저 생각만 했다……
헤매고 당황하고 아무것도 찾지 못하고
그저 원하기만 한 그런 세계를——

어느 날
새로운 땅에서 새로운 하늘을 올려다보고
커다란 날개를 펼칠 아기새의 웃음에
텅 비었던 인형은——

……신화로가 불을 뿜는 소리가 연신 울리는 대회장…… 폐기물 처리장.

고철에 묻힌 지하폐허를, 강철의 거대 인간형 기계가 발걸음도 무겁게 나아가는 가운데.

작안에 눈물을 머금고, 베이그는 생애 처음 맞는 '고민'을 음울하게 중얼거리고 있었다…….

"……이 몸이, 그렇게 무서운 죄를, 지은 거야……?"

그렇다. 은근히 고전을 면치 못하면서도 겨우 부술 수 있었던 두 개의 코어…….

좋은 소재가 달린 이상한 푸성귀 일당── 기이하게 터프했던 '거절'과.
<small>영 혼</small>

자신의 검에 처음으로 금을 낸── 이해할 수 없을 만큼 강한
<small>위험한</small>
'규탄'에.
<small>영 혼</small>

음울하게, 비실비실 흔들리는 기체로 걸어가며 생각했다.

……이 몸이, 대체 무슨 짓을…… 했지…….

고맙다는 소리를 들으면 모를까, 야단을 맞을 이유는 자각하지 못하는 베이그는.

강제적으로 영혼에 새겨진 수수께끼의 죄책감만을 안고──

마침내.

쓰러진 쇳덩어리, 팔다리가 대파된 채 땅바닥에 엎드린 기체의 앞에 섰다.

"……여어…… 지각한다고는 했지만, 쿨쿨 차고 있다니 거참 여유롭구만……?"

베이그는 망가진 기체를 날카롭게 내려다보며, 가짜 잠이라고 단언하는 목소리를 보냈다.

──이 게임에서, 서로의 공격은, 직접 기체의 대미지로 이어지지 않는다.

그렇다면 기체의 손괴는 술식 파탄이나 폭발 때문에 망가졌거나── 혹은, 망가뜨렸거나.

그리고── 진실은 '양쪽 다' 일 거라고.

센스가 말하는 대로, 대파된 쇳덩어리 기체를 집어 들며, 베이그는 외쳤다.

"아앙, 이 짜샤아!! 상대는 이 몸이시다── 지는 게 당연하지!!"

그렇다…… 원래부터 이 게임에서 소라 일행이 베이그에게 이길 리는 없었다.

그렇기에 패배는 어쩔 수 없다. 그러나──.

"설마 '영혼' 은 한마디도 하지 않고, 입 다물고 끝낼 작정은 아니겠지이?!"

그렇다—— 베이그와 호각으로 싸우고, 경이로운 사격을 퍼부었던 탄막.

그러나 영혼이 전혀 실리지 않은—— 너무나도 약한 '포탄^{영혼}'과는 달리.

베이그의 '공격'에는 한사코 『NO』라고 '거절' 했다…….

——아무 말도 하지 않고, 아무것도 인정하지 않고.

그저 이쪽을 거부하며 버렸던 '기체^{영혼}'에, 베이그는 이를 갈며 생각했다.

이런 일을 할 수 있으면서, 왜————!! …….

멱살을 잡듯, 대파된 기체에 지른 베이그의 노성은——.

"이 몸의 '물음^{영혼}'에—— 언제쯤 대답할 건데?!"

——그리고, 대답이 돌아왔다.

《……지금이지 말입니다. 본인이, 대답해 주지 말입니다.》

……그렇게 중얼거린 자의 목소리—— 그리고.

"————————아앗?!"

느닷없이 덮쳐드는 기체의 '공격^{자폭}'에 담긴, 터무니없는 영혼의 격류—— 다시 말해.

베이그의 의식을 순식간에 앗아가버리는 강렬한 '심상풍경^{영혼}'이 대답했다.

───────………….

그곳은── 어둡고 좁은, 조그만 구멍 밑바닥이었다.

고독으로 하늘을 올려다보고 눈물을 짓는 그 소녀를, 베이그는 알고 있다.

누구보다도 높이 나는 새를 동경했던…… 자신이 잘 아는, 날지 못하는 소녀였다.

──날지 못한다는 사실을 알면서 하늘을 올려다보는.

포기했는데도 눈물을 흘리는…… 모순된 소녀였다…….

왜 도망치느냐고. 왜 단련하지 않느냐고. 대답할 수 없는 물음으로 몰아붙이는 세계에.

마지막에는 왜 우느냐고…… 어이없어하는 세계에.

불필요하다고 버림받아…… 쓰레기장에서……

──홀로…… 울면서 해머를 휘두르는, 소녀……에게───.

손을 뻗으려 했던 베이그. 그러나…….

쿠궁───.

대회장을 뒤흔드는 폭음 때문에 환각에서 벗어나, 주위를 둘러보자마자.

즉시 감성으로 상황을 눈치채고─── 흉흉한 기대를 담아 웃으며 부르짖었다.

"재미있구만……. '처음부터 무인이었던 기체'를─── 원격 조작하고 앉아 있었단 말이지이……?!"

──하긴. 꼭 기체에 타야 한다는 규칙도…… 없었으니 말이지?

기체 밖의 콕핏에서 조종한다면 기체를 가차 없이 혹사시키고
버릴 수 있겠지.

그러나 원격조작이라 해도—— 영장을 접속시켰다면.
이처럼 가차 없이 '자폭'까지 시킨 기체에 유폭되듯.
하나, 또 하나 폐기물 처리장 곳곳에서—— 연쇄되는 폭발이
지진을 일으키더니.
——그렇게 발생한 정령이 대회장에 미리 새겨졌던 회로를
따라 흐르듯 빛의 선을 그렸다.
그 빛이 그리는 회로가 수렴된 곳에는—— 있을 것이다.

—— '진짜 기체'가——!!
진짜 콕핏의 위치를 기대하고—— 정령광이 수렴되는 곳을
따라간 베이그는.
마침내 진동하는 대회장의 중앙—— 영상을 확대해야 겨우
보일 정도로 먼.
한층 높은 플랜트의 꼭대기에서 목표의 모습을 포착하자마자
—— 눈을 크게 떴다.
활짝 열린 콕핏의 좌석에 선, 잘 아는 소녀의 모습을 띤——
《이딴 세계에서 '왜 도망쳤냐' ……? ……어리석은 질문이지
말입니다.》
——모르는 소녀가, 그렇게 중얼거리는 모습을 보았다.
흔들림 없는 불꽃이 이글이글 타오르는 눈으로, 눈 아래 멀리

—— 이쪽의 기체를 내려다보며.

해머를 손에 든 소녀는, 마치 선전포고하듯.

진심으로. 자신의 영혼을. 객관적 사실이 아닌 자신의 마음을…… 단언했다————

《그딴 세계가, 본인은———— '진짜 싫어서' 이지 말입니다.》

■ ■ ■

의연히 고하는 티르의 목소리. 그러나 그 목소리는 그녀의 팔다리와 마찬가지로…… 떨리고 있었다.

활짝 열린 콕핏에서 내려다보는 곳—— 폭음에 연신 흔들리는 대회장에 선 베이그를 향해.

그리고 오른손의—— 광채를 발하는 해머를 향해.

억누를 수 없을 정도로 떨려왔지만——.

"걱정 말라니깐. 같이 날아가주겠다고—— 약속했지?"

"……빠야…… 약속…… 반드, 시, 지켜…… 믿어."

앞좌석에서 즐겁게, 그러나 결연히 울려 퍼진 소라와 시로의 목소리. 그리고, 감촉.

굳게 왼손을 쥔 티르는, 거짓말처럼 멈춘 떨림에 자신도 모르게 웃고——.

똑바로 베이그의 기체, 그 안에 탄 사내마저도 노려보듯, 말을 이었다.

"……본인, 이 세계가. 하덴펠이—— '싫지' 말입니다."

자신의 마음을—— 이 생각을, 새삼 단언했다.

도망치지 말라는 오만함이. 부끄러워하지 말라는 강요가.

질릴 줄 모르는 그들의 단련이——.

그렇게 말을 이으며 티르는 시선을 들고 냉소했다.

"본인, 하늘이 좋지 말입니다…… 이 세계는—— 하늘이 닫혀 있지 말입니다."

지하공간의 천장을 보며, 다시금 생각한다.

망설이고 고민하고, 정신이 들고 보니 쓰레기장에 있던 자신에게 '왜 도망쳤느냐' 고 묻는 나라.

손을 쥐는 감촉. 몰랐던 세계—— 두 사람을 알아버린 지금, 티르는 단언한다.

그렇다…… 자신의 자리 따위, 있을 리가 없었던 것이다.

——그런 자리라면 필요가 없었으니까——!!

그러므로——.

"그 세계의 두령도…… 본인은—— '진짜 싫지' 말입니다……!!"

빛을 더해 가는 해머—— 몸을 태우는 듯한 아픔에, 자신도 모르게 툭 떨어뜨린 말에.

그러나 대답해 주는 서글픈, 슬퍼하는 듯한 쓴웃음이 어린 목소리에, 티르는 어금니를 악무는 소리를 냈다.

……알고 있었다고. 아니—— 왠지 알 수 있었다고.

그런 말을 들으리라는 것도. 지금 들으리라는 것도.

모든 것을 말해 주는 듯한 목소리에——.

"그렇, 게…… 전부 내다보는 게, 진짜 싫지 말입니다아아!!"

늘어만 가는 아픔도 맞물려 충동적으로 내지른 목소리에──.

"잘난 척하는 것도 싫지 말입니다! 실제로 잘난 게 더 싫지 말입니다!!"

봇물이 터진 듯한 감정은── 이제는 멈추지 않았다.

"천재 어필이 싫지 말입니다! 진짜 천재니까 아무 말도 못하고 싫지 말입니다!! 위에서 내려다보는 듯한 태도도 싫지 말입니다! 실제로 위니까 당연한 게 더 싫지 말입니다!! 수염 덥수룩이인 것도 싫지 말입니다!! 수염을 너무 밀어?! 그래서 뭐지 말입니까시비거는거지말입니까차라리죽어버리지말입니다!! 싫어싫어싫어── 사, 삼촌 같은 거, 상변태지 말입니다!! **진짜! 진짜! 지~인자 싫지 말입니다~~~!!**"

《야!! 슬슬 그만두지 않으면 나 진짜 울어버린다 짜샤아?!》

힘이 넘쳐나 이제는 아무말 대잔치. 눈물 섞인 베이그의 호소를 무시한 채 티르는 호흡을 가다듬고.

대회장의 진동과 해머의 광채와 아픔이 가속하듯 늘어가는 가운데, 눈물을 닦고.

날카롭고도 의연한 목소리로, 말을. '대답'을 이었다. 그것은 곧──.

"싫어. 그래서 도망쳤어. 그걸 모르겠다면."

그렇다면 이 게임의 주제에 따라──

"이렇게, 바꿔 말해 주지 말입니다── 곧 '얻어맞을' 거지 말입니다."

그렇게—— 왼손을 잡아 주는, 두 사람이, 데려가 주었던 장소를.

까만 하늘과 하얀 새가 열어준 '하늘^{해 답}'을.

눈꺼풀 속에 비추며—— 티르는 드높이 승리선언^{선 전 포 고}했다.

"본인, 이기려고, '약속 지키려고 도망친' 거지 말입니다!"

…… '전술적 후퇴^{승리를 위한 도망}—— 이는 승산이 있기에 하는 것…….

그저 망설이기만 했던 자신은, 지금부터 그렇게 되리라——

아니.

폭음이 연속으로 이어질 때마다—— 이 해머에 수렴되어 가는 정령의 반응^{아 픔}에.

————지금, 그렇게 됐다고——!!

과거형으로 바뀐 그 확신에, 티르는 흉흉하게 해머를 높이 치켜들고—— 동시에.

대회장 전역으로, 상식을 초월하는 힘의 태동과 함께 영혼을^{음 성} 쩌렁쩌렁 터뜨렸다.

"두령님을 넘어설—— 승리의 날을 위해 도망쳤던 거지 말입니다!!"

■ ■ ■

그것은 핏줄 깊은 곳에 잠든 기억, 모두가 본능적으로 두려움을 느끼는 태동이었다.

위계서열이, 격이, 자릿수가—— 문자 그대로 차원이 다른, 터무니없는 정령량.

이처럼 이해의 범주를 벗어난 힘이, 눈 몇 번 깜빡일 시간 후에 초래할 미래는, 베이그가 아니어도 깨닫고 남았다.

땅을 기는 모든 천재를, 모조리 무(無)라 비웃는—— 하늘에서 날아드는 일격.

잘못 알아볼 리 없는 그 힘은—— 곧————

————『천격』…….

"아니 잠깐 안마?! 플뤼겔은 참가 안 하는 거—— 그보다도 이거 '진짜 반칙' 아니냐?!"

그렇게 기체 내—— 콕핏에서, 베이그는 핏기가 가신 얼굴로 비명을 질렀다.

게임에 참가하지 않은 자의, 심지어 각인술식도 아닌 마법!!

황급히 플뤼겔의 모습을 찾던 외눈은—— 다음 순간.

——요동치는 힘의 중심이—— 티르의 해머임을 깨닫자마자.

통신기 너머로 절규와, 이어진 상식을 초월하는 충격에 눈을 크게 떴다…… 그렇다——.

《초대형 다단확장영창———— 전체 접속!! 일어나지 말입니다아아아아!!!》

격통에 일그러진 얼굴로, 티르가 해머를 내리치고.

콕핏과—— 바로 아래의 플랜트를 한꺼번에 꿰뚫는 섬광을 따라 꽂힌 것과 동시에.

폭음으로 뒤흔들리던 대회장에, 한순간의 정적이 태어났다.

──그리고.

"────우우우웃?!!"

한층 거대한. 치솟는 듯한 세로 방향의 진동. 그리고 베이그의 기체 등 뒤에서 무거운 충격이 터졌다.

직감에 따라 창졸간에 회피하고── 기체를 스친 쇳덩어리로부터 강렬한 영혼이 흘러들었다.

────············.

그것은 상상도 할 수 없었던 것을 상상하고 싶었던 모순.^{소녀}

노력으로는 날 수 없는 하늘을 날고 싶었던, 모순이었다.^{소녀였다}

아무것도 할 수 없다고 하면서, 누구에게도 불가능했던 새를 좇^{하늘}아서──.

──도망치는 것이라고, 불가능하다고 비웃음을 샀던 소녀의 ── 영혼, 은…….

《그딴…… 건! ……누구보다도!! 본인이 잘 알지, 말입니다……!!》

울려 퍼진 목소리 덕분에 간신히 환각에서 벗어난 베이그. 그러나.

또 한 번── 아니, 열 번. 아니, 백, 천, 만── 무한히…….

대회장에 소용돌이를 일으키며 폭풍과도 같이 몰아치는 강철의 폭풍이 기체를 엄습했다.

　──단순한 쇳덩어리. 별다른 위력도, 속도도 없지만──.

　여기에 담긴 강렬한 영혼이 기체를 살짝 스칠 때마다 잔재를 남기고.

　고통에 허덕이는 티르의 목소리과 함께, 베이그의 의지를 강하게 강하게 후려쳐댔다──.

《그러, 니까…… 자기네처럼, 단련해라^{살 아 라}……? '뻐큐' 이지 말입니다!!》

　자기네처럼. 드워프처럼. 포기하지 말고. 망설이지 말고 늦추지 말고.

　천부적인 재능을 넘어서기 위해 단련하고^{노 력}. 부끄러워하지 말고 도망치지 말고 살라니. 아아……

　천부적인 재능, 베이그를 넘어서지 못하는 자신들은 뒤돌아보지도 않고!!

　아는 척하는 얼굴로 아는 척하는 목소리로!! 자신을 쓰레기라 부른 그 입으로!!

　한목소리로, 말한다. 요컨대, 이렇게, 말하는 것이다…….

　──다들 그렇게 하니 너도.

　──보답을 받으리라고. 꿈이라도 꾸면서 열심히──.

　────── '노력^{인 내}' 만 하고 있으라고────!!

《그런 '세계^{그 자식들 이}' 가, 마음에 안 들고…… 너무 싫지 말입니다!!》

인정할 수 없다…….

자신이. 두렁을 넘어서. 그딴 강요를, 뒤집겠노라고——!!

측량기며 엘프의 논리. 모든 것을 구사해서라도, 다른 방법을 발견해서!

찾아내고 말겠다고…… 그렇게, 생각하며……

《그래도…… 어떻게, 하면…… 좋을지…… 도저히…… 아무 것도 찾을 수가 없어서!!》

——실패만을 거듭하고. 착오에 물들어 방황하고 고민하고 잘못을 반복하고.

마침내는 착각^{체념}마저 하다, 그저 모순된 채. 한마디도 받아치지 못한 채…….

언제부터인가…… 그 마음도, 잊었다고 생각하고, 꼴사납게 —— 방황하며.

《……하지만—— 후후…… 지금이라면 받아쳐 줄 수, 있지 —— 말입니다……?》

——오열과 함께. 눈물을 흘리며.

그러나—— 대담하게 웃은 통신^{두 목}과 영혼^{소 리}에.

베이그는 자신의 기체를 후려치고 있던 강철의 폭풍이 무엇인 지, 정체를 깨달았다.

그리고—— 생애 최초로 '설마' 하고, 자신의 센스—— 직감 을 의심하며, 이렇게 중얼거렸다.

"…………저기…… 야. 암만 그래도 이건 이 몸의 '망상' 이겠지?"

　소용돌이치던 고철의 폭풍이—— 수렴되어 가는 모습에. 다시 말해——.

　땅이 흔들리는 것이 아니라—— 대회장이 움칙이고 있다고.

　쇠는 몰아치는 것이 아니라—— 그쳐 모여들고 있다고.

　고철이. 촉매가 이어지고 붙고 조립되어.

　높고 험준한. 폐기물 처리장과 함께 일어나더니.

　마침내 대회장 그 자체가 눈을 뜨고—— 일어나리라는, 이미지는.

　마침내 '그러니 대답해^{받아쳐} 주마.' 라고, 하덴펠 전국으로 터뜨린 목소리와.

　눈앞에 우뚝 솟은—— 터무니없이 큰 물건이 긍정해 주었다.

《부끄러워하지 않고 단련한다^{살아간다}…… 자유^{니 맘}이지 말입니다—— 하지만, 본인도…… 자유^{내 맘}이지 말입니다!!》

　——자신은 부끄러워한다고. 실패하고 모순을 저지르고 망설여 왔던, 이 방황^삶이.

　오늘, 이 순간을 위해 있었던 부끄러움^{모든 것}을, 그러므로 자랑하겠노라고.

　배운 대로. 자신을 부정하던 모든 세계^{목소리}에——.

《시끄럽거든!! 그딴 세계^삶, 엿이나 먹으라지 말입니다!! 퉤!》
　——그렇게 반항의 차유를 선전하고 맥없이 쓰러지는 소녀.

두 사람에게 안겨 부축을 받은 소녀에게, 베이그는 마침내 눈을 크게 떴다.

——자신이 간신히 올려다볼 수 있는 거대한 물체를 인식했기에, 가 아니라.

그 꼭대기—— 지금도 여전히 드러나 있는 콕핏에서, 남매에게 안긴 소녀…….

고독하지 않다고, 진심으로 즐거워하며 눈물을 흘리는—— 낯선 소녀 때문이었다.

《……삼촌. 이건…… 상상할 수나, 있었는지…… 말입, 니다…….》

이곳은. 단련(<ruby>노력<rt>努 力</rt></ruby>)이나 센스로 볼 수 있는 경치고 물은—— 찰나.

베이그의 기체를 엄습하는…… 폭력의 비가 쏟아졌다——.

■ ■ ■

——그것은 베이그는 고사하고 하덴펠 전역이.

관전하던 드워프 중 누구도 상상하지 못했으리라.

다만 드워프 이외…… 구체적으로는 티르의 아지트에서 관전하던 세 사람은.

그다지 놀라지도 않고, 모니터에 비친 물체를 본 채 솔직하게, 감탄의 목소리를 냈다…….

"……헤에~…… 도시란 걸어다니는 거군요~…… 아. 저것도 영장인가요?"

"정확하게는 소인의 『1퍼센트 천격』을 각인한 해머로 접속시킨 확장영장이옵니다."

"【관측】: 전고 9,700미터. 전장 74,200미터. 포문 수 합계 982문. 【정의】: 전략기동요새로 분류. 역시나 주인님. 과잉화력. 어른스러움 전무. 그런 점도 좋아해…… 부끄.〞

그 남매라면 상상할 수 없는 일을 저지를 거라고 상상──.

아니, 확신마저 했던 스테프는 그렇기에 체념하듯 화면을 바라보았다.

강철의 산이 일으키는 폭풍에서, 필사적으로 도망치기만 하는 그림자가 비치는 화면을…….

■ ■ ■

──대회장. 고철의 산에서, 비가 내린다.

하늘이 없는 땅바닥, 쏟아지는 비── 그 빗방울 하나하나가.

바람을 가르고 땅을 뚫고, 폐기물 처리장 바닥에 더 깊은 바닥을 만들어낸다.

"좀스럽구나아아아 베이그!! 그래, 몇 번이고 말해 주지 좀스러운 놈이라고, 너느으으은!!"

홍소와 함께 쏟아지는 그것은── '고철의 포탄'.

"이 대회장이 『사냥터』라고 했냐?! 좀스러워── 지인짜 좀스러운 스케일의 발상이구만!! 거유밖에 인정 못한다는 네놈의 그릇처럼── 그래, 네 삶의 축도 같구나!!"

"……어떤 기체도…… 대회장에 손대는 것도, 가능…… 하 댔, 치 ♪"

조소를 띠고 우뚝 솟은 그것은── '실패의 거체(쓰레기 기체)'.

다시 말해 불필요한 것들. 무가치한 실패라 부정되어 버렸 던 것들.

──잘못되지 않았을지도 모르는 것들.

그러한 것들이 모인 땅. 이곳 폐기물 처리장이야말로 그들의 홈그라운드라 과시하는 조롱은.

"사냥감을 유인해 놓고 누가 느긋하게 '사냥' 같은 거나 하고 있겠냐."

이처럼 베이그를 엄습하는 모든 것의 정체를, 드높이 밝혔다.

"사냥감을 유인하려면──『함정』으로 곧장 보내는 게 당연 하지 않겠냐, 강자(얼간아)?!"

──그것은 우리. 그것은 함정. 자신들 그 자체(쓰레기)── 대회장(이곳) 그 자체.

실패와 착오를 땜질한, 한 소녀의 '영혼(스피릿)' 그 자체──.

"오래 기다리셨습니다── '대회장인 기체' 입니다!! 마음에 드셨나?!"

"……불초, 『   (공백) 』이 명명하기를…… 《＊스피릿 오브 마더 티르》…… ♪"

베이그의 970배── 물리적으로 위에서 내려다보며.

소라와 시로는, 지금이야말로 역습에 나설 때라는 듯이 거체

＊ 게임 「아머드 코어 for Anser」에 등장하는 초대형 이동요새(암즈포트) '스피릿 오브 마더 윌'의 패러디.

를 몰며 드높이 웃었다.

　——자아. 결코 잘못하지 않는다고 선언하는 세계여.^{지껄이는 목소리} 너희가 말하는 올바른 세계여.^자

　어머니의 영혼을, 철풍뢰화(鐵風雷火)와도 같은 포화로 바꾸어 후려치는 땜빵투성이 고물 기체가 지금 이 자리에서 묻노라.^{말하는}

　'단련'과 맞바꾸어, 깎아내고 버려왔던 쓰레기들이 지금 이 자리에서 묻노라——.

　무엇을 근거로—— 우리를 부정하였느냐——!!

　"나는 천재 전용기보다도, 범재가 대항해 만든 '초대형 병기'를 좋아하거든."^{넥스트}^{암즈포트}

　특히 픽션에서 '물량'은 뒤집히는 숙명에 있다.

　——그렇기에, 현실은 다르다……고!! 그렇다——!!

　"물량이야말로 정예를 넘어서는 방법이다 짜아샤아아!! 이^{천재} '탄막'에 안전지대 같은 건 만들지 않았거든?! '에워싸고 숫자^{물량}^{함정에 빠뜨려}로 팬다'! 이걸 이기는 전술은 없어!! 이기면 장땡～～이라고 이기면!!"

　현실은—— '지나친 것이야말로 진리'다——라고!!

　콕핏에서 시로와 함께, 거체를 조종해 포격으로 시야를 가득^{모니터}메우던 가운데.

　《～～까고 자빠졌네 이것들이?! 그딴 기체가 있어도 되는 거

냐, 앙?!》

간신히 아슬아슬하게 회피를 거듭하는 기체에서 비명이 터져 나왔다.

《그딴 정신 나간 덩치를 움직이는 정령량^힘이 드워프한테 어디 있어?!》

그렇다── 조금 전의 『천격』도 그렇고.

규격을 벗어난 무언가가 관여했음을 확신하며. 규칙 위반을 규탄하는 분노에.

…………헹.

소라 일행은 나란히 쓴웃음을 지었다.

역시 드워프는 최고의 반면교재야──왜냐하면 절반만 맞거든.

대회장이 곧 기체란 사실을 눈치챘으면서도, 통찰이 너무나 부족했듯.

소라의 무릎 위에 앉은 시로의 무릎 위에서,

고통에 얼굴을 일그러뜨리고도 대담하게, 비아냥거리며 웃는 소녀를──.

"두령님…… 새삼스러운 소리를……. ──부스트 없이는 처음에 타고 나왔던 기체도 못 움직이지 말입니다?"

시로에게 안긴 속임수를…… 아직도 보지 못한 모양이었다.

그렇다. 친정으로 무엇보다도 있을 수 없는 '진짜 꼼수^{티르수}' 의 중얼거림에──.

"애초에, 본인…… '부스트 없이는 마법 못 쓰지 말입니다?"

────.

《━━━━━━━━━━━━뭐어어어어?!》

마침내 깨달았는지 베이그는 비명을 지르고, 소라는 쓴웃음을 지었다.

그렇다. 뛰어난 드워프이기에 상상도 못했을 속임수━━ 티르는. 애초에.

거대 영장을 움직이기는커녕━━ 마법도 쓰지 못했다.

왜냐하면 티르는!!

━━━━━━민둥산이기 때문이다━━━━━━!!!

드워프는 털의 작용에 의한 정령과잉증폭_{오버로드} 때문에 촉매와━━ 몸 밖에서 동기화한다.

그러나 털이 없는 티르는!! 오버로드하지 않는 정도가 아니라 증폭도 하지 않는 것이다!!

그렇기에━━ '부스트' 하는 것이다…….

그렇다……. 자신의 쉬프트를 이용당해 지브릴이 경악했던 진상, 그 정체는.

부스트 없이는 마법을 쓸 수 없다. 이를 뒤집어 말하자면, 부스트하면 쓸 수 있다는 것━━

━━━━━━부스트가 가능함을 의미한다━━ 이를테면.

대량으로 심어둔 데미쉬프트 앵커의 연쇄폭발로 부스트하고 또 부스트한 정령을.

『천격』의 각인술식을 새긴 해머에 흘려넣어━━ 몸 안에서 동기화하고!

이렇게 제어된 방대한 정령량을 투입하면, 대회장 내의 고철 —— 각인술식을 새긴 '무수한 촉매'를. 한데 이어 조합한 이 기체를 가동할 수 있는 것이다……!!

……그렇다, 평범한 드워프가 따라 했다간 즉시 자폭. 오버로드 불가능하면서도 무의미하다.

티르의 표현을 빌자면, 그야말로 '물고기에게 수중호흡기를 만들어 주는' 것과도 같은 본말전도의 발상.

그러나 평범하지 않은 드워프에게는, 가능하면서도 필승 조 전 제 건이었다.

왜냐하면 티르는!

—————민둥산이기 때문이다—————!!!

《잠까—— 기다, 야—— 빌어먹을 조카 너, 설마 아직도 안 났냐아아아?!》

"홋…… 후후, 두, 두령님…… 진짜, 한번 죽어버려! 이지 말입니다……!"

그 응수에도…… 솔직히, 소라도 이젠 절대로 아닐 거 같다고 생각은 했지만.

일단은—— 수염!! 이야기일 거라며 대충 내버려 두고——!

"홋, 이것이 채능의 차이다…… 넘을 수 없는 절대적인 벽 앞에 무릎을 꿇어라, 베이그!!"

《까고 있네!! 그딴 힘에 드워프의 『그릇^몸』이 버틸 것 같냐! 망할 조카를 죽이려는 거냐?!》

그렇게 소라에게 부르짖은 통신은, 명확한 노기로 가득했다.

그렇다. 다른 것도 아닌 지브릴의 1퍼센트—— 이런 초거대 기계를 움직일 만한 힘.

자동차 엔진에 로켓 연료를 들이붓는 폭거나 마찬가지. 그렇기에——.

"……봐주치 않겠다더니—— 두말하기냐? 사나이의 약속^말은 참 가볍구만?"

《——————크윽!!》

……티르를 걱정해, 일부러 피탄되어 자신의 패배로 게임을 끝내려 하는.

그런 베이그의 생각을 견제하며 소라는 불쾌하다는 듯 표정을 일그러뜨렸다.

티르의 죽음은 티르를 안은 소라와 시로의 죽음까지도 의미하는 것이리라—— 그러나.

의식도 위험하고—— 그래도 힘차게 해머를 쥐며 웃는 티르에게,

——일부러 치려고 했다.

그것이 얼마나 모욕인지 상상도 못하는 오만한 사내에게——!!

"빌어먹게 쓸데없는 걱정이다!! 여긴 『함정』—— 네놈에게는

선택할 안전지대도 여지도 없어!!"

소라는 그렇게 부르짖고, 대회장 그 자체인 초거대 기체의 한 구역.

꽹음과 함께 입을 벌린 거대 포문의 '안쪽' 에 자리 잡은—— 또 하나의 기체.

또 하나의 콕핏 안, 오퍼레이터와 입을 모아 흉포하게 고했다.

"티르의 완전승리—— 그게 유일한 결과^{미래}다!!"
《네~ '결판의 순간^{쇼다운}' ——이랍니다아~♡》

——그 찰나.

포구에서 신화색(神火色) 빛이 번뜩이자마자, 포구를 뒤덮듯 느닷없이—— '쇳덩어리' 가 나타났다.

포문과 접속되어 빛나는 그 물체에—— 이번에야말로 베이그는 기체와 함께 얼어붙었다.

그가 잘못 알아볼 리 없는 그것은, 또 하나의 옛 유물.

" '전면공격^{폭탄}' 을 피한다—— 할 수 있으면 게이머로서 한 수 배우고 싶은데 말야?!"

안전지대 없는, 그야말로 슈팅게임의 '폭탄' 이었다.

이름은, 분명…… 그래, 맞아——.

——「수폭」이었지———.

■ ■ ■

이리하여, 눈부시게 빛나는 『수폭』 너머의 콕핏에서 필은 웃었다.

"규칙은 자~알 지켰답니다아~? 환경친화적으로 말이지요오♡"

각인술식 이외의 마법 금지. 코어가 부서지면 패배.

그리고 참가자는──── '대회장(이곳)' 에 있는 전원…….

"패배한 우리의 기체를~…… 누가 재활용해도 문제는 없다! 라고 하더라고요♡"

그렇다. 필의 기체를 티르가 접속해 이용해도. 그리고────.

"그 시끄러운(불꽃) 참가자의 '가호각인' 도~ 기체의 각인술식도, 말이지요♪"

그렇게 말하며 일곱 번째 참가자, 그리고 다섯 번째 『비밀병기』를 떠올렸다──── 그것은 곧.

────스펙업에는 조금도 쓰이지 않은 기체의 각인술식.

86중 술식──── 올드데우스의 가호각인을 이용해 작동하는 각인술식.

신화로──── 오케인의 힘을 이용하는, '쉬프트' 술식────.

티르가 멋대로 필의 기체를 접속하고, 대장장이 신의 가호를 받아 멋대로 작동하며.

아지트에서 전이시킨 그것을 티르가 사용하는 이상 규칙 위반은 아니다!!

기분이 좋아진 필에게, 같은 콕핏 내에서 크라미는 의아하게 물었다.

"……피이, 계속 의문이었는데. 오케인의 가호각인을 쓰다니, 그런 생각은 누가 했어?"

대전 당시……『아카 시 앙세』를 비롯한, 영괴술식이라고 하는.

엘프의 창조주 카이나스의 가호—— 각인술식에 의한 마법이 있었다는 말은 들어보았다.

그러나 그런 것들은『십조맹약』때문에 쓰이지 못하게 되었을 터이며—— 그렇다면.

필의 이것은 전쟁 이후—— 새로이 편찬된 술식이라는 뜻이다.

……하필이면 오케인을 이용하는 각인술식을, 누가—— 아니.

좀 더 자세히 말한다면, 그렇게나 막대한 질량을 쉬프트할 만한 마법은…….

엘븐가르드에서 태어나고 자란 크라미조차 들어본 적이 없는데——.

"음~ 저도 모른답니다. 우리 집안에 전해지는 '비밀병기(닐 바 렌)' 거든요~."

필은 고개를 갸웃하더니—— 그래요, 이런 말과 함께……라 대답했다.

" '비밀병기는 쇼다운까지 덮어놓으니까 비밀병기' 다~ 라던 걸요."

──하지만요~.

그리고 크라미에게 최상의 미소를 보내며 말을 잇는다.

"저의 유일한 비밀병기는── '크라미' 랍니다 ♪"

──닐바렌 가문에 전해지는 '비밀병기' 를 꺼냈음에도.

자신들은 패배한다── 그렇기에 예정되었던 승리라 웃으며 말하는 벗에게.

크라미는 멋쩍어져 자신도 모르게 얼굴을 돌리고 웃었다.

"크라미가, 이기지 못할 거라고 한다면── 이기지 못하는 거예요."

그렇다……. 크라미가 이기지 못한다고 단언했던 그 순간.

──필은 이 게임을 포기했다…….

이리하여 소라 일행에게 '친구로서' 협조하고 '친구로서' 제시한 카드.

다시 말해 '거래' 에── 조건을 바랐다. 즉, 누가 이기든.

── '베이그에게 평생 죄책감을 심도록' 명령하는 것…….

"요~~컨대 이기면 된다는 거지요!! 내가 바라는 건 '죄인의 단죄' ! 그렇다면~ 누가 누구의 힘으로 이기든~ 결과적으로는 죄인이 심판을 받으면 우리의 승리, 인 거예요~!!"

그렇게 밝게 행동하는 필을 보며, 크라미는 쓴웃음으로 대답 했다.

"……뭐, 승산을 얻었는데도 이 방법으로 이길 수 없었던 건
── 역시 분하지만."

"조금이라도 두들겨 패 준 만큼~ 우리는 다행인 거예요~ ♪
왜냐면──."

"응. 왜냐면 우린, 정말로 그냥 외부인인걸. 친구도 아니고 말
이지?"

베이그에게 지적받은 대로라고 비아냥거리는 웃음을 나누며,
크라미는 생각했다.

──이기지 못할 승부에, 그래도 이기려면 타인의 힘으로 이
기면 그만.

그렇다면── 대답할 수 없는 물음에, 그래도 구태여 대답한
다면?

"타인에게 대답하게 한다. ……요컨대 평소대로, 궤변으로
이긴다는 거지."

── '외상을 갚았느냐' 고, 과거를 묻는 물음에.

── '출세해서 갚겠다고' …… 미래를 제시해서…….

………….

"……그리고 인형은, 계속해서 하늘을 만들었어…… 그들만
은, 아직 보지 못하는 하늘을…….."

좁은 콕핏 안에서, 크라미는 '하늘' 의 환영을 보며 복잡한 표
정으로 웃었다.

자신이나 피이. 지브릴이나 워비스트, 올드데우스에── 이

번에는.

"타인의 하늘을. 또 하나 억지로 열어젖혔지…… '자기의 하늘'을 찾을 때까지……."

■ ■ ■

──그리하여 찬란하게 세계를 빛내는, 눈부신 빛은.

티르의 바깥에서 모아온 것을 용접하고 단접하고 땜빵으로 겹친 착오를.

모조리 녹이는 의지로 '주조'한 『창의력』 덕에 이른 영역이었으며──.

"…… 삼, 촌…… 본인, 약속…… 지켰…… 지, 말입니까……?"

미친 듯이 날뛰는 정령 때문에 그릇이 부서져 나갈 듯한 아픔에도.

"본인은, 삼촌도── 상상하지 못했던 영역에…… 있습니까?!"

당장에라도 정령회랑 접속신경이 녹아내릴 것처럼 타들어가는 열기에도 아랑곳 않고.

그저 티르는 꽃이 핀 듯 웃고 있었다── 그렇다……

"……어떤 기분, 인지…… 알고 싶지, 않습니……까……?!"

혼탁해진 티르의 의식이 보고 있던 것은── 이제는, 그저.

티르도…… 그 누구도, 상상할 수 없었던 것이라 확신하는…… 머나먼 하늘.

베이그의 모습조차 까마득히 멀어질 정도로 깊고, 이제는 새까만 하늘을 춤추는 감각이었다.

쥐어짜낸 목소리가 들렸을까── 아니, 목소리가 나왔을지도 확실치 않았지만──.

그래도── 먼 옛날의 약속을 지키고자.

반드시 넘어서겠다고 맹세했던── 그날의 새에게, 언젠가 바치겠노라고.

속으로 결심했던── 말이여. 웃음이여── 부디 닿기를.

그런 바람을 말로 자아냈다.

" '넌 평생 모를걸' 이지 말입니다!! 쌤통이지 말입니다!! 퉤!"

《얀마 빌어먹을 조카!! 앙갚음하는 거냐?! 너 이 몸 표정 흉내내고 앉았지?!》

미미한 음량으로 들려온 목소리를 똑똑히 들은 티르는 눈을 감고 쓴웃음을 지었다.

……제발 관두지 말입니다.

본인, 역시 새가 될 수 있었다고 착각할 것 같지 말입니다.

하지만 알고 있지 말입니다…… 그냥 착각이지 말입니다.

내일에라도. 어쩌면 1초 후에 똑똑히 깨닫게 될지도──.

──좋지 말입니다……!

어차피 내 특기라곤 잘못하는 것밖에 없지 말입니다──!!

── '할 수 있다' 고── '불가능은 없다' 고!

또 실패와 잘못의 산을 쌓겠지 말입니다!!

망설이며 고민하고 잘못하고── 그럴 때마다.

울고불고, 분해서 이를 갈고!

부끄러움과 눈물로 꼴사납게 물든 채 방황만 하는── 바보스럽기 그지없는 우회인생.

의미가 있는지조차 영원히 모를 수도 있는──.

그런 어리석은 행위를 반복해야만…… 그 길에서 보이지 않을, 경치가 있는 법.

하늘이 내린 재능을 가지고 태어난 자…… 비행기를 만들지 않는 새에게는.

──그래도 날고 싶다는 이 집념(<ruby>마음<rt></rt></ruby>)이 없는 새에게는, 결코 보이지 않을 경치.

상상도 못했던 장소에 이를 수 있는…… 이토록 즐거운 풍경(<ruby>기분<rt></rt></ruby>)이 있다면.

……몇 번이고 잘못해도 좋다고. 지금이라면 그렇게 단언할 수 있지 말입니다──…….

이리하여 시로의 품속에서, 힘이 빠져나간 티르와는 달리.

"……자아~ 똑똑하신 드워프는 처음 듣는 소리겠지만. 약자의 보통학(普通學)이란 걸 고맙게 경청해라, 앙?!"

기동 준비 완료를 알리는, 항성과도 같은 빛을 뿜어내는 『수폭』의 외각을 보며 소라는 부르짖었다.

"……보통은 말이다, 응? 세상일이란 상상한 대로 결과가 나오질 않아……."

——이를테면 인도로 가려고 바다에 나갔다가 잘못해서 신대륙에 도착했듯.

수학으로 모든 것을 증명하다가 잘못해서 수학을 부정하게 되어버리듯.

달에 가려고 로켓을 만들다가 잘못해서 오히려 지구에 쏟아붓게 되듯…….

……특히 인류에 한해서는—— '완벽' 따위 같잖은 소리.

어차피 잘못하게 돼 있다. 완벽 따위를 만들겠다는 기개 정도로는 부족하다. 그러므로——!!

"네놈은 스케일이 너무 좀스러워!! 하늘을 날겠다면—— 달도 넘어서 잘못해서 '화성'에 처박힐 정도의 기개가 있어야 겨우 기회가 한 번 올까말까라고!!"

그야…… 뭐…….

"깜빡해서 위아래를 착각해도—— 별을 꿰뚫고 반대편 하늘에는 갈 수 있을지도? ♪"

——완벽 이상의 결과가 나올지도 모르잖아?

《……까고 있네…… 이것들이——.》

하늘이 내린 재능을 가지고 태어난 자—— 감성만으로 날아왔던 새는.

　처음으로── 아니. 오랜만에 맛보는 '미지의 공포'에 물든 통신으로 대답했다.

　그렇다……. 『수폭』은 사용불능.

　그렇다면 지금 막 기동시키려는 것이 무엇인지도.

　그것으로 무엇을 할 생각인지도.

　나아가 조카가 보았던 그 높은 경지조차도, 전혀 상상할 수 없는 사내는.

　──그래도, 라고! 단 한 가지 상상할 수 있다는 확신에, 처음으로── 집념을 말로 바꾸어 부르짖었다.

　《요컨대 어떻게 될지 모른다는 거잖냐! '바보' 아냐아아아?!》

　──티르의 몸이 버티지 못할지도 모른다면──!!

　찰나. 베이그의 기체가 '폭발한' 모습을 마지막으로── 홀연히 사라졌다.

　소라의 눈에도, 대회장의 카메라에도 잔상조차 남기지 않는 기동으로, 하늘을 질주해 육박한 것이다.

　기체를 파탄 내 한계를 넘어 달려나가── 주먹에 실은 영혼은, 단 하나.

　──『넘어서고 말겠다』──.

　일격으로 승리하고 말겠노라고 하는 낌새에, 그렇기에 소라는 내심 웃으며 대답했다.

──그래. 그거야.

그게 헤매고 실패하고 잘못하는 것 말고는 재주가 없는 우리(바보)
의 삶이거든.

시행은 할지언정 착오는 없다── 똑똑이(너희)에게는 상상도 못했
던 충격이겠지.

──어떻게 될까? 그야 알 리가 없겠지──?!

"그러니 차라리 '실험하는(질러보는)' 거야!! 그게 『과학(바보들의 생각)』이란 거잖아?!"

그렇게 말하며 웃은 소라가 포구에 장전한 『수폭』의 내용물
을 기동시킨 찰나, 그보다 조금 뒤늦게.

베이그의 기체가 날린, 외각을 꿰뚫는 영혼의 일격이 닿았다
──.

■ ■ ■

베이그와 티르의 충돌── 영혼이 교차하고 뒤섞여 희뿌옇게
흐려진 그것은, 이제.

누구의 심상풍경(영혼)인지도 알 수 없이, 그저 코어를 따라 모두의
뇌리를 내달렸다…….

───────………….

……그 남자는, 뛰어난 감성을 가지고 태어났다.

자타가 공인하는 천재였으며, 그럼에도 자만하지 않고. 그저

자부심만을 안은 채.

무심하게, 그러나 맹렬히, 그는 해머를 휘둘렀다.

더 나은── 아니. 가장 뛰어난 작품을 만들겠노라고.

전에 없던 걸작을. 신이 깃든 궁극의 작품을!!

드워프 사상 단 한 명, 그 남자의 선조만이 도달했던^{보았던}── '신의 영역'.

개념개찬──『창조』에 손가락을 걸친 천재의 뒷모습까지도 시야에 담고.

6천여 년 전, 타의 추종을 불허했던 극한에 스스로 이르겠노라고.

걸작^{성공}의 산을 쌓아올린 그 사내야말로, 지고의 재래. 다음 두령이라고 모두가 확신했다.

바로 그 무렵, 사내는 자신에게 달라붙는 묘한 꼬맹이에게 노성을 터뜨리고 있었다──.

"야…… 짜증 난단 말이다, 이 꼬맹아!! 이 몸의 신업^일을 방해하지 말라고!!"

"방해하는 게 아니지 말입니다. '장래의 신랑감' 유혹하는 거지 말입니다."

남자에게 태연히 반론하는 그것은, 아직 어린── 조그만 여자아이였다.

정확하게는, 그의『장래 아내』를 자청하며──

"방해가 된다고 생각하면! 삼촌이 본인에게 신경이 쓰인다는 증거, 이지 말입니다?!"

" '빌어먹을 조카' 가 시야에서 짜증나게 윙크 날리고 키스하면 그야 신경이 곤두서지?!"

어째서인지 그를 묘하게 잘 따르는, 사내의 형수 중 한 사람이 낳은, 시건방진 딸내미였다.

"털도 안 난 꼬맹이한테는 관심 없어————
———— 눈에 거슬리니 꺼져."

그렇게 눈을 날카롭게 뜨며 명령하는 사내의 외눈에—— 아이는 몸을 떨었다.

——그것으로 끝. 모두가 사내에게서 거리를 두었다.

가차 없는 안광. 아이조차 사는 세계가 다르다는 사실을 깨닫는 것이 보통……이었는데…….

"어, 어떻게 '맨들맨들' 인 걸 알지 말입니까?! 봤지 말입니까?!"

그 아이가 몸을 떨었던 이유는 알몸을 봤다는 의심 때문이었으며.

덧붙이자면—— 이 대화는 이미 다섯 번째였으며. 다시 말해.

"본인을 엿봤던 거지 말입니까?! 핥듯이 몸을 봤지 말입니까 이제는시집도못가지말입니다삼촌이책임지고본인『두령의아내』가되어팔자고쳐야하지말입니다! 자자자? 서방님~? 아내의 몸이라면 언~제든 보여드리지 말. 입——."

"수염은 얼굴만 봐도 알 수 있잖아?! 얼굴 붉히지 말라고아니왜벗는건데넌?!"

"예!! 안 되지 말입니다! 아이에게 흥분하는 변태의 아내는 싫지 말입니다!!"

"말 좀 들어라, 응?! 그리고 아까는 유혹한다며?! 나더러 어쩌라고?!"

아무리 쫓아내도 소용없던 꼬마를 상대로, 사내는 머리를 감싸쥐었다.

——대체 뭐지……. 이놈의 빌어먹을 꼬맹이…….

자꾸만 이상한 억지 논리를 가져다 붙이는 조카. 하지만 그 이상으로, 사내는 자신의 불쾌감에 더욱 당황했다.

실패도 좌절도 모르는 그 사내에게는 별로 인연이 없던—— 그 감정에.

그것이 처음으로 느낀 '분노'였음을 자각한 것은 좀 더 시간이 지난 후의 이야기——.

"……잘 들어라, 빌어먹을 조카. 이 몸은 짱~ 천재. 다시 말해 짱~ 멋진 남자다. 그치?"

"예! 그, 그런 분의 아내, 본인은 다시 말해 짱~ 멋진 여자이지 말입니다, 라는 말씀……?!"

"응, 아니야. 그게 문제라고—— 네놈은 나한테 하나도 안 어울려."

그러므로 이때는—— 이렇게 단언했다.

"네놈은 평생—— 멋진 여자는 못 돼."

————.

"……하아…… 멋진 여자, 는, 어떤 거지 말입니까……?"

"우선 털이 난 어른이지. 넌 논외. 그리고 이 몸에게 잘 어울리는 여자—— 그래, 우선은 가슴이 커야 하고, 이 몸과 동등하거나 그 이상의 영장을 만들 재능이 없으면 얘기조차 안 돼. 그리고~ 뭐, 짱~ 미녀에 짱~ 조신하지만 이 몸에게는 짱~ 밝히는. 이게 멋진 여자야."

"……삼촌. 그건 그냥 '짱~ 편리한 여자' 지 말입니다."

"————아앙?!"

"그그, 그게, 드워프한테 거유는 없지 말입니다! '그리고~' 다음부터는 전부 '여자 모르는 숫총각의 망상' 이라고 숙모님들 얘기하던 그대로지 말입니다! 삼촌 숫총각? 근데 숫총각이 뭐지 말입니까?!"

"시끄럽거든?! 초상적 멋진 남자가 초상적 멋진 여자를 원하는 게 뭐가 잘못이냐고 망할 놈의 형수들!!"

——그리고.

"후, 할 수 없지 말입니다. 본인이 멋진 여자가 되어드리지 말입니다."

…………문득.

"본인, 앞으로 13년이면 어른이지 말입니다. 털도 수북수북 자라날 거지 말입니다!! 미인에다~ 조……조신? 도 할 거지 말입니다! 삼촌이 본인 밝히게 만들면 클리어지 말입니다!!"

청백색 눈을 빛내며 말하는 꼬마가 매우 불쾌하게 여겨졌다.

"본인, 열심히 삼촌 같은 영장 만들 거지 말입니다. 가슴만 포기해 주면 멋진 여자가 된 본인이 짠!! 삼촌의 숫총각?도 본인이 어떻게든 해 주지 말입니다!!"

——그러면서 숫총각이 뭐지 말입니까? 하고 묻는 웃음에.

사내 자신도 영문 모를 감정을, 쏟아내는 듯한 말로——

"무리야. 영장 만드는 법은—— '무능력자' 는 평생 몰라."

……그것이—— 사내가.

————처음으로 잘못 파악했던 것이었다…….

"……무, 능……? ……어? 본인, 말입니까……?"

……뭔데.

뭔데, 왜 귀를 의심하는 것처럼 눈물을 글썽거려?!

사내가 불쾌감을 더욱 키워가는 가운데.

"어, 어째서지, 말입니까? 보, 본인, 여, 열심히 하고 있지 말입니다?"

"열심히 한다고 되는 게 아니야……!! 왜 그런 것도 몰라?!"

아아—— 그 아이는, 정말로 몰랐던 것이었다.

——그저 상상하는 것을 그대로 창조하는 종족—— 드워프.

사내에게 보이는 것을 자신은 보지 못한다는 것조차 모르는 것이다.

자신에게는 재능이 없다고, 그야말로 상상한 적조차 없었던 것이다.

그러나 왜 그것이 이렇게도 불쾌했을까, 사내도 곤혹스러워하는 가운데——.

"……모르, 모르겠지, 말입니다……. 그, 그게……."

오열 섞인 반론에, 사내는 마침내.

"삼촌이야말로, 자기가 왜 모르는지 모르지, 말입니다!"

——그 대답을 얻었다.

"모르, 는데…… 만들지, 못한다고…… 단언할, 거면."

————.

"사, 삼촌도—— 삼촌의 '상상'은 못 넘지 말입니다!!"

————————.

"오, 오히려? 사, 삼촌이 상상하지 못했던 본인, 삼촌의 상상을 이미 넘어섰지 말입니다. 가볍~게 삼촌을 넘어서는 영장도 만들 수 있…… 흑, 논파했지 말입니다!"

……그렇다…… 사내 또한, 그 아이를 몰랐던 것이다.

그 아이가 무엇을 생각하고, 무엇을 상상하고, 왜…… 울고 있는지, 전혀…….

누구보다도 동경하는 천재에게^{사 내} '무능력자'라고.

절대적인 선고를 받았으면서도, 여전히 반론하고, 심지어 넘어섰다고.

눈물을 흘리고 절망하면서도, 푸른 의지가 깃든 눈으로 단언한 그것을.

모순이. 망설이지 않는, 잘못하지 않는 사내는 전혀 이해할 수 없어서——.

…… '상상할 수 없는 꼬마에게' 겁을 먹었다…….

……그 사내는 뛰어난 센스를 가지고 태어났다.

사상 단 한 사람, 사내의 선조만이 보았던 신의 영역마저 눈에 담은 센스를 가지고.

이리하여 6천여 년, 타의 추종을 불허했던 극한에, 보란 듯이 이르러.

————그래서? 그다음은?

선조의 '뒷모습' 만 보았던 사내는 그래도 왠지 그냥 알았다.

그렇다면 자신의 선조는—— 무엇을 보았기에 그러한 신의 역역에 이르렀는가를.

——그것은 보통의 드워프가 아니었으리라고.

좀 더 이질적인, 읽을 수도 없고 알지도 못하고 상상할 수도 없는…… 그야말로.

선조가 반했다는 '가슴 큰 여자' 와도 같은—— 혹은——.

"보, 본인, 삼촌을 넘어서는 영장, 만들 거라고…… 『약속』하지 말입니다."

그렇게 불안스럽게 단언했던, 모순된 아이가 선언한 대로.

"……좋고말고. 그럼 이 몸을 넘어서는 영장을 만들어서 덤벼 봐."

6천 년에 걸친 드워프의 정체 상태…… 센스의 한계를 넘어선 곳에 이르렀다——.

"이 몸을 이길 수 있는, 짱 멋진 여자, 기다리고 있으마——
『약속』이다."

——그렇게, '짱' 멋진 여자가 된, 이 아이처럼…….

사내와 아이는, 둘이 손가락을 걸고 서로 맹세했다.

그 아이의, 눈물을 참고 올려다보는 눈동자의 의미는—— 끝
까지 알지도 못하고.

그러므로 사내는, 그것을 알 수 있을 때까지. 넘어설 때까지.
하다못해.

그런 멋진 여자에게 어울리는…… 한계까지 멋진 남자로 있
고자, 결심했다…….

——하지만, 그 아이는 도망쳤다…….

모순된 채로. 쫓아가도 도망치던 아이를, 마침내 이해하지 못
한 채.

세월만이 흘러가고—— 어느 날.

——사내는 묘한 이마니티가 준비한 '독'^{함정} 에 고스란히 빠져버
렸다.

과거에서 도망치면서도 이기고 있는. 그런 이세계인에 사내
는 상상^{확신}했다.

그들이라면—— 그 아이가 어째서 도망쳤는지 알 것이라고.

……과연. 그 직감은 역시 옳았다. 다만——

【……흔해 빠진 결말이었어……. 도망쳤던 건 이 몸이었다
이거지.】

겹쳐지는 의식 속에서, 그때 아이의 영혼을 접하고 사내는 자조하듯 웃었다.

한계를 간파당했던 사내는── 한계를 넘는다는 것에서 스스로 도망쳤던 셈이었다.

──그날 아이가 왜 울었는지…… 알려는 것에서도.

불안에 젖었던 그 눈이 원하던 것은──.

날지 못한다는 것을 알고 하늘에 도전한다…… 그 오기에 비례해 깊은, 어둠 속.

더듬어 나가는 그 손을 잡아줄 누군가……. 그것뿐이었던 것이다…….

사내는 넘어서도록 기다려서는 안 되었다.

사내는 한계를 넘을 방법을 아이와 함께 찾았어야 했다──.

【……그럴까? 정말로 그럴까? 넌 도망쳤던 거야? 정말로?】

겹쳐지는 의식. 생각을 가로막는 젊은 사내의 목소리가 그렇게 비아냥거리며 웃었다.

【티르와 함께 쓰레기장에 떨어져서. 나랑 시로처럼 되는 게 도망치지 않는다는 거야? 그게 옳은 거야? 그야 그럴지도 모르지. 하지만 그게 아닐지도 모르지.】

──사내는 과거의 외상으로부터 도망쳤던 걸까.

자신은 상상도 할 수 없다고 기대했던 모순으로부터.

이해 못할 아이를 이해하려 했던 자신으로부터.

불가능하다고 말하는 감성을 거역하고 도망치는 아이를 좇아. 우리를 구실로 삼아서까지——.

——안 그래? 도망치지 않는 것과.

도망치는 것에서 도망치는 것.

뭐가 달라……?

■ ■ ■

——그리하여…… 지상까지 뒤흔드는 충격이 가신 지하공간.

거체의 파츠를 이어놓았던 힘이 사라져, 고철이 우박처럼 쏟아지는 가운데.

소용돌이치는 분진을 가르고, 정신을 잃은 소녀를 안은 채 걷는 사내가 있었다.

그것은 붉게 녹이 슨 사내.

오버로드로 광채를 잃은 미스릴—— 머리카락도 수염도 녹슨 것 같은…… 그러나.

이상하게도, 그것이야말로 『드라우프니르』라는 성을 가진 사내—— '본래 모습'이라고.

어떻게 될지 알 수 없는—— 한계를 넘어선 힘까지 불사하고 자신을 혹사해, 계속 넘어서서.

유일하게 종의 한계를 넘어섰던 어리석은 자의 증거인 것처럼 보였다…….

──죽게 두지 않겠다고. 기체를 파탄 내 한계를 넘어, 마침내 조카를 구출한 사내는.

그러나 느닷없이. 자신의 품 안에서, 기절한 채로도 해머를 놓지 않는── 진심으로 즐거워하는 듯한.

가슴을 크게 들썩이며 잠든 채 웃는 조카에게──.

"…………하…… 핫…… 하아, 하하하하……!!"

이번에야말로, 부러진 대검(영혼)과 마찬가지로 무릎을 꺾고, 땅바닥에 대자로 뻗어 웃었다.

"……아아…… 미래는 '빌어먹을 조카의 완전승리'…… 틀림없는…… 완패구만……."

그렇다── 철저하게 패배했음을 깨닫고 하늘을 우러러보던 베이그는.

그리하여── 중계를 통해 보고 있던, 모든 드워프와 함께.

── '하늘' 의…… 환영을 보았다…….

지하에 있을 리 없는, 모르는 하늘을…… 똑똑히 보았다.

티르가 말했던── 이 세계의 하늘(나라)을 가둬둔 것이, 부서진 것처럼.

6천 년 만에 억지로 벌어진── 높은, 푸른 하늘 저편을…….

"……자신이 얼마나 좀스럽고, 악취미인지. 통감했냐? 베이그 드라우프니르."

그렇게 묻는, 자신을 확인하듯 내려다보는 여러 명의 그림자 중 하나.

베이그의 코어가 부서진 찰나, 지브릴이 구출한 일동을 흘끔 보고.

"싸움이란 수준이 같아야 하는 거지. 미안한데 내 상대로 너는 아직 역부족이야."

——그렇다. 자신은 얼마나 좀스러운 사내였는지.

그와 달리——.

베이그는 소라를, 눈부신 듯 우러러보았다.

"……빈유도 거유도 폭유도, 가짜도 진짜도…… 전부, 가슴이잖냐……?"

——크구나…… 너무나도 크구나. 그렇게 생각하며, 소라의 온화한 눈빛에도.

"가슴을 좋아한다고 할 거면 왜 '옳고 그름' 을 따지는데—— '사랑' 을 말해야지."

열반의 경지에 이른 것처럼 맑은, 너무나도 크나큰 사내의 그 목소리에도.

"자기 취향의 획일화된 거유가 아니면 다 가짜라고 부정하고, 남에게 취향을 강요하고……."

——규탄도, 꾸지람도, 모욕도 매도도 없었다—— 그저……

해탈에 이른 사내의 참된 가르침을 받드는 울림만이 있었다. 그것은 다시 말해——.

"그런 영혼에게—— 설명할 만큼 내 영혼은, 싸지 않아……."

……그대가 훌륭하다고 생각하는 것. 그것이 곧 행복이니라.

누가 되었든, 그대가 그렇게 생각할 자유를 침해할 수는 없느니라.

그렇다면 그 마음을 설파하매 어찌 남을 부정하느뇨—— 아아.

"이상적인 거유? 네놈이 손을 대야 완벽? 아~아 좀스러워 좀스러워!!"

——자신감이 없기 때문이다. 베이그야말로, 자신감이 없었던 것이다.

이 광대무변한 사내. 그야말로, 소라는.

처음부터 베이그의 아득한 저편, 고차원에 있었던.

……그레이트한, 동정남이었던 것이다. 그렇다————

"이상적인 가슴을 추구한다면—— '이상을 가볍~게 넘어서는 여자'를 추구할 기개가 있어야 비로소 찬스가 한 번 올까말까~ 한 거지?! 가슴 하나만 이상에 도달해서 어쩌라고~?!"

아아…… 정말로, 빌어먹을 조카가 말한 그대로였군.

그날 그 아이는, 처음부터 자신을 넘어서고 있었다…… 심지어 이번에야말로.

상상을 초월한 멋진 여자가 되었다고—— 소라도 미소를 지었다.

"……그래. 완벽 따위를 추구했던, 그게 이 몸의 한계였군."

처음으로 그 아이가 동경해온 '하늘'을 본 베이그는 생각했다.

그 아이는, 새 따위를 보고 있었던 것이 아니었다.

처음부터—— 새가 춤추는—— 하늘을 보고 있었지…….

"……그래. 빌어먹을 조카가 봤던 게, 나한테도 겨우 보였다."

바라고, 생각하고, 애태우고, 그럼에도 결국 상상하지 못했던
—— 영역을.

계속 추구했던…… 완벽을 넘어서는 이상의 거유…… 그래,
그렇다——.

——디요요용……
새근새근 숨을 쉬며 오르내리는 티르의 가슴—— '폭유'에.
조형미가 무너져 약간 언밸런스할 정도로, 지나친 슴가에.
마침내 발견한, 한계 너머에 있었던 이상에, 싱긋.
순진한 눈빛을 보내며, 베이그는 행복하게 웃었다…………．

■ ■ ■

——그렇다…… 그것은 사상 단둘만이 보았던 신의 영역.
그 영역의 문을, 보지 못한 채 우연히 연 세 번째 사람에 의해
발생한 성공의 부차결과.
다시 말해 『수폭』의 외각을 감싼—— 두 개의 『개찬신수』에
의한 '개념공명'에——.

"저기, 무, 무겁잖아요 서지도 못하겠잖아요?! 이런 건 『거
유』가 아니에요!!"
"아니옵니다. 『거유?신수』에 의한 개념공명이온지라——."
"【해석】: 명칭불명 여성의 가슴둘레 수치. 속칭 『초유』로 분

류되는 것으로 측정. 지극히 한정적인 지지세력 존재."

　"뭐라는 건지 모르겠거든요?! 이거 원래대로 돌아가는 거죠?! 생활이 불가능하다고요!"

　"저는~ 우연히 크라미와 똑같이 됐으니~ 돌아가지 못해도 괜찮지만요~♡"

　"장난하지 말고오?! 왜 나는 더 줄어든 거야?! 『무유』는 인정 못해! 그리고 피이는 그 『빈유』 가지고 똑같아졌다고 완곡하게 디스하지 말고?! 얼른 내 영혼 원래대로 돌려내!!"

　"【질문】: 본 기체의 가슴둘레. 『풍유』로 분류된다 추정…… 『거유신수』의 개념공명에 의문을 제시."

　"아니옵니다. 그러니까 『거유신수』가 아니라 『거유?신수』의 개념공명이온지라──."

　그렇게── 랜덤하게 바뀐 가슴에 소란을 떠는 여성진의 광경.

　그것은 폭발하지 않고 작동했던 점을 제외하면, 4일 전의 『실험』과 완전히 똑같은 광경이었다.

　초대 두령 로니 드라우프니르의 『거유신수』에 또 하나의 『개찬신수』를 병용했던 '개념공명'.

　그렇다, 4일 전과 같은 일이 일어났을 뿐이다. 폭발이 아니라 그 부차결과── 다시 말해.

　"요약하자면 4일 전, 두 분 마스터의 위대한 지도에 따라 무가공 『신수』에 『거유신수』와 완전히 똑같은 각인을 새긴 『수수께끼의 신수』를 기동하는 실험을 행했을 때와 마찬가지로──."

그렇게, 당시 현장에 없었던 두 사람에게 지브릴이 다시 들려준 내용은.

  "가까이 있던 『거유신수』와 상호간섭하여——— 복합적인 개념공명이 발생했던 것이 아닐까 하옵니다."

  그렇다…… 원리는 불명. 애초에 개념의 개찬이란 것조차 아무도 이해하지 못한다.

  따라서 지브릴조차, 설명도 해설도 불가능한 그 이해불능을.

  구태여 대충 해석해, 언어로 바꾼 설명이었다. 그것은 곧———

  "다시 말해——— 『거유이지 말입니까?』 하는 의문형의 개념공명이."

  "아무리 봐도 거유가 아니잖아요?!"

  "그러니까 '이게 거유?' 하고 누구나가 의문을 제기할 『거유?신수』이오며———."

■ ■ ■

  "각설하고. 남의 큐피드 역할 따위 이게 최초이자 마지막이다, 알았냐?!"

  그렇게——— 소란은 내버려둔 채.

  "거유? 어디?" 하고 있는, 유일하게 변화가 없었던 여동생의 손을 잡은 채.

"나~ 원~ 왜~ 애인 없는 역사 = 나이를 갱신 중인 내가!! 남캐 공략을 거들어 줘야 하는데?! 심지어 유일무이한! 진정한! 갈색 합법 로리 오니소녀를?!"

"……행복, 해져야, 해…… ♪ 히로인 레이스, 1명 탈락…… 아자……."

그렇게 떠나가는 남매의 뒷모습이 건넨 말을 똑똑히 들은 베이그는——.

자신의 품 안, 아직도 행복하게 미소지은 채 잠든 조카의 얼굴에 슬쩍 쓴웃음을 지었다.

"……여어…… 네놈들의 '영혼'^{답변} …… 똑똑히 잘 들었다……."

이세계에서 온 남매가 마지막까지 하지 않았던 말.

말로도 하지 않고, 영혼으로도 말하지 않았던 그 대답을—— 그렇다…….

"시험해서 미안하다. 하늘, 보여줘서…… 고맙고……."

이 게임을 클리어하면—— 이기려고 도망쳤다 하겠다고.

그렇게 말한…… 그런 기분이 들었다. 그러므로————

"네놈들의 그 미래^{하늘}, 만드는 걸 거들어 주지. 친구로서."

이 세계. 정석^{게임 규칙}. 그 모든 것을 뒤집고.

정리하면^{클리어}—— 각오해라.

————다음에는 네놈이다 지구^{망 게임}, 라고…….

⏻ Crash/END

그리고 하룻밤이 지나—— 하덴펠의 수도에서.

종의 한계를 깬 격전에 흥분이 채 가시지 않은 지하도시의—— 한구석.

조그만 주점에서, 잔을 기울이며 테이블을 에워싼 무리가 있었다.

그것은 격전을 제압한 당사자들. 더 정확하게 말하자면——

"【개회】: 제1회 『결국 주인님의 취향은 무엇인가』. 철저 고찰 회의. Yeah~."

""""Yeah~.""""

"Yeah~ 가 아니지?! 응? 뒤풀이—— 축하 모임 아니었냐?!"

그렇게 비명을 지르는 소라를 에워싸고—— 다가서는 네 명의 여성이었다…….

……필과 크라미는 냉큼 돌아갔는지, 아니면 피난했는지.

아무튼 두 사람을 제외하고 지브릴과 이미르아인, 스테프와…… 시로까지.

축하모임이라는 명목으로 모여 시작한, 여성진에 의한 '재판' 에 걸려든 소라는.

"그보다 '결국' 은 또 뭔데?! 그러니까 가슴은 공평하게 사랑하기로, 그렇게 말했잖아?!"

　당장 불평을 늘어놓았지만, 간발의 차이도 주지 않고 이어진 즉답의 연속이 이를 기각시켜버렸다.

　"【부정】: 본 주장은 사상의 차유, 취향의 자유를 호소하는 주장. 추인님 차신의 성애는 미해답."

　"또한, 마스터의 성적 취향은 안이하게 말할 정도로 값싸지 않다고도 말씀하셨사오며……"

　"……필연적으로…… 빠야, 한테는…… 빠야, 의…… 취향이…… 말만, 안 했을 뿐…… 있어."

　그리고, 라고 덧붙이며.

　증거를 늘어놓아 피고를 몰아붙이듯──

　"【재생】: ── '거유가 되든 할머니가 되든 아예 남자가 되든!! 오빠가 시로를 싫어하겠냐'. '어떤 모습이 되든 시로는 오빠가 너무나도 좋아하는 시로야'. 이상의 발언을 기록."

　"왜 네 맘대로 기록하는데?!"

　"……이미르아인, 그, 음성 데이터…… 줘……!"

　커다란 볼륨으로 울려 퍼진 게임 당시 소라의 발언에 남매가 서로 다른 의미의 비명을 질렀다.

　그러나 한편, 이미르아인과 지브릴은 담담히 추궁을 거듭했으니──.

　"【정리】: 로리콘이라 추정되었던 주인님의 취향. 연령 성별 불문까지 확대. 재고찰 필요."

"하오나 한편으로 마스터께서 호의 반응을 제시한 분은 어린 모습뿐…… 게다가──."

"【근거】: 명칭불명 여성의 유방을 탐닉하였음. 자유의지로. 이상의 정보를 토대로 종합 추정──."

그리고 그 추리의 결론을 제시했다── 그것은 곧!

"【결론】: 주인님의 취향은 『짐승귀갈색거유여장소년로리할머니』라 단정……!"

"나 그렇게 배배 꼬인 인간이야?! 그 속성 과다하게 먹인 생물은 대체 뭔데?!"

──차라리 여자라면 다 좋다고 하는 게 낫겠다 싶은 생트집에 소라는 울부짖었으나.

이어진 소녀의 목소리── 얼굴을 붉히며, 눈을 살짝 깔고 묻는 스테프의 목소리에──.

"그, 그러면, 소라…… 왜 저만…… 그…… 가슴, 만졌던 건가요?"

────조용…….

느닷없이 찾아온 정적, 몰려드는 시선에 말을 끊고 하늘을 우러러보며── 이렇게 생각했다.

왜일까…… 하고.

픽션에나 나와야 할── 현실에서는 칼침 맞고 인생에서 퇴장당해야 할 존재.

── '인기남'이 받아야 할 대접을, 왜 자신이 받고 있느냐고.

주인공 특권조차 누릴 수 없는 몸으로 아수라장의 분위기를
만끽하며, 소라는 내심…… 대답했다.

──왜 스테프의 가슴을 만졌을까?

동생이. 시로가 허가했기 때문에. 이상!!

소라가 자신의 뜻, 자신의 손으로 므흣한 짓을 할 수 있었던 경
우는 한 번도 없었던 것이다!

그렇기에 소라(18세/숫총각)와 인기남. 공통점도 없고 이해
할 수도 없는 이 상황에── 그래도.

비범한 심리분석…… 거짓말쟁이 인형이기에 가능한 '재능'
이, 확신케 만들었다…….

──여기서 그렇게 대답했다간 뭔가가 '끝장' 난다고……!!

"………… ♪"

그렇다…… 시로의── '얼른 말해.' 라는 저 표정이 무엇보
다도 큰 증거다.

왜냐면 이 오빠는 그 표정을 알거든. 오빠가 악수를 두기를 기
대하는 표정이거든.

그러나 왜. 그렇게 하면 대체 무엇이 '끝장' 나고── 왜 시로
의 승리가 되는지──?!

자신에게 몰려드는 다종다양한 시선과 고뇌로 허덕이던 소라
는── 결국 느닷없이.

"후, 후후후이지 말입니다!! 따, 따돌렸지 말입니다…… 도망쳤지 말입니다"

"티〜〜르〜〜!! 아〜진짜기다리다죽을뻔했잖아왜이리늦었어?!"

살벌한 법정에 나타난 구세주^{술 집}에게 달려들었다.

그리고—— 쳇, 하는 여성진의 혀 차는 소리.

주빈이 도착해 강제 종료된 재판을 아쉬워하는 그 의미를 알 리가 없었으므로.

필사적으로 숨을 고르던 티르는,

"늦어서 죄송하지 말입니다. '추격자' 때문에, 고생했지…… 말입니다."

경례를 한 차례 올리고, 지각한 이유를—— 어물어물.

"깨, 깨어나고 보니…… 어째서인지 수많은 드워프가 몰려와서…… 납치당할 뻔했지 말입니다. 무서웠지 말입니다! 하지만 본인은 도망치는 프로이지 말입니다. 잡히지 않지 말입니다!!"

그렇게 자신만만한 목소리로 의연하게 말했다—— 그렇다!

"그, 그건 두령님께 이긴 못난이 두더지를 말살하려는 거지 말입니다!! 후후, 하지만 그렇게는 안 되지 말입니다!! 모, 못하지 말입니다? 헤, 헬프이지 말입니다……!"

……살려 주세요…… 하고.

겁먹은 눈으로 올려다보며 애원하는 티르에게, 소라와 시로는 쓴웃음을 나누고——.

"그래, 말살하게 두진 않을 거야—— 왜냐면 아무도 그러지 못하거든."

"······이 나라······ 전부······ 티르 거, 니까······ ♪"

————그렇게.

느닷없이 들려온 말에, 티르는 고개를 갸웃하고.

"——네······? 파든(pardon), 이지 말입니다?"

"어? 아니, 그러니까. 내기의 내용······ 문언, 좀 떠올려봐."

대금······ 베이그의 전 재산은 승자에게. 따라서——.

"그러니까 베이그의 것은 모두 승자—— 다시 말해 티르 거잖아?"

"······응. 전, 부······ 당연히, 전권대리자 자리, 도······ 그러니까——."

어차피 소라와 시로는 베이그에게 『약』을 팔아야만 했다.

남은 것은 『대금』을 지불하느냐 마느냐였을 뿐—— 이리하여 『대금』은 치러졌다.

그렇다——.

"베이그를 넘어선 영장 기술자—— 티르가 새 두령인 거지 ♪"

""네에〜〜〜〜〜〜〜에에에에에?!?!""

그리고—— 그 비명은, 티르와 스테프 두 사람에게서 터져 나왔다.

"네? 그, 그러면 소라와 시로는 아무것도 얻지 못한 것 아닌가요?!"

그럼 무엇을 위해 했던 게임이었느냐고, 스테프가 지른 비명 섞인 물음에는——

"아앙? 얻었구만 무슨. 원하는 건 모초리."

의연하게 발소리를 내며 도착한—— 또 한 사람의 주빈이 대답해 주었다.

——혼례복을 입고, 오른손에는 검을—— 왼손에는 꽃다발을 든 사내.

비할 데 없는 재능을, 한계를, 그럼에도 더 높은 경지에 도전하는 것까지 알게 된, 붉은 녹이 슨 미스릴색 머리 사내.

오만과 겸손, 긍지와 공경을 겸하기에 이른—— 스테프조차 자신도 모르게 숨을 들이마시고, 소라가 반사적으로 혀를 찰 정도로—— 몸가짐마저 단정하게 갖추어, 이번에야말로 나무랄 데 없는 멋진 남자를 보여주는 드워프.

다시 말해 베이그 드라우프니르가 이은 말처럼…….

"애초에, 이 몸은 함정에 빠진 시점에서 진 거지. 남은 건 친구가 되거나……"

그렇다—— 애초에, 소라와 시로의 목적은 지배가 아니라 공동투쟁이었다.

이번 게임, 소라 일행은 원래 응할 필요가 없었다. 그뿐이랴

———.

————이길 필요조차, 없었던 것이다…… 그저——

"그래서 우린 친구가 됐다. 영혼에 걸고 맹세하지. 네놈들에게 힘을 보태주겠다고."

베이그의 '영혼'에 대답할 수 있느냐…… 그뿐이었다.

대답하지 못한다면 소라와 시로는 포기할 거라고 내다보고 도발했으며, 응한다면—— 묻고 싶었을 뿐이었다.

베이그가 정말로 묻고 싶었던 상대의 대답을. 그것은——.

베이그가 '약속한 소녀'와—— 약속을 지키기 위해…….

"예에?! 엑. 본인이 두령—— 드워프의 전권대리? 엑? 절대 무리지 말입니다!"

"그래, 혼자선 무리겠지. 하지만 이 몸과 둘이서라면, 할 수 있지?"

그렇다—— 판돈을 지불해, 모든 것을 잃은 베이그에게 유일하게 남은 것.

베이그가 무릎을 꿇고, 반지를 내미는 모습에—— 눈을 크게 뜨는 소녀.

약속한 대로…… '부부가 함께'—— 친구로서 협조하겠다고——.

"……그러~면, 큐피드는 잠시 퇴석. 축하 모임은——."

"…… '엔딩' 끝나고……. 시로네, 는…… 짜질게."

그렇게 말하며 자리를 뜨는 소라와 시로를 지브릴과 이미르아인도 따라가고.

　스테프도 눈치를 챘는지――"아하." 하고 축복의 미소를 남긴 채 등을 돌렸다.

　그리고―― 한순간의 섬광과 이에 이어지는 사내의 목소리를 등지고 걸어나간 소라와 시로는.

　손을 맞잡고 생각했다…….

　"……네놈의 '몸' 을―― 이 몸의 자리로 삼게 해 다오."

　"…………!"

　그렇다…… 소라에게 시로가, 시로에게 소라가 필요하듯.

　티르에게도 새가…… 베이그에게도 하늘이 필요하다…….

　상상할 수 없는 하늘을 춤추는 새도, 하늘을 창조할 수는 없다.

　그러므로――

　"이 몸이 보지 못한 걸 보여줘. 그때마다 이 몸도 그보다 더 보여줄 테니까."

　티르가 베이그를 넘어서면, 베이그 또한 티르를 넘어선다…….

　그러면 된다고, 소라 또한, 자신과 손을 잡은 새를 보며 웃음을 주고받았다.

　――아이디어를 짜서 간신히 붙잡더라도.

　다음 순간에는 손을 빠져나가 저 멀리 가버리는 새와, 대담하게 웃음을 나눈다.

　"그러니까, 어~…… 그, 뭐냐? 이번에는 술도 안 마시고…… 진심으로 하는 말인데."

좋고말고. 몇 번이고 다시 잡고 말겠다고 웃는 소라에게.

응. 몇 번이고 손에서 빠져나갈 거라고, 새도 웃었다.

―――――그때마다 한계는 없음을…… 다시금 떠올리게 되니까…….

"이 몸에게 맛있게 먹혀주지 않겠나. 같이 절정^{꼭대기}까지 가 다오."

―――――그 떡밥…… 군이 회수할 필요, 있었냐……?

아, 아니, 필시 더 높은 경지로, 라는 의미겠지. 분명. 아마도.

티르를 계속 기다렸던 숫총각의 본심이 드러났다고는 애써 생각하지 않기로 하고, 떠나가던 소라 일행은―――.

"네. **무조건 싫지** 말입니다. 두령님, 너무너무 밉지 말입니다."

…………?

"그리고 '폭유^{이거}'. 시비를 걸어도 유분수지 말입니다!! **퉤!!**"

…………어라아……?

떠나가려던 발을 멈추고, 곤혹스러워하며 돌아본 소라 일행이 본 것은―――.

오히려 본인이 곤혹스러워하는 표정으로 굵은 눈물을 머금은 폭유화 티르와.

청혼을 일도양단당해 무릎을 꿇은 채 석상이 된 베이그의 모습이었다.

……흐음. 그랬군? ――조금 전 등에서 느껴졌던 섬광의 정

체가 이거였어.

겨우 며칠 사이에 냅다 티르를 따라잡아 『폭유신수』를 만든 것이리라.

베이그의 개념공명에 말려들어 디요요용 가슴이 흔들리는 티르는, 소라를 바라보고———.

"네? 그럼 본인—— 그렇게나 쓰레기 취급하던 놈들한테? 이제 와서 두령님이네~라고, 뜨거~운 태세 전환으로 쫓겨다녔던 거지 말입니까? **아〜앙?** 사람이 우습지 말입니까?!"

그리고 멋들어진 표정으로 석화된 베이그에게, 뚝뚝 눈물을 흘리더니.

"그리, 고…… 흑, 본인, 60년도 넘게 걸렸던 걸…… 하룻밤 사이에 자기 걸로 만들어놓고는 또 폭유화^{성희롱}—— 그렇게 본인 놀리는 게 즐겁지 말입니까?! 이거 원래대로 돌려놓지 말입니다 두령님 밉지 말입니다!! 소라 공, 시로 공~ 헬프이지 말입니다〜 빼애애애애앵~!!"

맹약의 강제력에 따라 원래의 밋밋한 가슴으로 돌아온 티르가, 마침내.

소라와 시로에게 달려들어 오열하는 그 모습에, 모두가 할 말을 잃었다…….

"보, 본인의 몸이라느니, 보지 못한 걸 보여달라느니…… 거, 겁탈당할 거지 말입니다!"

————흐음…… 그렇군.

다시 말해 프러포즈가 아니라 성희롱—— 아니, 범행 예고라 해석한 모양이었다.

　하기야 액면만 놓고 보면 그렇게 들리지만, 베이그가 혼례복 차림으로 반지를 내밀면서,

　"어…… 아니, 하지만 티르? 그 왜, 『약속』 있었잖아──? 베이그를 넘어서면~ 하는 거……?"

　──이렇게나 복선을 깔았는데, 청혼이란 걸 모르겠어……? 하고.

　멍청히 입을 벌린 일동을 대변하는 소라. 그러나 티르는 어리둥절하더니.

　"두령님을 넘어서는 영장을 만든다는 『약속』이…… 어쨌단 거지…… 말입니까?"

　그렇게 중얼거리고, 그 다음에야 어렴풋이 생각이 났는지.

　서서히 새파랗게 질려가는 얼굴로, 눈을 크게 뜨더니 이어지는 비명.

　"엑. 본인…… 약속했던 거, 어디까지나 영장으로 넘어선다는 거였지 말입니다……? 결혼, 이라니…… 그런 얘기라면 '미운' 정도가 아니라 '무섭지' 말입니다?! 그, 그야──."

　────흐음. 그러고 보니……

　소라는 이제 와서 새삼스레, 전에도 느꼈던 두 가지 위화감을…… 떠올렸다…….

　거유주의 사상에, 티르는…… 한 번도 물들지 않았던 것…… 그리고.

베이그를 넘어서면 결혼하고 싶다고…… 티르는 한마디도 하지 않았다는 것을…….

떨리는 목소리로 이어진 티르의 말에, 마침내 소라와 시로는 나란히 생각했다.

"'다섯 살' 때부터!! 만날 때마다 거유화했던 거, 놀린 게 아니라 그 준비였습니까?! 본인은 꿈에서 시달릴 정도로 거유가 싫어졌지 말입니다?! 야하게 조련당해 줄 편한 여자가 된 본인을 덮치려고, 79년이나 야한 의미로 대기 탄 건 겁니까?!"

……흐음…… 어째서일까…….

자신을 넘어서겠다고 선언한 조카를 계속 그리워하고 기다렸던 일편단심 사내가.

티르의 말을 듣고 보니, 찍 소리도 못할 변태처럼 들리는 이유는…….

모두가 말을 잃은 가운데, 포옥 소리와 함께 소라의 무릎 위의 시로의 무릎 위에 앉은 티르는.

"본인은 이미 있을 자리 정했지 말입니다!"

그렇게 말하며 이어진 목소리에, 베이그와 함께── 이번에는 소라와 시로까지 석화되었다.

"'여기' 지 말입니다. 두 분의 언니이지 말입니다!!"

────아?

"본인의 승리라면 동생들의 승리이지 말입니다. 그리고! 본인은 이딴 나라── 그리고 삼촌 같은 거 하나도 필요 없지 말입니다! 삶아먹든 구워먹든 동생^{두 분}들에게 맡길 거지 말입니다!! 퉤!"

버럭버럭 화를 내고 콧김을 날리며 베이그의 마지막 숨통을 끊는 티르에게, 소라는 쭈뼛쭈뼛.

"어…… 저기이~ 잠깐, 괜찮을까?"

"예! 잠깐이 아니라 얼마든지! 이 나라의 처우를——."

"아니, 그 전에—— 티르가 우리 누나라는 설정은, 어디서 갑자기 툭 튀어나온 거야?"

"네……? '시로 공이 니이의 여동생'이라면—— '본인은 시로 공의 언니'이지 말입니다? 필연적으로 '소라 공의 누나'가 된다……는 거지, 말입니다……? 어라?"

……아니야? 나 버릴 거야? 하는.

강아지처럼 그렁그렁 젖어드는 눈을 보고, 시로는 아직도 석화에서 풀려나지 못한 가운데.

"…………저기…… 말야. 티르…….."

그런 버림받은 강아지 같은 분위기에, 소라는 어떤 보류안건 하나를 떠올렸다.

'어서 오렴.'이라고 말한 다음, 주워온 티르의 포지션을 어떻게 할지 정하려 했을 때—— 그리고,

"다시 한 번, 이름—— '풀네임'으로, 말해 줄 수 있을까?"

소라의 중얼거림에 생각나는 것이 있는지, 시로가 눈을 크게 뜨며 새파랗게 질렸다…… 그랬다……

——『티르빙의 니————…………이~……라고~?』

시로 때문에 중단되었던 자기소개의 뒷말을 묻는 소라에게,

그 뒤는 없었다면서——.

"예. 티르빙 가문의——『*니이』이지, 말입니다……?"
—— '니이 티르빙' 은, 고개를 갸웃하며 대답했다…….

……다시 말해 '니이의 여동생 포지션은 시로 것' 이라는 시
로의 최후통첩에.
  온 힘을 다해 고개를 끄덕이고 무조건적으로 합의했던 것도
—— 아하…….
  시로가 여동생 포지션이라는—— 다시 말해 『니이』 본인의
여동생이라는 내용에 대해서였다.
  ——아니…… 하지만 그거 『맹약』의 강제력은 없는 설정 아
닌가? 하고.
  소라가 말하기도 전에, 티르는 『맹약』을 능가하는 자신의 의
지로.
  소라 무릎 위의 시로, 그 옆에 앉아—— 소라의 눈을—— 아니.

"본인, 여기가 좋지 말입니다. 여긴—— 하늘이 보이지 말입
니다."
  ——소라와 시로를. 흑발 청년과 하얀 소녀를 올려다보고.
  "새까맣고 아득한, 새를 어디까지고 데려가 줄…… 그런 하
늘이 보이지 말입니다."

---

* 일본어 원판에서 시로가 소라를 부르는 호칭. '니이(빠야)' 와 발음이 같다.

마치 소라와 시로의 약속…… 지키지 못한 약속을 아는 듯이.

──지키려고 한다고. 두 사람조차 모르는 ^{하늘}약속을──.

"이 하늘이 '어디까지 이어질지', 본인은 함께 확인하고 싶지 말입니다."

아니, 소라와 시로에게는 아직도 보이지 않는 그 ^{하늘}약속을── 지키고 말겠다고.

"본인의 모든 과거가 '두 분을 만나기 위해 있었던' 것처럼── 두 분이 본인에게 하늘을 보여준 것처럼. 이번에는 본인이, 언니로 서 그 하늘을 보여주는 데 힘이 될 거지 말입니다!"

그리고 눈을 가늘게 뜨며── 소라도, 시로조차도 넋을 잃을 만한 웃음으로.

"이세계에도 그 하늘은 이어져 있지 말입니다── 증명할 거지 말입니다!!"

그렇게 단언한 목소리의── 서브음성을, 소라와 시로는 분명히 들었다.

그렇다…… 분명, 티르에게는 새가. 베이그가 필요하다…… 그러나.

상상하지 못하는 하늘을 춤추는 새도. 창조하지 못하는 하늘을 만드는 하늘도…… 여기 있다.

……두령? 누구지 말입니까. 부른 적 없지 말입니다, 라고── ──…….

"베이그. 이거…… 들러리 준비해 놓고, 'NTR해버리는 스토리'…… 아닐까."

……응, 그런 경우가 있지.

트루 엔딩 플래그를 찍었더니, 반대로 기분 더러워지는 엔딩이 나올 때가…….

진심으로 난처한 표정을 지으며, 아직까지도 멋들어진 얼굴로 굳어버린 베이그의 석상을 보고, 어떻게 할지 심각하게 묻는 소라.

그러나, 결코 잘못할 리가 없는 종족…… 그렇기에 결코 고치려 하지도 않는 종족의 정점은.

상상도 해 보지 않았던, 상상하지도 못했던 것에 대해 가르침을 청하는 물음으로 대답했다──.

"……이봐, 친구…… '여자의 마음'이란 뭘까."

"……응…… 친구. 그건 우리 세계에서 '완전해명' 되었던 유일한 질문이야."

"……진짜 쩌는구만, 이세계……. 제발 좀 가르쳐 주겠어?"

그렇다, 인류── 별을 떠나 언젠가 우주의 끝, 가장 깊은 곳에도 이를 수 있는 존재.

모든 불가능을 뒤엎을 인간조차도── 오로지 그것만은……

"── '우주 전체를 해명했을 때, 마지막으로 남을 수수께끼'……라고 말이지……."

분명 영원히 뒤집을 수 없으리라고, 확신을 고하는 소라를 긍정하듯.

"……시로, 바보! 왜, 못 알아차렸어……! '플래그 과다'였던 걸……!!"

"【해석】: 해당 언니 자칭자에게서 《누님 속성》 검출 불가. '카무플라주'라 단정. 그러나 대상으로부터 검출 가능한 '연모'의 표적, 주인님과 동생님── 불가분. 【질문】: 당신 양쪽 다 가능한가요?"

"에엑?! 이미르아인은 연애 감정을 해석할 수 있어요?!"

"허어? 하오면 마스터를 해석하여 좋아하는 사람도, 취향도 알 수 있는 것이 아니온지요?"

─────────헉!!

숨을 삼키는 기척과 함께 느닷없이 찾아온 침묵에 긴장감이 달리고, 소라도 깨달았다.

무수한 시선이 쏠리는 것도. 몸속을 들여다보고 있는 것까지도.

그러나 왜 그런 시선이 몸에 박히듯 날아드는지.

자신이 뭘 했다는 건지…… 깨달을 날은 역시 찾아올 기미조차 없었다.

이리하여 소라는 평소대로.

어디로. 왜. 무엇을 위해서인지는. 전혀 모르는 채── 망설임의 한 수를. 그러나.

시로의 손만은 망설임 없이 붙잡고, 승산 없는 승부에서 등을 돌린 채 도망쳤다————.

■ ■ ■

　——그리고 모두가 그의 등을 쫓아간 후 남겨진 사내는.

　혼례복 차림의 베이그는, 홀로 테이블 위에 빈 술병을 쌓고 있었다.

　……혼신의 프러포즈 실패에서—— 소라 일행을 쫓아간 티르가 떠나가며 남긴 요구.

　우선, 크라미 일행과의 거래대로 『평생의 죄책감』을 심어놓았으며, 여기에서 그치지 않고.

　삼촌도 나라도 필요 없다는, 베이그에게 전권대리를 포함한 모든 것을 반납하겠다는 말——.

　——『거유의 별에나 간 다음에 말 붙이지 말입니다. 퉤!』

　에둘러서 '다시는 말 걸지 마라' 라고 특대의 『거절』까지 명령받은 사내에게——.

　『……화려하게 차였구나, 꼬마. 네가 좌절할 때가 있다니, 거 참 신기한 술안주가 생겼구만.』

　——문득. 언제부터 있었는지.

　혹은 처음부터 있었는지. 곁에 앉은 존재의 웃음소리가 날아들었다.

　유쾌하다는 듯 영유를 기울이는 목소리의 주인을 보고, 베이그는 그저 신음소리로 대답했다.

"……미안한테 지금 그럴 기분 아니거든…… 혼자 있게 해 주쇼, '큰아버지'."

——그것은, 어디에나 있으면서도 어디에도 없는 존재.

초로의 모습으로 보이는, 신화(神火)와 똑같이 일렁이는 눈동자로 껄껄 웃는 개념에게.

베이그는 한숨을 한 차례 쉬고, 안광을 날카롭게 뜨며 말했다.

"혹시나 몰라 말하지만 그놈들은 '친구'요. 이 몸이 그렇게 결정했지—— 트집 잡으러 온 거라면 꺼지쇼."

그 누구라 하더라도 이의는 받지 않겠노라고, 공동투쟁의 뜻을 밝히는 목소리에.

『내가 너희 하는 일 따위에 간섭한 적이 있었냐……? 맘대로 해라.』

그저, 그야말로 불처럼. 일렁일렁 흘려넘기고.

『설마 엘프가 내 가호를 쓰는 날이 오다니 말야? 재미난 놈들이잖냐.』

그저 맹렬한 불길과도 같이 유쾌하게, 한층 호탕한 홍소로.

신화로를 높이 불태우며, 자신의 개념을 드러내듯 올드데우스가 웃었다.

——대장장이 신, 오케인…….

드워프의 창조주에 어울리는, 자유분방한 웃음에——

"그럼 진짜 나 혼자 좀 있게 해 주쇼. 이 몸은 생애 맥스로 바쁘니까."

『호오? 실연당한 소녀처럼 질질 짜는 게 그렇게 바쁘냐? 거 수고가 많구나.』

하지만 그렇게 비아냥거리던 대장장이 신도, 베이그가 대담한 말에—— 자기도 모르게 입을 다물었다.

" '거유의 별' 에 가야 한단 말이요!!"

————.

"크아아악!! 잘 들으쇼?! 우선은 이 몸은 차인 게 아니요!! 당연하지 애초에 말이야—— '프러포즈' 라는 인식조차 없었으니까 말요?! 그리고!!"

스스로 말해놓고 슬퍼졌지만, 작안에 떠오른 물방울을 떨쳐내듯,

" '거유의 별에나 간 다음에 말 붙여라' —— 갔다 오면 말 붙여도 된다는 소리 아뇨?! 가란 소린 했지만 돌아오지 말란 소린 없었으니까!! 그런고로 이 몸은 빌어먹을 만큼 바빠졌단 말요."

그렇게 주워섬겨대던 베이그는, 느닷없이 안광을 날카롭게 뜨고.

"——친구하곤 손잡을 거요. 그건 무조건이지. 전권대리는 내버리지 않아."

그렇게 맹세했다고. 기대된다고. 대담하게 웃으며, 말을 잇는다——.

"하지만 이 몸의 '짱 멋진 여자' 한테 해명하고!! 다시 설득하는 것도 급한 일이니까! 거유의 별, 냉큼 다녀올 영장 구상하게——

이미지를 부풀리려고 술 처먹는 게 바쁜 거 아니면 뭐요?!"

『……어. 그거 미안하게 됐다. 진짜 힘들겠네. 바쁘기도 하겠고.』

고래고래 터져나온 필사적인 목소리에, 대장장이 신은 인정했다. 그야── 그럴 것이.

『있지도 않은 별에 간다. ──신도 이해 못할 모순을 부업처럼 하다니, 참 고개가 절로 숙여지네.』

"헹── 친구한테 배운 거, 큰아버지한테도 내가 좀 가르쳐줄까?"

하늘을 날 거라면 잘못해서 달을 넘어설 기개로 나서야 겨우──.

"없으면 '만들면 그만' 이지── 그뿐 아뇨?"

─────.

"아무도 간 적이 없는 별에 가면── 거기가 처유의 별이지!! 이 몸이 깃발 꽂고 그렇게 이름 붙일 거니까!! 이 몸의 별에 뭐라고 이름을 붙이든 이 몸의 마음이지?!"

─────.

"아~ 큰아버지가 뭐라고 하려는지 알겠수. '우주엔 정령회랑이 없어' 겠지? 근데! 친구랑 마찬가지로 폭발해서 날아가버린 다음에는 다 '타성' 이거든!! 돌아올 때는 『개찬신수』의 개념으로─── 헉!!"

──그리고, 무언가가 보였는지.

"떴다떴다아 보였다고 역시 천재!! 그런고로 다음에 또 뵙겠수, 큰아버지!!"

황급히 떠나간 자식은…… 역시 깨닫지 못했던 모양이었다.

—— '거유의 별에나 간 다음에 말 붙이지 말입니다.' 라는 명령.

존재하지 않는 별에 가라……. 불가능한 그 요구에, 맹약의 강제력은 없다는 것도.

그러므로 무의미하게—— 익시드 최초의 우주항행에 나서고자 한다는 것도.

하물며 그 수단에 이른 것은——.

대장장이 신은 그저 유쾌하게 웃었다.

『여어, 이계의 아이야. 내 아들놈들 중에도 대단한 바보가 있는 모양이다. 기대해 보라고.』

——『신수』란 무엇인가…… 베이그는 역시 이해하지 못했다.

당연하다……. 당사자인 올드데우스, 오케인 자신도 모르니.

그렇다—— 로니 드라우프니르와, 베이그 드라우프니르.

그리고—— 니이 티르빙.

단 세 사람만이 도달했던 『개찬신수』라는 그것은 '신의 영역' 수준이 아니었다.

—— '신의 인공적 창조' 였던 것이다…….

오케인조차 창조도 상상도 못했던 영역이었거늘, 그 사실을 누구 하나 깨달은 자가 없었다는 데에.

과거의 대전── 세계를 바꾸고자 갈구했던 『성배(星杯)』를 생각하며 쓴웃음을 지었다.

『……나도 그래 봤자 '대장장이 신'…… 단련밖에 모르는 우스꽝스러운 존재인가 보군.』

그렇게…… 우주를 부수겠다고 내뱉었던 자와.

그리고 자신의 자식을 겨우 이해한 지금, 웃으며 생각한다──.

『……「수니아스타」를 자기 손으로 만든다. ──그건 상상도 못 했구만.』

── '전지전능의 개념'을 만든다…… 재미있잖아.

한번 실험하는 것도 나쁘지 않겠는데? 하고 대장장이 신은 대담하게 웃었다.

그야── 아무래도 부모를 넘어선다는 자식의 의무가.

6천 년 전에 이미 이루어졌다는 사실조차 깨닫지 못할 만큼.

자신도 어지간히 바보였던 모양이니────.

■ ■ ■

이리하여, 각자 집으로 돌아가게 되었을 때. 문득──

"……그런데 소라? 『약』은…… 베이그 씨한테 잘 넘겨주고 왔나요?"

"응. 지브릴이 배송했지── 나도 친구한테 대금만 뜯어먹는 사기는 안 쳐……."

소라 일행이 베이그에게 『약』을 넘겨준 것을 보지 못했다는 사실을 깨달은 스테프는 눈을 흘기며 '대금만 챙기고 상품은 주지 않는' 사기를 의심했으나.

소라 또한 눈을 흘기며 대답했다.

——오히려 '친구'로서 덤을 주고 싶을 정도였다고.

같은 숫총각 프렌드로서. 전에 없던 공감을 나눈 친구를 생각하는 소라에게, 스테프는 말을 이었다.

"그러시면 저한테도 그『약』—— 슬슬 주시지 않겠어요……?"

"왜? 대금은 '너희 나라 전부'인데—— 장식인 군주는 지불할 수 없을 거 아냐?"

그렇게 고개를 갸웃하는 소라에게 대답한 것은, 스테프가 아니라——.

"【감지】: 대금 '너희 나라 전부'—— 전 재산. 채무자의 몸도 포함됨. 다시 말해 구실."

"그렇군…… 두 분 마스터께 국가를 돌려줄 구실로, 도라이 양의 몸을 팔게 된다는 것이옵니까?"

"……스테프, 도…… 머리…… 좋아졌네. 다들, 방심하지 마……!"

"아——니거든요?! 잊으셨다면 기억나게 해드릴까요?!"

종자 두 사람과 여동생. 의심암귀의 눈빛에 스테프는 목소리를 높였다.

"에르키아는 여전히 빈사상태예요── 여러분의 『독』 때문에!!"

이렇게…… 대단원 분위기 속에, 상세한 내용이 판명되지도, 해결되지도 않은 가장 큰 문제.

── '이마니티 멸망의 위기'를 해결할 『약』을 호소하는 스테프. 그러나 대답은……

"아…… 안심해. 에르키아에는 『약』이── 필요 없거든."

"………………네?"

"【보고】: 예정시각 전. 시퀀스 개시까지── 남은 시간 98초. 시~작~."

소라와 시로의 쓴웃음과, 이미르아인의 무감정하고도 담담한 보고.

그리고 지브릴이 아무렇게나 공간에 연 구멍으로 돌아왔다.

──공간에 열린 구멍 너머는── 에르키아 의회, 국회의사당.

각 제후와 그들의 배후──《상공연합회》 멤버들이 모인 의회에.

"자, 스테프? 타국이 《상공연합회》를 써서 찾고 있었던 게 뭐지……?"

"소라와 시로──『　공　백　』의 정체, 신조차 꺾었던 『필승의 카드』였죠?"

그 광경을 냉소와 함께 바라보는 일동 대표, 소라의 물음에 대답한 스테프는.

"맞아. 하지만 말야? 우리가 정말로 『필승의 카드』를 갖고 있다면——."

"……《상공연합회》의 쿠데타…… 그런 사기 게임에도 이겼겠지…… ♪"

"——————————!!"

더욱 웃음을 짙게 머금으며 이어진 소라와 시로의 말에, 숨을 멈추었다.

"그런 『우리』가, 이마니티를 내버리고, 게임을 포기한 채 왕좌를 내주었다……."

"……그럼 『필승의 카드』는…… 어디? 누구, 거고…… 누가, 포섭했어?"

그렇다—— 이리하여 소라 일행이 필과 크라미에게도 들키지 않은 채 모습을 감추면.

스파이 천국으로 변한 에르키아를 무대로, 치열한 '첩보전쟁' 이 시작되는 것이다.

————누가 『공백』을…… 『필승의 카드』를 따냈는가를 밝혀내고자.

"원래는 걸어서는 안 될 정보까지 걸면서—— 진흙탕 같은 '첩보전쟁' 이 시작되는 거야."

——각 종족 각국의 비밀병기. 필승 게임이며, 그런 것이 필요하지도 않은 종족까지도. 그러나.

모든 것을 드러내면, 머잖아 불리한 상황에 빠져들어 멸망에 이르는, 위험한 정보까지.

그렇기에 일주일 전…… 크라미와 필의 물음에, 소라는 이렇게 대답했다.

에르키아가 어떻게 되고 있는가? 전혀 감도 잡히지 않는다고.

그러나…… 그 진흙탕이 어떻게 될치는 알고 있다고——.

"【카운트】: 8. 7. 6. 5——."

이미르아인의 카운트다운에 맞춰, 소라는 한껏 환한 웃음을 지으며.

"말야, 스테프. 우리가 탄 『독』의—— 이름이 뭔지 알아?"

————0.

그 목소리와 동시에, 공간의 구멍 너머에서—— 갑자기.

의회 참석자의 대다수가 일제히 일어나며 내뱉은 말을 조롱하며, 밝혔다.

"——『자백제』야."

『나는 데모니아와 내통하고 있다. 이제부터 내가 아는 모든 것을 단계적으로 폭로한다.』

『나는 엘프와 내통하고 있다. 이제부터 내가 아는 모든 것을 단계적으로 폭로한다.』

……이처럼. 자신의 의지와는 달리 움직이는 입에, 곤혹과 초조, 공포의 표정을 지으며.

페어리. 루나마나. 담피르, 드라고니아까지. 내통 중인 상대 이외에는 한 글자 한 마디 다르지 않은 말을.

제창하듯 자유선언을 거듭하며 나서는 사람들의 모습에——
스테프는 내심 부르짖었다.

　……왜—— 어째서 깨닫지 못했던 거죠——?!
　소라와 시로가 반란을 일으키게 하고, 태환지폐를 발행하게
했던《상공연합회》…….
　여기까지는 알았으면서—— 왜 그들의 불만을 부추기는 '방
법'을 썼는지!!
　성을 폐쇄하고 『한 턴 휴식』이라고 내뱉기 직전의 '탄압'을
했는지——!!
　그렇다…… 상공회. 현재의《상공연합회》—— 무역업자와
제후들은.

　——소라와 시로에게. 게임으로 도전을 받아, 무조건적으
로…… 다시 말해.
　——【맹약】에 따라 『서류』를 받아들여야만 했던 자들——.
　그 『서류』에, 명령(독)을 심어 놓을 수 있는 '자들'이 아닌가요!!

　"……스파이 후보의 주변 조사도 하지 않다니, 이놈이고 저
놈이고 아주 허술하구만~ 앙?"
　놀라 허덕이는 스테프의 내심을 꿰뚫어보고, 소라는 쓴웃음
으로—— 거듭 비아냥거렸다.
　"뭐. 기억은 지우고, 『계약서(서류)』는 파기하고, 새로 만들게 했으

니까 어쩔 수 없겠지 ♪"

다시 말해 치열한 첩보전으로 날을 지새던 스파이들은, 사실상──'이중 스파이'…….

"자각도 없이. 기억도 없이. 손에 넣은 정보를, 스스로도 내용을 모르는 암호로 만들어서, 지폐에 심고, 꼬박꼬박 우리에게 흘려 주는. 애국심으로 넘쳐나는 놈들인걸? 자각은 없지만☆"

그렇다── 그들에게는 기억도, 자각도, 인식초차도 없다.

태환지폐도 그들의 판단, 그들의 의지로 발행한 물건.

이를 내다본 『맹약』이니── 그 행동에 의문을 품는 것도, 마법으로 간파하는 것도 불가능.

암호의 해독 키는 시로만이 가지고 있으며, 그렇기에── 들켰다 한들 해독은 불가능.

정보의 대부분은 소라와 시로의 손에 넘어갔고── 또한,

"이로써 우선 에르키아에 숨어든 《상공연합회》는 남김없이 색출했고?"

"……관여한, 종족……의, 대부분은…… 몽땅── '체크메이트' ♡"

아연실색할 수밖에 없는 스테프를 내버려둔 채 말하는 소라와 시로에 이어,

"자백을 멈추려면 『약』── '이세계 언어'가 필수이옵니다 ♪"

──그렇다. 자백할 때 드워프의 이름이 나오지 않았던 이유.

그것은 지브릴이 배송한── 스파이 전원에게 전한 『약』의 정체를 밝히고.

"【필경】: 단계적 자백. 파멸적인 정보누설 전『약』구입. 불가피. 천객만래."

"이로써 함정에 걸렸다고 깨달은 놈들부터 손님인 셈~ ♪"

그리고, 그저 아연실색하는 스테프를 내버려둔 채 일방적으로 소라와 시로는 생각했다──.

──다시 말해 베이그는 소라와 시로가 관여했던 모든 종족에게 보낸 '국서'를 통해.

그저 '왠지 그냥' 만 가지고, 이런 것들을, 어느 정도까지는 추측했다는 거지…….

다시 말해── 너희 나라 전체를 지불하겠느냐,

국가와 국가, 종족과 종족 사이에서 진흙탕 같은 소모전에 돌입해 머잖아 패배하고 멸망하겠느냐, 하는 양자택일.

'왠지 그냥' 만 가지고 소라 일행의 약국은 물론── 그런 비아냥거림까지도 파악했으니.

──정말로 괴물이라고, 소라와 시로는 나란히 몸을 떨었지만──.

"하지만 '네놈의 나라 전부' …… 그런 대금을 얌전히 지불할 수는 없잖아?"

──그런 괴물…… 베이그 드라우프니르조차.

국가간, 종족간 진흙탕 싸움에 돌입하면── 패배하리라 상상했다.

그 근거를 생각하며── 남매는 나란히 흉흉하게, 도전적으로 웃음을 지었다.

——그렇다, 약자의 보통학.

세상일이란 상상한 대로 결과가 나오질 않는 법이다.

그렇게, 식은땀과 기대를 얼굴에 드러내며, 소라는 말했다.

"자아—— 게임을 시작해 볼까. 강자들."

■ ■ ■

——이리하여, 국내에서 반란이 발생하고 정확히 1개월이 지
난—— 이 날의, 며칠 후.

『에르키아 왕국』에서『에르키아 공화공국』으로 이름을 바꾸
고 지도에서 사라졌던 나라는.

두 사람의 기대에 대답하듯 울려 퍼진 목소리에—— 이번에
는 지상에서 모습을 감추었다.

그 땅에 사는 모든 이가 들었던, 공간위상경계에 메아리친 목
소리—— 다시 말해.

————『낙원붕락』이라고………….

후기

매우 오랜만입니다. 카미야 유우입니다.

지난 권—— 프랙티컬 워 게임으로부터 1년 하고도 1개월.

9권에서 치면 거의 1년 반—— 그리고 거듭되는 간행 연기.

이 자리를 빌려 독자 여러분 및 여러 관계자 분들께 깊은 사죄 말씀 드립니다.

——라고 쓰면, 다음에 담당자님이 할 말은 뻔하죠.

"……7권 후기에서 본 듯한 문장인데, 기분 탓일까요……?"

네, 그렇게 말씀하시겠죠. 저도 그 말 나올 줄 알았어요.

물론 원고가 도~~통 완성되지 않아 간행이 늦어진 잘못은 100퍼센트 제게 있습니다.

그런 제가 반론할 여지라고는, '鱻—— 물고기가 성할 업'이라는 이 괴기한 글자의 여백마저 광대하게 여겨질 만큼 전무하다는 것을 알면서도, 구태여 말하겠습니다——

——그럼 달리 뭐라고 쓰면 좋을까요?! (적반하장)

말만으로는 뭐라고도 할 수 있죠?! 말은 고사하고 이건 문장이고요?!

그래서?! 황송해하며 정중하게 형식 갖춰서 연유와 함께 사과의 말씀을 늘어놓고—— 사실은 내심으로!!

쳇, 시끄럽구만 망할 것들! 하는 생각이 없을 거라고 어떻게하면 신용을 얻을 수 있을까요?!

독자 분들이 사정을 듣고 뭔가 수긍을 할까요? 사죄해서 뭔가 충족되나요?!

거듭되는 연기, 그럼에도 계속해서 기다려주신 독자 분들께제가 할 수 있는 일은——

—— '기다린 보람이 있었구나' 하고……

그렇게 생각해 주실 만한 작품으로 만드는 것—— 그리고.

그렇게 생각해 주시기를 기도하는 거 아니겠나요.

…………

"……그럴듯하게 들리는 바람에 하마터면 수긍할 뻔했지만. 그건 그렇다 쳐도 왜 늦어졌는지 하는 의문을 넘어갈 만한 이유는 아니죠……?"

————어, 음…… 그게~ 작년에 방영되었던 극장판, 있었잖아요.

이번 권하고 같은 달에 발매되는, **DVD & 블루레이 「노 게임 노 라이프 제로」**가.

"물 흐르는 듯한 선전, 담당자로서 점수를 드리죠. 아, 계속하세요."

거시기가, 말이죠~…… 아주 훌륭하게 잘 나와서, 말이죠……?

그게~…… 저도 질 수는 없구나, 하는 생각에, 뭐랄까──.

"요컨대 또 멋대로^{셀프로} 허들을 높여 슬럼프에 빠졌다는 거잖아요!!"

죄송합니다잘못했어요아참마찬가지로같은달에발매되는코미컬라이즈2권도잘부탁드려요!

다음 권은 좀 더 일찍 낼 테니, 부디…… 그, 그러면 이마──아안!!

느닷없이 공간위상경계에
빨려든 에르키아,
그리고 『공백』!!
누가 판 함정인가 —— 폐쇄공간에서
빠져나올 방법은, 단 하나
마법의 가방으로
로리화 하는 것뿐……?!

바라 마지않던 **여성화**,
그러나 **남자**로서
무언가를 잃을 예감.
과연 **소라**의 결단은 ——?!

『**노 게임·노 라이프 11**』
- 로리들에게 둘러싸여서 느긋하게 게임 이야기나 해 보자—
이거라면 빨리 낼 수 있다고 편집부를 설득 중——!

※이 예고의 80퍼센트는 뻥입니다.

복잡한 이야기는 이제 싫다는 작가!!
거유는 이제 그리기 지쳤다고 하는 삽화 담당!!
**쌓이고 쌓인 울분이 지금,
부조리하게 소라를 엄습한다**

이즈나가 선사하는
"몽실몽실 폭신폭신"한
하루♪

논 게임
NO GAME NO LIFE, DESU!
논 라이프예요

「자, 게임을 시작하자─요?!」

노 게임・노 라이프, 예요!

1~3권 (이하 속간)

유이자키 카즈야

원작, 캐릭터 원안 / 카미야 유우

NO GAME NO LIFE

히이라기 마시로가 그리는 본편 코미컬라이즈 절찬 발매 중!!

노 게임 · 노 라이프 1권

히이라기 마시로&카미야 유우
원작·캐릭터 원안 / 카미야 유우

노 게임·노 라이프 (게이머 남매는 과거를 청산해야 할 것 같은데요) ——— **10**

2018년 06월 20일 제1판 인쇄
2018년 07월 01일 제1판 발행

지음 | 카미야 유우
일러스트 | 카미야 유우
옮김 | 김완

펴낸이 임광순 | 제작 디자인팀장 오태철
편집부 황건수 · 신채윤 · 이병건 · 이홍재 · 김호민
디자인팀 박진아 · 박창조 · 한혜빈 · 김태원 | 국제팀 노석진 · 엄태진

펴낸곳 | 영상출판미디어(주)
등록번호 | 제 2002-000003호
주소 | 21311 인천광역시 부평구 평천로 132 (청천동)

전화 | 032-505-2973(代)
FAX | 032-505-2982

ISBN 979-11-319-8257-0
ISBN 978-89-6730-597-0 (세트)

No Game No Life 10 Gamer kyodai wa tsuke wo harawasareru youdesu
ⓒ Yuu Kamiya 2018
First published in Japan in 2018 by KADOKAWA CORPORATION, Tokyo.
Korean translation rights arranged with KADOKAWA CORPORATION, Tokyo.

노블엔진(NOVEL ENGINE)은 영상출판미디어(주)의 라이트노벨 및 관련서적 브랜드입니다.